Howard A. Rodman · *Langopolis*

Howard A. Rodman

# *Langopolis*

*Roman*

*Aus dem*
*Englischen von*
*Siegrid Toth*

QUADRIGA

Titel der Originalausgabe:
LANGOPOLIS/DESTINY EXPRESS


Dieser Roman beruht auf Tatsachen und Fiktion, so daß nicht alle Begebenheiten dem historischen Geschehen entsprechen.

Vorderseite des Umschlags: Originalplakat zu dem Film »Metropolis« von 1926,
© Transit-Film-Gesellschaft mbH, München.

Rückseite: Fritz Lang um 1928, aus: Frederick W. Ott, »The Films of Fritz Lang«, Secaucus, N. J. 1979.

CIP-Titelaufnahme der Deutschen Bibliothek

**Rodman, Howard A.:**
Langopolis : Roman / Howard A. Rodman. [Aus d. Engl. von Siegrid Toth]. – Weinheim ; Berlin ; Quadriga, 1990
(Quadriga-Literatur)
Einheitssacht.: Langopolis <dt.>
ISBN 3-88679-701-5


Druck: Druckhaus Beltz, 6944 Hemsbach
Bindung: Wilh. Osswald + Co., 6730 Neustadt/Weinstr.
Lektorat: Claus Koch
Herstellung: Ilse König
Satz: Satz- und Reprotechnik GmbH, 6944 Hemsbach
Umschlaggestaltung: Dieter Vollendorf
Printed in Germany
ISBN 3-88679-701-5

# 1

Er war allein im Flur. Er strich ein Streichholz an der Wand an und hielt es an die nächste Zigarette. Im Abstand von einem Meter etwa hingen nackte Glühbirnen unter der niedrigen, unverputzten Decke, kein anderes Licht. Aus dem Zuschauerraum hörte er Geräusche, leise Stimmen, aber sie blieben unverständlich, und er hätte nicht angeben können, welche Szene gerade gezeigt wurde.

Wie seine Hände waren Langs Füße ziemlich groß, und er hielt sich militärisch gerade, wenn er ging. Fast während der ganzen Vorführung war er hier draußen gewesen, hatte starke ausländische Zigaretten auf dem Fußboden ausgetreten und das Spiel seiner deutlich wechselnden Schatten beobachtet. Je nachdem, wie er den Gang auf- und abschritt, wurden sie länger oder verkürzten sich. Inzwischen war er es leid geworden, ihnen zuzusehen. Er rückte sein Monokel zurecht und strich nachlässig ein neues Streichholz an.

Dann hörte er die Explosion und ertappte sich selbst, wie er lächelte, als er die Stelle erkannte: unter der Hypnose seines berühmtesten Patienten, des Bösewichts Mabuse, hatte Anstaltsleiter Baum gerade die chemische Fabrik in die Luft gejagt. Es war eine seiner Lieblingsszenen, und sie gehörte schon zum Ende des Films, wie er wußte. Lang schritt den Gang hinunter und klopfte energisch an die Tür der Vorführerkabine. »Pfeiffer?« fragte er, als sich nichts rührte. Ihm fiel auf, daß sein Weisheitszahn rechts oben wieder pochte, schon geraume Zeit wieder gepocht hatte, eigentlich.

»Tut mir leid, Herr Lang«, hörte er die Stimme hinter der Tür. Er war bis zum Ende des Flurs gegangen und den halben Weg zurück, ehe ihm der Gedanke kam, daß sich noch jemand in der Vorführerkabine befand, jemand, den er nicht sehen sollte. Plötzlich war ihm der Flur zu hell. Lang drückte die mittlere Tür auf und tastete sich vorsichtig in den Zuschauerraum hinein, zwei Reihen hinter den geistlosen Kosterlitz und seine Sekretärin, das heutige Publikum. Thea hatte ihn gebeten, ihr die *Dame* dieses Monats mitzubringen, erinnerte er sich jetzt; er würde Erich zu dem Kiosk in der Nähe des Ku-Damms schikken, der die ganze Nacht offen blieb. Er hätte die Illustrierte nicht vergessen, und Thea würde sich darüber freuen, und mit ein bißchen Glück könnte er eine dieser lästigen Auseinandersetzungen vermeiden, die seit einiger Zeit bei ihnen üblich geworden waren. Auf der Bildwand erschien Dr. Mabuse – der auf dem Höhepunkt seiner Macht die Kartenfolge im Casino beeinflußt hatte, den Lauf des Papiergelds, den Lauf des Schicksals selbst vielleicht – und belehrte von jenseits des Grabes Baum.

*»Der Glaube des Durchschnittsbürgers an die Autoritäten, die er gewählt hat«, erklärte der übergeblendete Schatten Mabuses dem Psychiater, »muß zerstört werden. Und auf dieser Zerstörung werden wir das Reich des Verbrechens aufbauen.«*

Direkt vor ihm legte Kosterlitz den Kopf auf die Schulter seiner Sekretärin, eine kindliche Geste, die Lang seltsam bewegte. Wenn er den Kopf wandte, sah er nur das Gleißen des Projektors, zuckende Lichtstrahlen, die durch den Zigarettenrauch Substanz gewannen. Später würde er Pfeiffer fragen, wer der geheimnisvolle Besucher war. Er hörte das Aufheulen von Motoren, sah Autos mit Höchstgeschwindigkeit durch die Nacht rasen und lehnte sich zurück, um sich die entscheidende letzte Jagd seines neuesten Films anzusehen, *Das Testament des Dr. Mabuse*.

Fünfzig Mal ungefähr hatte er ihn schon gesehen, und aus Höflichkeit würde er ihn noch mindestens zehn Mal absitzen müssen, das erwartete man von ihm bei diesen Vorführungen vor der Freigabe, direkt vor der Premiere im Ufa-Palast am 23. März. »Ich würde ihn nicht gerne ohne Sie sehen«, hatte Kosterlitz in der Bibliothek zu ihm gesagt. Sie saßen in Langs Klub, dem *Explorer*. Und hinzugefügt: »Es sei denn, natürlich, daß er Sie inzwischen langweilt.« Für diese Bemerkung würde er ihn eines Tages umbringen, hatte Lang entschieden, ganz brutal. Das Brüllen der Motoren wurde lauter, schien irgendwie mit seinen Zahnschmerzen zusammenzufallen. Wenn der Schmerz nicht nachließ, würde er etwas dagegen tun müssen.

»Ihm nach!« befahl Kommissar Lohmanns Stimme. Die Figur Lohmanns, die in Langs früherem Film, *Mabuse*, ein durchschlagender Erfolg gewesen war, war hier als Mabuses Nemesis eingeführt. Lang hätte lieber den unglücklichen Verfolger von Wenck aus dem ersten Mabuse-Film benutzt. Aber Bernhard Goetzke, der die Rolle verkörpert hatte, war nicht verfügbar, und Lang konnte sich den unglücklichen Verfolger nur von ihm gespielt vorstellen. Lang rückte an seinem Monokel, ein schnurloses Ding, das Gerüchten zufolge ins Fleisch wuchs und nicht ohne chirurgische Hilfe entfernt werden konnte. Seine konvexe Oberfläche glitzerte trübe in dem weißen Kinolicht.

Verschwommene Gegenstände am Straßenrand, die in

Baums Autoscheinwerfern gespenstergleich aufragen. Kommissar Lohmanns Auto, Augenblicke dahinter, bei der Verfolgung.

Lang bemerkte einen fauligen, tropischen Geruch, vielleicht eines der neuen Kohlenteer-Derivate. Er preßte seinen Finger auf eine der Fugen in dem neuen Fußboden unten, hob ihn unter die Nase. Anilinharz. Wieso hatte er nur geglaubt, daß sein Fahrer Erich die Modezeitschrift für Thea besorgen könnte, überlegte er: Erich hatte sich telefonisch krank gemeldet, und Lang hatte den Sportwagen genommen. Es war schon bedenklich, wenn er sich nicht mehr erinnern konnte, mit welchem Wagen er zum Studio gefahren war. Nachdem der Kohlenteer-Zement ihm ins Bewußtsein gedrungen war, roch er ihn auch und mußte daran denken, wie seine Schuhe später riechen würden. Um halb sieben hatte er einen Termin bei Correll, dem Produktionschef der Ufa, den er nicht unbedingt einhalten mußte. Am besten ging er gar nicht erst hin. Er war wirklich kooperativ gewesen bei den Sondervorführungen. Vielleicht sollte er wieder einmal den impulsiven Künstler herauskehren.

Auf der Bildwand schwebte Rudolf Klein-Rogge, der den Mabuse spielte, über dem armen Baum. Lang erinnerte sich an die vielen Wiederholungen, die sie von dieser Einstellung gemacht hatten, weil der Kamerakran immer wieder über eine Unebenheit fuhr und sie schließlich Schienen legen mußten. Dann schien Rudolf irgendwie gestört und verpaßte mehrmals hintereinander seinen Einsatz. Es hatte ihn eine Pause von fünfzehn Minuten gekostet, um herauszubringen, was Klein-Rogge beunruhigte. »Die Stelle, wo ich mich vorbeugen muß«, gestand der Schauspieler schließlich mit der Stimme eines kleinen Kindes, das sich seinem Teddybären anvertraut. »Hier«, fuhr er fort und zeigte auf seinen Haaransatz, der in den zehn Jahren, seit Doktor Mabuse seinen ersten Auftritt hatte, um einiges zurückgegangen war.

»Sie haben die Stirn eines Helden«, versicherte Lang ihm. »Sie sollten stolz darauf sein.«

»Können wir die Einstellung wiederholen, mit erhobenem Kopf?«

»Natürlich«, hatte Lang geantwortet, seinen Arm um den Schauspieler gelegt und ihn in den Nacken gekniffen.

»Und Sie werden mich nicht hereinlegen und eine der früheren Aufnahmen verwenden?«

»Thea spricht von Ihren Geheimratsecken«, erzählte Lang, während er ihn zum ausgeleuchteten Teil des Sets zurückführte und die Kabel unter seinen Füßen vermied. »Sie gehören zu dem, was sie attraktiv findet.« Klein-Rogge war der frühere Ehemann von Langs Frau. Seit einem Jahr etwa hatten sie darüber sprechen können. Jetzt, im Vorführraum, fragte Lang sich, wie der Schauspieler mit ihr ausgekommen war, obwohl Thea damals natürlich jünger war, wie er sich sagte, und die Ehe mit Klein-Rogge durchaus nicht mit seiner eigenen vergleichbar sein mußte. Der Zahn meldete sich wieder, und dann mußte er eingenickt sein, denn das nächste, was er wahrnahm, war die weiße Filmrolle mit seltsamen Zeichen, die hell und stroboskopisch blitzten, und ein lautes Prasseln, als der Ton rauschend endete. Kosterlitz war schon aufgestanden.

»Sie haben sich selbst übertroffen«, sagte er.

»Wenn Sie das sagen...«, hörte Lang sich antworten. Er stand auf und zog seine Hose glatt, die sich an den Knien ausgebeult hatte, während er saß.

»Ganz ausgezeichnet«, bekräftigte Kosterlitz' Sekretärin. Sie hatte ein nettes, ausdrucksloses Gesicht, für das Lang beim besten Willen kein Interesse aufbringen konnte.

»Vielen Dank, daß Sie gekommen sind.« Der Schmerz war wieder da. Er wollte die Tür öffnen, aber sie war von außen abgeschlossen. Er zerrte einige Male am Griff, ungestüm zunächst, dann ziemlich ruhig, drehte ihn nach rechts und links, zog und drückte, in allen möglichen Kombinationen. Auf dem Gang hörte er Schritte. Dann öffnete sich die Tür nach außen, und Lang, der immer noch den Griff festhielt, machte ein paar Tanzschritte, um das Gleichgewicht zu halten.

»Ein schrecklicher Irrtum«, beteuerte Pfeiffer, der Vorführer.

»Leck mich am Arsch«, empfahl ihm Kosterlitz.

Lang begleitete Kosterlitz den Flur hinunter. Er erinnerte sich an die *Abenteuer einer schönen Frau*, die Kosterlitz verfaßt und verfilmt hatte, und die Lang zweimal bei verschiedenen Gelegenheiten hatte absitzen müssen. »Vielleicht wollten sie sicherstellen, daß ihr Publikum gefangen wäre«, mutmaßte er.

»Ganz und gar unnötig. Ich klebte buchstäblich auf meinem Stuhl«, antwortete Kosterlitz, der immer *buchstäblich* sagte, wenn er *im übertragenen Sinn* meinte. Lang wartete darauf, daß Kosterlitz gerade die Szenen mit höchstem Lob bedachte, die er selbst am meisten verabscheute. (Es hatte zehn Vorführungen gebraucht, bis er eine davon ertragen konnte.)

»Diese Überblendungen … einfach göttlich«, fuhr Kosterlitz fort. Lang wollte einige unwahrscheinliche Wendungen der Handlung durch visuelle Überhäufung kaschieren. Kosterlitz hatte er damit hereingelegt, aber Lang war nicht sicher, ob das etwas zu sagen hatte. Ihm kam der

Gedanke, daß Pfeiffers Schau mit der Tür eine Hinhaltetaktik war, die es dem Geheimnisvollen in der Vorführerkabine ermöglicht hatte, ungesehen zu entkommen. Jetzt schien auch der Unterkiefer zu pochen. Er hätte besser Stimmeinspielungen aus dem off benutzt, um Baums Besessenheit durch den Patienten, den er heilen wollte, darzustellen.

»Vielen Dank, Herr Lang.« Das war die Sekretärin, der er die Tür aufhielt. Es war kurz nach sechs und wurde schon dunkel, an diesem letzten Tag im Februar.

»Es hat mich gefreut, daß Sie kommen konnten«, hörte Lang sich selbst. Der Kies knirschte unter ihren Füßen. »Grüßen Sie Herrn Freund«, fügte er hinzu. Ihm war der Name ihres Verlobten eingefallen.

»Einfach göttlich«, wiederholte Kosterlitz.

Fritz Lang war ein großer Mann mit ausgeprägten Gesichtszügen. Vor beinahe zwei Monaten hatte er seinen zweiundvierzigsten Geburtstag gefeiert. Er war in Wien geboren und aufgewachsen, hatte blaue Augen und wäre wie sein Vater Anton vor ihm Architekt geworden, wäre er nicht vor Schule und Zuhause fortgelaufen, um in Zürich und Paris Malerei zu studieren. Dann ging ihm das Geld aus. Um seinen Lebensunterhalt zu verdienen, illustrierte er Postkarten – und zeichnete gelegentlich Karikaturen. Er bereiste die Niederlande, Kleinasien, Nordafrika, China, Japan und die Südsee. Mit vierundzwanzig war er wieder in Paris und nahm die Verbindung zu seinem Vater Anton und seiner Mutter, Paula Schlesinger, wieder auf. Eine Ausstellung seiner an Schiele erinnernden Bilder erregte wohlwollende Aufmerksamkeit. Am 31. Juli 1914 wurde im *Café du Croissant* der Sozialistenführer Jaurès ermordet; Lang, der zu diesem Zeitpunkt in einem Café zwei Straßen weiter saß, entschied, es sei Zeit, sich abzusetzen und nahm den letzten Zug, der Paris vor Ausbruch der Feindseligkeiten verließ. In Belgien wurde er verhaftet, doch gelang es ihm, über die Grenze nach Deutschland zu entkommen. Er ging nach Wien zurück, wo er kurze Zeit als Alleinunterhalter arbeitete, bevor er eingezogen wurde. Er kämpfte an der Front in Rußland, auf dem Balkan und in Italien, wurde mehrmals verwundet und verlor beinahe das rechte Auge. Die letzte Verwundung verschaffte ihm einen einjährigen Genesungsurlaub in einem eigens hierfür vorgesehenen Wiener Spital. Der junge Leutnant begann, Geschichten zu schreiben und ein Monokel zu tragen. Er spielte ein bißchen Theater, machte Erich Pommer von der Deutschen Eclair-Film-Gesellschaft auf sich aufmerksam und verkaufte ihm einige Geschichten. 1919 erhielt er ein Telegramm: Kommen Sie nach Berlin, als Regisseur. Sein erster Film für Eclair-Bioskop, *Der Herr der Liebe*, handelte von einem Mann, den die Liebe zu einer Frau ruiniert. 1920 begegnete er der Schriftstellerin Thea von Harbou, die populäre Geschichten und Romane schrieb und ihre Haare kurz, mit einem strengen Seitenscheitel, trug. Sie war etwas älter als er. Zwei Jahre später heirateten sie, jeder zum zweiten Mal. Sie schrieb die Drehbücher für alle seine Filme; und mit ihr zusammenzuarbeiten war keineswegs so schwierig, wie er es sich vorgestellt hatte. Ihre Augen waren blau, blasser als seine eigenen. Als Langs Mutter Paula starb, ging Thea mit ihm zur Beerdigung, und Anton versicherte seinem Sohn am nächsten Tag bei einer Tasse Schokolade, daß er gut gewählt habe. Es berührte Lang eigenartig, daß sein Vater »in einer Zeit wie dieser« sagte. Als sie noch zusammen schliefen, gehörte das Schlafzimmer eher Thea als ihm. Ihr erster großer Erfolg, *Der müde Tod* von 1921, stärkte

Langs Stellung innerhalb der Ufa. Die amerikanischen Rechte wurden an Douglas Fairbanks Sr. verkauft, der das Drehbuch als *The Thief of Bagdad* neu verfilmte, mit denselben special effects, die aber weniger gut ausgeführt waren. Im folgenden Jahr schrieb Thea das Script zu *Doktor Mabuse, der Spieler,* und Lang verfilmte es mit Klein-Rogge in der Hauptrolle. Thea befürchtete, er wolle die Rolle ihrem Ex-Mann geben, um ihr einen Gefallen zu tun, als Element eines komplizierten Tauschhandels, aber er beruhigte sie, daß sie Unrecht habe, und Klein-Rogge einfach die richtige Besetzung sei. Zu *Mabuse* schrieben die Zeitungen: »die Reflexe einer Epoche werden in Zelluloid verewigt«, »das ausgezeichnete Portrait einer Gesellschaft mit ihrer Spielerleidenschaft und Tanzverrücktheit, ihrer Hysterie und Dekadenz, ihrem Expressionismus und Okkultismus«, »ein Spiegel seiner Zeit«.

Wenn er jetzt zurückblickte, so war 1923 das letzte Jahr gewesen, in dem er noch Zeit zum Malen gefunden hatte. Die Verfilmung der Nibelungensage in zwei Teilen hatte ihn ziemlich viel Kraft gekostet. Dann fuhr er nach New York, und als der Dampfer in den Hafen einlief, hatte sich das Bild dieser Stadt und ihrer Wolkenkratzer ihm unauslöschlich eingeprägt. Diese Vision inspirierte ihn zu *Metropolis,* einer Erzählung von der Stadt der Zukunft nach einem Roman Theas. Der Film kostete mehr, als irgendeiner vor ihm gekostet hatte. Tausende von Statisten. Kulissen von beispielloser Größe. Anton schickte einen Brief in verschnörkelter Zierschrift, in dem stand, daß er ihn gesehen habe, und daß sein Sohn schließlich doch Architekt geworden sei.

Es war der Film, der Lang am wenigsten gefiel. Dann starb Anton. (Wiener Freunde behaupteten, seit Paulas Tod sei er nicht mehr derselbe gewesen.) Die Ironie, mit der Lang sein Monokel trug, die militärische Haltung, all dies schien nach dem Tod des Vaters langsam von ihm abzufallen. Niemand behauptete – wie es bei Kosterlitz der Fall war –, daß es leicht sei, mit ihm zu arbeiten. Anfang vierzig, das ist noch nicht alt, sagte Lang sich jetzt zwischen zwei Schmerzanfällen. Er hatte vier Filme gedreht seit *Metropolis,* zwei für seine eigene Gesellschaft, zwei für Seymour Nebenzals Nero-Film-Gesellschaft. Nur beim Verleih war die Ufa offenbar nicht zu umgehen.

»Kann ich Sie irgendwo absetzen?« fragte Kosterlitz. Vor ihnen verzweigte sich der Kiesweg zum Parkplatz und zum Büro-Gebäude hin.

»Ich bin mit dem Lancia da«, antwortete Lang. Es hörte sich arroganter an, als er beabsichtigt hatte. Er überlegte einen Augenblick, ob er Kosterlitz' Sekretärin bitten solle, den Termin um sechs Uhr dreißig streichen zu lassen. Stattdessen beschloß er, Correll ohne Bescheid zu versetzen. Lang blickte zu dem fensterlosen Betonbunker hinüber, der das neue Verwaltungsgebäude der Ufa darstellte. Der Kasten erinnerte ihn weniger an Architektur als an eine Dekoration für einen Film über ein Filmstudio. Sogar Anton hätte eine glücklichere Hand gehabt. Dann stand er vor der Tür seines Sportwagens. Er dachte nach, ob er sich von Kosterlitz und seiner Sekretärin verabschiedet hatte. Er hatte sich verabschiedet, entschied er. An den Namen ihres Verlobten – Freund – konnte er sich erinnern, nicht aber an ihren, nicht jetzt jedenfalls. Er stieg ein, drehte den Spiegel herum, so daß er sich ansehen konnte. Es kam ihm so vor, als würden seine Ohren um so größer, je älter er wurde. Lang drehte den Spiegel zurück, ließ den Motor an, hörte wie der Kies gegen die Kotflügel prasselte, als er schneller als eigentlich nötig losfuhr. Er steuerte die Gittertore der Ufa an.

Lang nahm den langen Weg Richtung Nikolassee. Eichen und Linden waren ganz kahl jetzt, schwarze Zweige, die mit weißem Reif überzogen waren, als hätte man ein Foto und sein Negativ mit einer ganz leichten Verschiebung übereinandergeblendet. Kurz darauf bog er links ab. Er wäre gern über die kleineren Straßen gefahren, bis sie sich an der Wannseebrücke verbreiterten. Es war schon dunkel genug, um die Scheinwerfer einzuschalten, aber noch nicht so dunkel, daß sie viel erhellt hätten. Um diese Zeit würden die Straßenlampen über der Königsstraße gerade das richtige Licht verbreiten, um die nächtliche Autojagd zu filmen. Aber jetzt befanden sich keine anderen Autos auf den schmalen Straßen. Links von ihm spürte Lang das Wasser, dunkel und bewegungslos, ein paar Meter von der Straße entfernt. Vor allem bewegungslos. Unverhofft mündete das Asphaltband in die Potsdamer Chaussee, und Lang fädelte sich geschickt in den Verkehr ein. Der Zeitungsstand im Bahnhof Zoo war ziemlich gut sortiert und lag beinah auf seinem Weg. Er beobachtete, wie sein Schatten herumschwang, als er an der ersten großen Straßenlaterne vorbeifuhr. Es gab da diese kleine Konditorei in Schöneberg, die er immer so schwer finden konnte. Er nahm sich vor, an ihr vorbeizufahren, ohne anzuhalten. Vielleicht würde der Zahn dann besser werden. Er wußte, es würde nur helfen, wenn er ganz langsam daran vorbeifuhr, direkt am Bordstein, nahe genug, daß er die Butter und die Schokolade riechen konnte. Dann befand er sich unmittelbar vor dem Bahnhof Zoo. Schrittweise glitt er in eine Parklücke und stellte den Motor ab. Einen Augenblick blieb er noch im Wagen sitzen und zündete sich eine Zigarette an, vertrieb die Dunkelheit.

Lang hatte gerade die Schwelle zum Großen Wartesaal überschritten, als er seinen Namen hörte; doch konnte er sich im Augenblick niemanden vorstellen, mit dem er gern gesprochen hätte. Das Bogengewölbe des Wartesaals wurde von einem riesigen Kronleuchter erhellt. Lang schlängelte sich durch die Bankreihen aus dunklem Holz, um den Zeitungsstand zu erreichen. Wieder rief jemand seinen Namen, eine Frauenstimme. Diskret verlängerte er seine Schritte, um seinem Verfolger zu entkommen, ohne daß es so aussah, als ob er sich beeilte.

»Fritz.«

Die Stimme war lauter jetzt, bestimmter, und er wußte, er konnte auf diese Entfernung nicht so tun, als habe er nichts gehört. Er drehte sich um und sah eine Frau, deren Gesicht ihm schmerzlich vertraut war, zwei mit Lederriemen verschnürte Koffer und einen dritten unter ihrem Arm. Er versuchte, so etwas wie Erkennen zu zeigen, wandte sich schnell nach rechts und entdeckte Bert Brecht.

»Ja, du hast recht, Liebling«, sagte Brecht gerade.

»Bert, Helene«, grüßte Lang, erfreut, daß ihm ihr Name eingefallen war, als er ihn brauchte. Sie war eine Schauspielerin, der er eine kleine Rolle in *Metropolis* gegeben hatte. Brecht lächelte ihn an, und er vermutete, daß er zurücklächelte. Lang tippte an sein Monokel. Brecht grinste und hob die Hand an sein eigenes Drahtgestell. Das war ein alter Scherz zwischen ihnen. Gleisdurchsagen dröhnten durch den großen Saal, wurden hallend vom Gewölbe zurückgeworfen. Lang war nicht sicher, ob die Leute auf den Bänken wirklich auf einen Zug warteten.

»Wir sollten früh kommen, wegen der Gepäckaufgabe«, erklärte Helene, »aber jetzt haben wir noch fast eine Stunde, bevor sie uns auch nur einsteigen lassen.«

»Warum bringen wir sie nicht zur Aufbewahrung?« schlug Brecht vor.

»Ich bringe sie hin, bitte«, sagte Lang.

»Für weniger als eine Stunde?« wandte Helene ein.

»Sind wir nicht alle, so wie wir hier stehen, Gepäckstücke in der Aufbewahrung der Geschichte?« sinnierte Brecht.

»Wenigstens den großen«, beharrte Lang. Er streckte die Hand aus und packte den Griff, während sie den Ellbogen lockerte, damit er ihr den Koffer leichter abnehmen könnte. Als er ihn vor seine Füße stellte, bemerkte er, daß er und Brecht den gleichen Mantel trugen: braunes Leder, zweireihig geknöpft und mit einem weichen Gürtel gehalten. Einen solchen Mantel hatte Gustaf Gründgens, der Anführer der Verbrecher in *M* getragen. Brechts Mantel schien aus festerem Leder zu sein. Plötzlich schwiegen die Lautsprecher. Die drei schauten sich an.

»Wollen wir nicht etwas trinken?« fragte Lang schließlich.

»Bahnhofs-Kaffee?« Brecht lächelte wieder. Er hatte Mundgeruch.

»Sind wir nicht alle Bahnhofs-Kaffeetrinker?« fragte Lang, wobei er einen Schritt zurücktrat, falls Brecht ihm für diese Bemerkung einen Hieb versetzen wollte.

»Können wir vom Café aus die Ansagen hören?« fragte Helene.

»Ja doch, ja«, antwortete Brecht.

Er ging voraus und beschäftigte sich mit seiner Zigarre, während Lang und Helene das Gepäck schleppten. Sie trug einen Glockenhut, von der Art, die Thea mit einer treffenden Bemerkung abtun würde. Lang konnte sich nicht vorstellen, daß Frau Brecht und seine Frau miteinander zurechtkämen.

»Wohin fahren Sie?« fragte Lang Helene, während sie weitergingen.

»Prag.«

»Urlaub«, folgerte er zerstreut.

»Endgültig«, erklärte ihm Helene. Lang wurde aufmerksam. Etwas Ernstes ging hier vor sich, aber er wußte nicht genau, wie er danach fragen sollte. Er nahm sich vor, nicht mehr an den Zahn zu denken, der jetzt relativ ruhig war, wie er zugeben mußte, und nicht mehr an Thea. Er mußte besser darauf achten können, was Helene sagte. »Wann haben Sie sich entschieden?« fragte Lang schließlich, wobei er seine Stimme über das Geschmetter der Bahnhofsansagen erhob; als sie plötzlich aufhörten, kam sie ihm zu laut vor.

»Seit drei Monaten ungefähr«, antwortete Helene und sah ihn zum ersten Mal direkt an. »Aber richtig erst heute morgen, jedenfalls, was Fahrkarten und solche Dinge betrifft.«

»Seit drei Monaten«, hörte er sich wiederholen. Der Zahn pochte wieder, und seine Aufmerksamkeit ließ nach. Eine physische Angelegenheit, wirklich, und nicht eine Frage des Willens oder der Konzentration. Eher wie eine Welle, die aufs Meer hinausgleitet. Keine Welle, aber etwas in der Richtung.

»Wir wissen, was sie aus dem Feuer im Reichstag machen werden«, fuhr sie fort. Von dem Feuer und dem holländischen Kommunisten, der es gelegt haben sollte, hatte Lang in der Morgenzeitung gelesen. Er hatte es sich wie den Brand der Chemie-Fabrik vorgestellt, den er als Höhepunkt des *Testaments* inszeniert hatte. Während er die Zeitung las, war ihm klargeworden, daß er über das Feuer noch nachdenken mußte. Er hatte sich sogar eine Notiz gemacht, damit er nicht vergaß, die Abendzeitungen zu kaufen und herausfand, wieviel Aufmerksamkeit er noch darauf verwenden müsse.

»Er hat einen Tisch für uns«, sagte Helene. Sie befanden sich jetzt in der Arkade, unter riesigen winkligen Glasscheiben, die meterhoch über ihnen von Eisengittern gehalten wurden und um diese Tageszeit kaum sichtbar waren, da kein Licht von draußen hereindrang. Der Geruch nach nasser Wolle und Diesel. Und hier, an einem Tisch des Cafés, das zur Arkade hin offen war, fiel ihm plötzlich auf, daß er sich im Bahnhof Zoo befand, weil er ein Modeheft für seine Frau kaufen wollte, und daß ihm gegenüber ein Ehepaar saß, das gerade Deutschland verlassen wollte, wahrscheinlich für immer, und diese Entscheidung erst heute getroffen hatte.

Brecht las halblaut in einem Abendblatt. Lang erinnerte sich, daß er ihn vor vielen Jahren das erste Mal bei Piscator getroffen hatte und kurz darauf bei einem Treffen der Linken, zu dem ihn jemand mitgenommen hatte. Kurzzeitig sah es so aus, als würde Lang Brechts *Dreigroschenoper* verfilmen, aber die Finanzierung kam nicht zustande, andere Projekte schoben sich dazwischen, und der Film wurde schließlich von Pabst realisiert. Bevor das Projekt gescheitert war, hatten er und Brecht sich einige Male getroffen, und er erinnerte sich jetzt mit Rührung daran. Brecht haßte Filme und schrieb nur auf Durchschlagpapier, das er der Länge nach halb faltete. Lang hatte ihm erklärt, daß in der *Dreigroschenoper* nichts sei, das François Villon nicht schon fünfhundert Jahre vor ihm gesagt hatte. Jetzt verabschiedete er sich von ihm im Bahnhofscafé. Lang versuchte, über all dies nachzudenken, ohne auf Begriffe wie sich kreuzende Wege oder die Verflechtungen des Schicksals zurückzugreifen, auf die er sich in seinen Dreißigern noch berufen hätte. Jetzt kamen sie ihm nicht mehr so hilfreich wie früher vor und auch nicht angemessen für einen Mann mit seiner Erfahrung.

»Einen Milchkaffee«, bestellte Helene.

Brecht hielt zwei Finger hoch. »Und eine Kirschtorte.«

»Eine Schokolade«, sagte Lang. Er war damals zu spät zu dieser Versammlung der Linken gekommen, die in einem überladenen Salon in Wilmersdorf stattfand. Offensichtlich war Brecht gerade für seine Einstellung kritisiert worden. Während er sich nach einem Stuhl umsah, bekam er noch den Schluß seiner Selbstkritik mit, in der er versprach, an seiner Ablehnung von Disziplin zu arbeiten. »Ich muß die Notwendigkeit als solche anerkennen«, hatte Brecht gesagt und seine Nickelbrille dabei abgenommen, um die Worte zu unterstreichen. Es war eine gute Zeile, mit genau der richtigen Mischung aus Anmaßung und Selbstkritik. Lang hatte sie sich notiert, um sie nicht zu vergessen. Correll und den anderen in der Ufa gegenüber konnte er sie gut gebrauchen.

»Hast du Willi angerufen?« fragte Helene ihren Mann.

»Ich will ihm ein paar Zeilen schreiben.« Brecht hatte seinen Mantel ausgezogen. Er trug ein plump geschnittenes, graues Tweedjackett und ein buntes, bis zum Hals zugeknöpftes Hemd ohne Krawatte. Die Höhe des Glasdaches verwirrte Lang, er fragte sich, ob er wirklich ›drinnen‹ sitze. Der Kellner erschien und stellte die Schokolade vor Lang auf den Tisch. Er brauchte nicht zu fragen.

»Wir haben viel Zeit.« Brecht legte seine brennende Zigarre auf den Aschenbecher. Helene blies noch einmal über ihren Kaffee.

»Kann ich irgendetwas tun?« fragte Lang und zündete sich eine Zigarette an. Er versuchte, sich zu konzentrieren. »Etwas erledigen oder so…«

»Meine Genossen kümmern sich schon darum.« Brecht antwortete abrupt.

»Es war nicht einfach«, sagte Helene im Ton gewohnheitsmäßiger Entschuldigung.

»Danke jedenfalls«, sagte Brecht abschließend.

»Ich habe Freunde in Prag...«, begann Lang.

»Die haben wir auch«, schnitt Brecht ihm das Wort ab.

Helene rührte in ihrem Kaffee, hob ihn teelöffelweise an ihre Lippen. Lang sah zu, wie Brecht eine Unmenge Zucker in dem Kaffee vor ihm versenkte. Dann hob er den Arm, um die Schale mit dem Chromdeckel zurückzustellen, und Lang wurde daran erinnert, wie sehr dieser Mann stinken konnte. Seine Schokolade war bitter, er hätte sie eigentlich süßen müssen, aber er machte keine Bewegung, um Zucker zu nehmen.

Brecht las jetzt laut aus der Zeitung vor ihm vor: »›*Verordnung vom 28. Februar. ...werden bis auf weiteres außer Kraft gesetzt. Es sind daher Beschränkungen der persönlichen Freiheit, des Rechts der freien Meinungsäußerung, einschließlich der Pressefreiheit, des Vereins- und Versammlungsrechts, Eingriffe in das Brief-, Post-, Telegraphen- und Fernsprechgeheimnis, Anordnungen von Haussuchungen...*‹ Sie sollten zuhören, mein Lieber ›*...und von Beschlagnahmen sowie Beschränkungen auch außerhalb der sonst hierfür bestimmten gesetzlichen Grenzen zulässig.*‹«

Ein Gepäckwagen, der mit Reisekoffern und -kästen überladen war, rollte scheinbar führerlos langsam auf sie zu. An dem Gitter, das das Café vom allgemeinen Teil der Arkade trennte, blieb er hängen. Betont langsam erschien ein etwa zehnjähriger Junge hinter einem der Seemannskoffer. Er rief »Papa«, wobei er mühsam ein Lächeln unterdrückte, um nicht dabei ertappt zu werden, wie er über seinen eigenen Scherz lachte.

»Stefan«, antwortete Brecht.

Der Junge verschwand, und der Wagen rollte weiter.

»Er kommt zurück«, beruhigte Brecht Helene. »Wir könnten einsteigen, sobald die Schlafwagen bereit seien, hieß es«, beschwerte sie sich. »Wir haben keinen Schlafwagen. Unser Abteil ist fertig. Aber nicht die Schlafwagen.«

»Die Menschheit«, begann Brecht und legte seine Hand auf den Arm seiner Frau. »Die Menschheit hat Jahrhunderte darauf gewartet, daß eine wahrhaft menschliche Geschichte beginnt. Verglichen mit dieser epischen Geduld...«

»Mein Mann«, sagte Helene ausdruckslos.

Aus den Augenwinkeln heraus verfolgte Lang eine Gestalt, konnte aber nicht sofort entscheiden, warum er aufmerksam geworden war. Die Gestalt hatte den Gang Erichs, seines Dieners und Fahrers, der angeblich mit einer schrecklichen Grippe zu Hause geblieben war. Entweder war es nicht Erich, oder er hatte Lang angelogen. »Ich bedauere es, daß Sie weggehen«, sagte Lang und hätte sich am liebsten sofort auf die Zunge gebissen. Es besagte gar nichts. Nur ein zerstreuter Mann konnte so etwas aussprechen.

»Unnötig zu sagen, daß wir auch voller Bedauern sind.« Es war schwierig, aus Brechts Stimme den Grad von Ironie herauszuhören. Lang hatte Brechts Pokergesicht schon immer irritiert, sich aber schließlich damit abgefunden, ja, es der peinlichen Ernsthaftigkeit der Legionen, mit denen es einfach zu arbeiten war, sogar vorgezogen.

»Vor allem bedauere ich es«, fuhr Brecht fort, wiederum ohne ein Zeichen, wie man ihn verstehen sollte, »den letzten Willen Mabuses zu verpassen.« Er löffelte dicke, klebrige Reste vom Boden seiner Tasse. Lang fragte sich, wie er dieses Zeug überhaupt schlucken konnte, ohne Wasser oder etwas ähnliches, um es hinunterzuspülen. »Ja. *Das Testament des Dr. Mabuse.* Ihr Film...«, und hier wurden die Anführungszeichen unüberhörbar, »mit Politik.«

»Mein Film mit Politik.«

»Sie sprechen von Politik wie von etwas, das man einer Sache hinzufügt. Wie Zucker zu Kaffee.« Dabei holte er übermäßig mit den Händen aus, als spielte er für die hinteren Reihen.

»Sie müssen es ja wissen.«

Die Lautsprecher schwiegen. Lang hörte auf das unaufhörliche Geräusch von Schritten, das ferne Zischen von entweichendem Dampf, schmerzlich unverständliche Abschiede auf dem Bahnsteig. Dann war seine Schokolade kalt.

»Kannst du die Uhr von hier aus sehen?« fragte Helene. Das Monokel störte sein Auge, und Lang nahm es herunter. Er drückte seine Zigarette aus. Es war eine Boyard, schwarzer Tabak, der lose zwischen gelbe Maisblätter gestopft war. Wenn er sie nicht finden konnte, rauchte Lang Gitanes, die ähnlich scharf im Geschmack waren, aber nicht so stark.

»Halt den Mund!« befahl Brecht seiner Frau.

Stefan erschien und bohrte von hinten seinen Kopf unter Brechts Achsel, bis der Arm seines Vaters um seine Schultern lag. Er lächelte.

»Sicher können Sie das *Testament* auch in Prag sehen.« Lang stand schon, hielt den Kellner am Unterarm fest und drückte ihm einen Schein in die Hand, der selbst bei

Bahnhofspreisen ein großzügiges Trinkgeld einschloß. Er hätte auch »oder in Hollywood« hinzufügen können, fiel ihm ein, aber irgendwie war es jetzt zu spät dafür, und als er darüber nachdachte, war er froh, daß er nicht mehr gesagt hatte. Dann sah Brecht ihn an, und er setzte sich wieder hin, nachdem er zuerst an den Knien seiner Hose gezogen hatte.

»Die Welt ist nicht traurig«, sagte Brecht gerade. »Die Welt ist groß.«

Lang fragte sich, warum Zigaretten nach Kaffee besser schmeckten als nach Schokolade. Sein ganzer Kiefer pochte jetzt. Er müßte vorsichtig sein deswegen, sagte er sich, aufpassen bei heißen und kalten Getränken. Und daran denken, am Zeitungsstand zusammen mit der *Dame* alle Zeitungen zu kaufen, um sich endlich ein Bild davon machen zu können, was vor sich ging. Dann kam die Ankündigung über die Lautsprecher, daß der Zug nach Prag jetzt für Fahrgäste bereitstehe.

Brecht sah auf die Kirschtorte, die bis auf ein kleines Dreieck, das Helene an der Spitze herausgeschabt hatte, unberührt war und bot sie Stefan an. »Schade, daß man gar nicht soviel fressen kann, wie man kotzen möchte«, sagte er.

Lang küßte Helene auf beide Wangen, dann umarmte er ungeschickt ihren Mann.

»Auf unsere Arbeit!« erklärte Brecht. Die Ledermäntel rieben quietschend aneinander.

»Natürlich«, flüsterte Lang an seinem Ohr.

»Wir haben verloren«, sagte Brecht, als würde er zitieren.

Er sah ihnen nach, wie sie sich ihren Weg zum Bahnsteig bahnten, Stefan teilte die Menge, Helene einen halben Schritt dahinter, mit Koffern in der Hand.

Am Zeitungsstand kaufte er das *Tageblatt,* die liberale jüdische Zeitung, und die *Vossische Zeitung,* die gute, graue »Tante Voss«. Er wollte auch die *Rote Fahne,* die kommunistische Zeitung kaufen und erfuhr, daß sie seit der Razzia auf das Karl-Liebknecht-Haus, die Parteizentrale, am Freitag nicht erschienen sei. Ab und zu guckte Lang auch in das Nationalsozialistische Blatt, den *Völkischen Beobachter,* hatte aber vor einiger Zeit schon entschieden, das verdammte Ding nicht zu kaufen. Hugenberg, dem die Ufa gehörte, besaß auch verschiedene Zeitungen, die im Studio frei verteilt wurden, und die Lang niemals las. Er wußte, was darin stand, bevor er sie gelesen hatte. Das war überhaupt sein Problem, mit den meisten Dingen. Das Titelblatt der *Dame* zeigte eine Zeichnung von Marlene Dietrich, ein Aquarell in breiten Pinselstrichen. Er würde die Dietrich gerne kennenlernen, irgendwann einmal. Komisch, daß er sie nie getroffen hatte.

Der Wagen stand dort, wo er ihn abgestellt hatte. Er stieg ein und zündete eine Boyard an. Das Streichholz erhellte seine Backenknochen, sein Kinn, die sich vertiefenden senkrechten Linien auf beiden Seiten seines Mundes. Dann schnippte er das Streichholz aus und rauchte im Dunkeln, bevor er den Motor anließ. Ein Auto glitt vorbei, beleuchtete kurz sein Gesicht, das er im Rückspiegel betrachtete. Zuhause würde er sich rasieren müssen. Hugenberg war Reichsminister für Ernährung und Landwirtschaft und Reichswirtschaftsminister und der Führer der Deutschnationalen Volkspartei. Vielleicht konnte Hugenberg ihn der Dietrich vorstellen. Das lag bestimmt in seiner Macht.

Lang steuerte den Sportwagen aus der Lücke und in die Hardenbergstraße. Er zündete ein neues Streichholz an.

Sein Licht spiegelte sich in der Windschutzscheibe des Lancias, löschte einen Moment die Nacht draußen aus. Er spürte, wie seine Augen sich vor dem Licht verengten. Als er das Streichholz in schneller Bewegung ausmachte, weiteten sich die Pupillen, paßten sich der Nacht wieder an, und er konnte die roten Rücklichter des Autos vor ihm wieder erkennen.

Jahrelang hatten sie am Rande Berlins gewohnt, im ›reichen Vorort Dahlem‹, wie ihn die Zeitungen gewohnheitsmäßig nannten. Vor zwei Jahren war ihm das Hin- und Herpendeln schließlich zu lästig gewesen. Undeutlich fühlte er, daß es sich näher am Zentrum des Geschehens besser leben ließe und mietete sich einen *pied-à-terre* am Breitenbachplatz. Sieben Zimmer, drei Kamine und ein Balkon, von dem Lang sich ständig aufgefordert fühlte, Reden zu halten und Passanten aufzuwiegeln. Im Laufe des letzten Jahres etwa war das Haus in Dahlem – mit ihren Dachshunden, seiner prä-kolumbianischen Kunstsammlung – Theas Haus geworden, der *pied-à-terre* seines. Inzwischen zog er diese Wohnung sogar vor. Man konnte seine Schuhe vor die Tür stellen, und am nächsten Morgen waren sie geputzt, obwohl er bis heute nicht mitbekommen hatte, welcher Mechanismus dahintersteckte. (Im Augenblick wurde das Haus gerade renoviert, die Hunde waren in einem Heim untergebracht, und Thea lebte am Breitenbachplatz. In ein paar Wochen würde sie nach Dahlem zurückziehen, und in vielerlei Hinsicht wäre das eine Erleichterung.)

Es war zu spät für die Konditorei. Gegenüber vom Sportpalast gab es einen Tabakhändler, der Boyards führte. Lang bog zweimal rechts ab. Der Mercedes hinter ihm bog ebenfalls zweimal rechts ab. Als er wieder auf der Hauptstraße war, glaubte er, ihn einige Autos weiter hinten zu erkennen, war aber nicht sicher. Er hatte drei Schachteln gekauft, genug für eine schlaflose Nacht, falls ihm eine bevorstand. An der Ecke der Hochbahn bremste er scharf, um einen Radfahrer in Kappe und Knickerbokkern nicht zu überfahren. »Ich hätte etwas essen sollen«, hörte er sich selbst laut sagen.

Der Hausportier händigte ihm einige Bügel mit Hemden aus, die Lang vor zwei Tagen in die Wäsche gegeben hatte; auch das weiße aus Baumwollvoile, das zu seinen Lieblingshemden gehörte.

Er bedankte sich. Als die Dinge schlecht standen, vor ein paar Monaten, hatte er die Gewohnheit angenommen, den Portier zu fragen, ob Frau Lang zu Hause sei. Er wollte nicht erst an der Tür feststellen müssen, daß seine Wohnung leer war. Als er nicht mehr sicher sein konnte, daß es beiläufig genug klang, hatte er damit aufgehört. Heute konnte er fragen, oder auch nicht fragen, ohne daß die Sache noch ein besonderes Gewicht gehabt hätte, so oder so.

Lang stieg zwei Treppen hoch. An ihre Stufen hatte er sich niemals gewöhnen können, weil sie etwas zu flach für seinen Schritt waren. Die Wände des Flurs waren mit Mahagoni getäfelt, der Teppich dunkelrot und dicht gewebt, aber aus irgendeinem Grund roch es doch eher nach Holz als nach Wolle. Er drehte den Schlüssel im Schloß, trat ein und knipste die Deckenleuchte an. In einer Kristallvase auf dem Tisch der Eingangshalle stand eine Rose, das Zeichen, das sie ausgemacht hatten, daß Thea nicht nach Hause kommen würde. Er zog die Schuhe aus und stellte sie vor die Tür, die er leise schloß. Sie mußten dringend geputzt werden, und er war zufrieden, daß er daran gedacht hatte. Lang lehnte *Die Dame* zusammen mit der anderen Post gegen den achteckigen Fuß der Vase auf dem Dielentisch. Er würde irgendwo hingehen zum Abendessen oder vielleicht überhaupt nichts essen. Lang konnte es nicht leiden, allein zu essen, nicht an seinem eigenen Tisch. Manchmal, wenn Brot im Haus war, das er aufschneiden konnte, und Kalbfleisch oder Roastbeef, strich er sich selbst ein Brot und aß es im Stehen. Aber nicht heute abend. Er setzte sich in seinen Lieblingssessel, den aus rotem Leder, und türmte zur Beruhigung die Boyard-Schachteln auf dem Tisch daneben auf. Vielleicht konnte man noch etwas mit den Überblendungen tun, die Kosterlitz so gut gefallen hatten. Er würde Nebenzal, seinen Produzenten, anrufen, um herauszufinden, ob die Ufa schon die Verleih-Kopien fertiggestellt hatte.

Dann fühlte er die bekannte Mattigkeit in sich aufsteigen, und er wußte, daß er sich nicht mit dem *Testament* beschäftigen würde, bestimmt nicht. Er stand auf, holte Gin, Vermouth und den Mixbecher. Der Zahn störte ihn kaum noch. Er stapelte Reisig und Scheite im Kamin auf. Er würde in die Flammen sehen, dann ausgehen und etwas essen. (Wenn er jetzt schlafen ging, würde er nach vier oder fünf Stunden wieder aufwachen, und sich den Rest der Nacht um die Ohren schlagen müssen. Es war bei weitem besser, sich den Magen vollzuschlagen und bis Mitternacht gar nicht erst zu versuchen, ins Bett zu gehen.)

Er hätte jetzt gerne einen Karl May gelesen, aber sie befanden sich alle in Dahlem, erinnerte er sich, außer einem, den er in das Büro der Nero-Filmgesellschaft mitgenommen hatte, um ihn Nebenzal zu zeigen. Als das Feuer hell brannte, setzte er sich mit den Zeitungen davor. Wenn Thea von ihrem neuen Begleiter sprach, sagte sie immer nur ›der Amerikaner‹. Sie nannte ihn nicht beim Namen, das war ernst. Einmal hatte sie ihm erzählt, daß der Amerikaner nicht so groß wie er sei, aber das war auch alles, was er wußte. Er könnte in ihr Schlafzimmer gehen und nachsehen, ob das Diaphragma da war; aber er ging nicht. Er fühlte sich nicht besser, wenn es da war. Das letzte Mal hatten sie im Herbst vor zwei Jahren miteinander geschlafen. Er hatte ein paar kleine Affären gehabt, die ihm nichts bedeuteten. Thea konnte das nie verstehen. Sie befand, daß sie entfremdet seien, und war seit Dezember mit einem Liebhaber zusammen. Er könnte jetzt ins Schlafzimmer gehen: die oberste Schublade, zwischen den Strümpfen. Natürlich wäre es nicht da. Seitdem sie herausgefunden hatte, daß er kontrollierte, schleppte sie das Ding überall mit hin. Über dem Kamin hingen zwei kleine Portraits von Thea, die Otto Dix gemalt hatte. Das eine zeigte sie von vorn, das andere, das ihm lieber war, im Dreiviertel-Profil. Rechts davon befand sich ein kleiner Vogel, eine prä-kolumbianische Figurine, die Professor Umlauff vom Völkerkunde-Museum ihm geschenkt hatte. Er hatte ihn kennengelernt, als er für die *Spinnen* recherchierte. Es wäre gut, bald die restliche Sammlung aus Dahlem zu holen. Lang wußte jetzt, daß er nicht noch einmal dort leben würde.

Er schloß die Augen und sah schimmernden Stahl vor sich, Eisenbahnschienen, die im Mittelgrund zusammenliefen, einem Horizont zu, der niemals ganz deutlich wurde. Die Holzschwellen kamen auf ihn zu, langsam erst, dann mit stetig zunehmender Geschwindigkeit. Er saß tief, gerade über dem Gleisbett, und die Schienen krümmten sich nach außen, als sie sich nach beiden Seiten teilten. Es war Nacht. Die Trasse vor ihm wurde vermutlich von dem Scheinwerfer des Zuges erhellt, aber auch als er schneller wurde, erreichte sein Licht niemals ganz den Horizont, den Punkt, an dem die Schienen sich treffen. Er öffnete die Augen. Er mußte geschlafen haben, obwohl schlafen eigentlich nicht das richtige Wort dafür war. Als das Telefon läutete, bemühte er sich gerade, eine Zigarette anzuzünden.

Das Telefon stand im nächsten Zimmer.

Er hob ab. Ein Brief sei für ihn abgegeben worden, informierte ihn der Portier. Sollte er ihn hochbringen oder unten liegenlassen, wo Herr Lang ihn selbst abholen könnte, ganz nach Belieben.

»Bringen Sie ihn herauf.« Lang legte auf. Er ging in sein Schlafzimmer und wählte eine Rauchjacke aus dunkelroter Seide mit Moiré-Aufschlägen. Dann öffnete er die Tür seines Apartements. Während er am Kamin eingenickt war, hatte man unbemerkt seine Schuhe geputzt. Der Portier kam hoch und übergab ihm einen Umschlag. Er schien kurz zu zögern, bevor er ging, als ob er auf ein Trinkgeld warte. Nicht gerade geschickt, da Lang wie die übrigen Mieter des Hauses das Personal recht großzügig zu Weihnachten bedachte. Lang kehrte zu seinem Sessel zurück. Die Zigarette, die er nicht richtig angezündet hatte, war im Aschenbecher ausgegangen.

Es war ein handgeschriebener Brief Hugenbergs. Er hatte die Ehre, Herrn und Frau Lang am kommenden Abend zum Essen einzuladen, rsvp. Ein leicht vergilbter Zeitungsausschnitt, der dreimal gefaltet war, flatterte zu Boden. Lang erkannte die persönliche Kolumne Hugenbergs, der Herausgeber der *Deutschen Allgemeinen Zeitung* war. Er klemmte das Monokel ein und zog die Tischlampe näher.

*Während der Wahlen von 1930 sagte ich: »Stärkt den rechten Flügel!« Tausende verstanden dies als Aufforderung, die Nazis zu wählen, weil sie »heute der rechte Flügel« seien. Eine kurze Bemerkung hierzu. Wir, die*

*Deutschnationalen, sind immer noch der rechte Flügel. Niemand übertrifft uns im Geist des nationalen Erwachens. Der Kampf gegen den Kommunismus und seine Anhänger wurde von meiner Partei mit Weitblick angeführt. Unsere grundlegenden Wirtschafts- und andere Programme sind von jedermann einsehbar. Wir brauchen einen nationalen Aufschwung des Geistes und der Entschlußkraft in Deutschland. Aber wir brauchen auch Nüchternheit und Klarheit in dieser Zeit der Verwirrung, des Zögerns und der außerordentlichen Gefahr. Wer auch immer uns führen will, muß uns stark machen. Wenn ich also sage, stärkt den rechten Flügel, so meine ich, stärkt die Deutschnationale Volkspartei.*

Darunter stand auf dem weißen Feld, das zum Kopfteil einer Modeanzeige gehörte, der Satz: »Eine meiner Lieblingskolumnen für einen meiner GESCHÄTZTESTEN Regisseure.« Das Wort ›geschätzt‹ war dreimal unterstrichen.

Lang hob den Hörer ab. Er erreichte den Portier und fragte, ob jemand auf Antwort warte. »Nein, Herr Lang«, antwortete er.

»Gibt es ein Mißverständnis?«

»Durchaus nicht«, beruhigte ihn Lang. Ohne den Hörer wieder aufzulegen, drückte er auf die Gabel, wartete auf den Ton und wählte aus dem Kopf die Nummer seines Zahnarztes, Dr. Humm.

»Probleme?« fragte Dr. Humm.

Lang erläuterte das Problem. Dr. Humm erklärte, er würde ihn morgen nachmittag drannehmen, wenn es wirklich eilig sei.

»Es ist eilig«, versicherte ihm Lang. Er stocherte im Feuer herum, das zischte und spuckte. Als es wieder aufflammte, legte er ein frisches Scheit nach. Den Blick auf die sorgfältig gemalten Dix-Portraits geheftet, zog er sich in seinen Sessel zurück. Wenn er zum Essen ging und keinen Kaffee trank, würde er sicher schlafen können, wenn er nach Hause käme. Der kurze Schlummer vor dem Kamin, bevor das Telefon läutete, war bedauerlich, aber doch nicht lang genug, um ihm den Rest der Nacht zu verderben. Die Einladung zum Abendessen war bestimmt keine gute Nachricht. Lang wußte nicht genau, warum die Kolumne dabeigelegen hatte oder warum man gerade diese ausgewählt hatte; aber er wußte, was es bedeutet, wenn der Besitzer der Gesellschaft, die deinen Film vertreiben soll, sagt, daß er dich schätzt, dreimal unterstrichen. Also war Hugenberg in der Vorführerkabine gewesen. Dabei glaubte Lang sich doch zu erinnern, daß er den Film schon gesehen hatte. Das neue Scheit brannte hell, und es gab einen lauten Knall, als das darunterliegende in zwei Teile barst. Das Licht im Zimmer flackerte leicht, als die Flammen das neue Scheit ganz einhüllten. Die Deckenlampe und die Leselampe erhellten den Raum. Die Kamin-Schatten konnte er gerade noch sehen. Plötzlich erinnerte er sich an einen Satz Brechts, anläßlich einer ihrer Besprechungen zur *Dreigroschenoper:* »Wir dürfen nicht sagen, daß wir geschlagen wurden, weil wir gut waren, wenn wir in Wirklichkeit geschlagen wurden, weil wir schwach waren.«

Lang konnte sich an den genauen Wortlaut nicht mehr erinnern, der sicher viel eleganter war. Brecht wußte seine Aphorismen zuzuspitzen und gekonnt vorzutragen. Lang fragte sich, warum er sich gerade jetzt an die Zeile erinnerte und was sie mit Hugenberg, dem Zahn oder gar Thea zu tun hatte. Die Gleise waren auf ihn zugekommen, als er schlief. Im allgemeinen bewegten sie sich von ihm weg, erhaben, ultimativ, eigenwillig, als betrachte er sie, zurückblickend, vom letzten Wagen aus.

Er stand auf.

Die Schuhe, die er hereingeholt hatte, als er die Einladung entgegennahm, rochen nach frischer Schuhcreme. Er hielt die Sohlen an die Nase und glaubte, den starken tropischen Geruch nach Anilin-Harz zu riechen, den sie von dem neuen Ufa-Fußboden angenommen hatten. Verwunderlich, daß er bei den vielen Zigaretten, die er rauchte, überhaupt etwas riechen konnte.

Dann hörte er das Klirren eines Schlüsselbunds direkt vor der Tür. Das leichte Klicken, als der Schlüssel einrastete, und das lautere Geräusch, als das Schloß sich drehte.

Thea stand im Eingang, ganz Silhouette, ein langes Trapezoid von verdunkeltem Treppenhauslicht zu ihren Füßen. Sie trug ihr schwarzes Seidenkleid mit den Perlen, die sie von ihrer Mutter geerbt hatte. Ihr Vater hatte sie der Mutter als Verlobungsgeschenk gegeben, und seit diese gestorben war, trug Thea die Perlen, wann immer sie wollte. Lang beglückwünschte sich, daß er schon stand. Natürlich wäre er aufgestanden, um sie zu begrüßen, und vielleicht wäre er ungeschickt erschienen.

»Fritz.«

Er stellte die Schuhe ab. »Thea.«

Sie kam auf ihn zu, küsste ihn auf die Backe, den Mantel schon auf dem Arm, auf dem Weg zur Garderobe.

»Möchtest du Tee?« fragte Lang. »Ich könnte welchen machen.«

»Nein danke.« Ihre Stimme tönte heiser und gedämpft aus dem Wandschrank heraus.

Sie kam zurück ins Zimmer, eine Hand auf der Hüfte. »Ich werde mich früh zurückziehen, denke ich«, erklärte sie ihrem Mann. Er war immer noch empfänglich für das Bild ihrer blaß-blauen Augen. Wie sie sich von der weißen

Haut und dem Haar abhoben, das jetzt blauschwarz war. »Ich muß noch etwas lesen.«

Lang bemühte sich, sein Gesicht ausdruckslos zu halten, dachte, es sei ihm gelungen, aber etwas mußte ihn verraten haben. Thea ging zu der Vase und nahm die Rose heraus.

»Du dachtest, ich würde die ganze Nacht fortbleiben«, sagte sie ihm auf den Kopf zu.

»Ja.«

Er setzte sich. Sie könnte hinter den Stuhl treten und ihre Hände auf seine Schultern legen. Das verpflichtete sie zu nichts.

»Mein unglücklicher Verfolger«, sagte sie schließlich. Als er aufschaute, stand sie vor dem Sessel, die Rose zwischen den Zähnen. Sie legte sie auf den Tisch. »Ich war bei Rudolf.« Sie nahm die Rose wieder auf und machte eine wegwerfende Bewegung mit der rechten Hand.

»Wir sind zum Essen eingeladen morgen abend«, hörte Lang sich sagen.

Thea sah ihn an. »Bei Hugenbergs«, erklärte er.

»Ich dachte, du haßt Hugenberg.«

Lang wandte den Blick von ihr, sah zum Feuer hin. Es brannte kräftig jetzt. Er sah nicht hoch zu dem Teil der Wand, wo – wie er wußte – ihre Bilder hingen.

»Vielleicht. Wenn es früh genug ist. Aber wahrscheinlich nicht. Ich habe später eine Verabredung, die ich einhalten möchte.«

Lang brauchte nicht zu fragen. Er wußte, daß sie ihren Amerikaner treffen würde. Beinahe hätte er ihr von den Brechts erzählt, von der Szene am Bahnhof, aber er wollte die Bemerkungen nicht hören, die sie sicher machen würde. Ihm war sofort klar gewesen, was Brecht gemeint hatte, als er ihn umarmte und »Wir haben verloren« sagte.

Aber er wußte nicht, wie er Thea davon erzählen sollte. Thea hatte Stickereien auf dem Kragen ihres Wintermantels, kleine bunte Umrisse, die Deutschlands verlorene Provinzen darstellen sollten.

»...noch lesen«, sagte Thea. Und als er aufschaute: »Gute Nacht.«

Er zündete eine Zigarette an, hörte auf die Geräusche, wie sie zum Schlafzimmer ging, die Tür öffnete, hinter sich schloß.

»Gute Nacht«, antwortete er etwas zu laut.

Lang ging zu seinem eigenen Schlafzimmer, setzte sich vor den Schreibtisch. Er öffnete das aktengroße Tagebuch mit dem schwarzen Kalbsledereinband, fand die nächste leere Seite.

Neunzehnhundertzwanzig hatte Langs erste Frau, eine russische Jüdin aus Wilna, ihn in den Armen Thea von Harbous gefunden. Lang arbeitete gerade an einem Drehbuch für *Kämpfende Herzen* mit ihr. Die erste Frau Lang ging nach Hause und öffnete sich die Pulsadern mit dem Rasiermesser ihres Mannes. Lang wurde zunächst wegen Mordes angeklagt. Er entdeckte zum ersten Mal, welche dürftigen Indizien für eine Verdächtigung ausreichen. Aus dieser Erfahrung heraus hatte sich seine Gewohnheit entwickelt, jedes kleinste Ereignis eines Tages festzuhalten, jedes Telefongespräch, jeden Besuch; was er zu den einzelnen Mahlzeiten gegessen hatte.

Jetzt knipste er die Schreibtischlampe an, nahm den Füllhalter mit der Goldfeder, der eigens dafür reserviert war, und begann aufzulisten, was er an diesem letzten Tag im Februar des Jahres 1933 getan hatte. Der Zahnschmerz schien langsam nachzulassen, und Lang befürchtete, er würde schmerzfrei sein, bis er Dr. Humm aufsuchen konnte. Er würde nicht schlafen können. Am besten ginge er zu Aschinger, überlegte er. Jeder ging ›nachher‹ dort hin. Man frühstückte, man stand um vier Uhr morgens in der Schlange, es sei denn, man kannte einen der Türsteher. Hugenberg war ein Schwein. Gleich morgen früh würde er ihn anrufen und die Einladung absagen. Lang fragte sich, ob Hugenberg darauf bestehen würde, daß er käme. Und ob er einen Abend ohne Thea durchstehen könnte, ohne auf die vielen Fragen, warum sie nicht anwesend sei, von Leuten, die ihn nicht kannten, antworten zu müssen.

Lang ging ins Bad und zog den Hausmantel aus. Er betrachtete sich im Spiegel und dachte daran, daß er früher am Abend, im Lancia, beschlossen hatte, sich zu rasieren. Er zog sein Hemd aus. Wo die Kugeln ihn getroffen hatten, waren zwei kleine, runzlige Narben auf seiner Schulter zurückgeblieben. Sie waren immer noch da. Sie waren immer da. Er war klein und dick geworden, und das sah man jetzt in seinem Gesicht.

Er ließ das heiße Wasser laufen, drehte seinen Rasierpinsel unter dem Strahl hin und her. Nur eine Lampe an der Decke verbreitete Licht im Badezimmer. Während er sich einseifte, rückte er näher an den Spiegel heran, beobachtete, wie die Teile beschlugen, die sein Atem streifte. Er fragte sich, ob Thea das Exemplar der *Dame* auf dem Dielentisch bemerkt hatte. Vermutlich könnte er an ihre Tür klopfen, aber es war wirklich zu spät dafür jetzt. Mit der Linken zog er die Haut über seiner Backe straff, mit der Rechten nahm er das Rasiermesser mit dem Perlmuttgriff. Schnell war seine Backe sauber und rosig. Er sollte bald abnehmen. »Ich würde gerne«, sagte er zu seinem Gesicht im Spiegel, »einen erleuchteten Wald mitten in der Nacht filmen. Das hat noch niemand geschafft.«

# 2

Doktor Humm hatte einen Parabol-Spiegel auf seiner Stirn. In der Mitte befand sich eine kleine Glühbirne. Zwei dünne Drähte konnte Lang bis zu einer Packung Batterien an seinem Hosenbund verfolgen. Das Ding war nicht annähernd so hell wie die Deckenleuchte. Auf seinem Weg in die Praxis war Lang an zwei Straßenmusikanten vorbeigekommen, ein Mann saß am Harmonium, der andere spielte mit dem Geigenbogen auf einem gebogenen Sägeblatt. Er konnte sie jetzt gerade noch hören. Irgendwie mußte er Humm auf die Haare aufmerksam machen, die aus seiner Nase herauswuchsen. Ihre Wirkung auf Patienten, denen Humm eigentlich Vertrauen einflößen wollte – und der Spiegel schien dafür zu sprechen. Langs Lippen fühlten sich dick und taub an vom Procain. Humm hielt einen Bohrer in der Hand, der durch eine Reihe von Hebeln, Federn, Flaschenzügen mit einem elektrischen Motor verbunden war. Zwei Watteröllchen steckten in seinem Mund. Lang konnte sie nicht länger fühlen. Dann machte Humm eine Bewegung mit der anderen Hand, und der Motor begann sein hohes, häßliches Jaulen.

»Weit auf«, sagte Dr. Humm. Lang versuchte, die Straßenmusikanten über dem Motor zu hören, aber es war unmöglich. Er schaute hoch in Humms Spiegel, seine Nase sah wie eine Knolle aus, die Stirn war total entstellt. Das Bohrgeräusch war jetzt in seinem Mund, und er spürte, wie Humm sich seinen Backenzahn vornahm, rechts unten. Kleine Stückchen Zahnstaub, die der Bohrer verwirbelte, trafen seitwärts seine Zunge. Es schmeckte, oder besser roch, verbrannt, hinten in seinem Hals.

»Bitte spülen«, sagte Humm und holte die Watte heraus.

»Das war alles?« fragte Lang in gespielter Erwartung.

»Nein«, antwortete Humm, der Langs harmlosen Scherz nicht mitbekommen hatte. Er packte Langs Mund mit frischen Watteröllchen voll. Ein paar Takte der *Seeräuberjenny* in der Bearbeitung für Säge und Harmonium konnte Lang erkennen, dann setzte der Motor wieder ein.

»Entspannen Sie sich!« befahl Humm. Lang überlegte, wer der Mann in der Vorführerkabine gewesen war, wenn nicht Hugenberg, der ihn schon gesehen hatte, wie er sich jetzt sicher erinnern konnte. Ufa-Vorstand Kallmann, mit dem Lang vor zehn Jahren in New York gewesen war, war beim Skifahren in der Schweiz. Correll hatte ihn mehrmals gesehen.

»Sie entspannen sich nicht richtig«, mahnte Humm. Lang fühlte den Bohrer vibrieren, als Humm ihn gegen den Zahn stemmte; dann einen scharfen Schmerz, plötzlich und unerwartet, der wie eine Serie von Blitzen sein ganzes Inneres erhellte.

»Hat es wehgetan?« erkundigte sich Humm.

Lang nickte.

»Hat es sehr wehgetan?«

»Ja«, gelang ihm die Antwort.

Der Doktor lächelte. »Also ist der Nerv noch nicht tot. Gute Nachricht für Sie, mein Lieber.« Er schnippte den Motor wieder an.

»Nein«, sagte Lang. Er betrachtete sein Gesicht, das

von dem Parabol-Spiegel wie auf dem Jahrmarkt verzerrt wurde. Es war wirklich komisch gewesen, wie sich seine Lippen in dem Spiegel bewegt hatten, als sie das Wort ›nein‹ formten. Humm holte die Watte heraus.

»Ich bin ein Feigling«, erklärte Lang, nachdem er seinen Mund ausgespült hatte. »Was physischen Schmerz betrifft.«

»Der Nerv lebt noch«, sagte Humm nach einer Pause. Lang sagte nichts.

»Bloß«, fuhr Humm fort und gestikulierte dabei zwanglos, den vergessenen Bohrer immer noch in den Händen, als wüßte er nicht, wie bedrohlich sein Überschwang jemandem vorkommen mußte, der unter ihm im Stuhl saß – »bloß, daß Sie es spüren werden. Ich kann Ihnen noch etwas von dem Betäubungsmittel geben. Aber spüren werden Sie es.«

Mit dem Zeigefinger verfolgte Lang Bruchstücke seines Zahns, die immer noch in der Tasche zwischen Backe und Zahnfleisch steckten und recht groß sein mußten. Das Wasser in der Porzellanschüssel, in die er spuckte, spritzte gegen den Uhrzeigersinn. Vielleicht war sie für unterhalb des Äquators konzipiert worden.

»Sie würden nicht wollen, daß ich Sie anlüge.« Humm hatte den Bohrer endlich losgelassen, der an seinem Storchschnabelarm auf- und abhüpfte.

Lang starrte auf seinen Finger. Er konnte nicht verstehen, wie die Bruchstücke, die sich auf seinem Zahnfleisch so groß anfühlten, hier draußen im Licht so winzig sein konnten, nicht größer als Sandkörner. Das Gebüsch, das aus Humms Nasenlöchern sproß, konnte man vielleicht als Teil seines Schnurrbarts ansehen, sagte sich Lang. Aber man mußte schon kurzsichtig sein. Oder unaufrichtig mit sich selbst. Er schaute zum Fenster hinüber, als er Säge und Harmonium wieder hörte. Sie spielten eine Volksweise, die er kannte, deren Namen ihm aber nicht einfallen wollte, obwohl er ihm auf der Zunge lag. Die Holzstäbe der Jalousien waren vollständig geschlossen, und er konnte nichts sehen. Lang hatte zwei Versionen des *Testaments* gedreht, eine in Deutsch, eine in Französisch, mit einer etwas anderen Besetzung. Nebenzal hatte einen Cutter engagiert, der die französische Version an Langs Schnitte im Deutschen angleichen sollte, und hier gab es sicher noch einiges zu tun für ihn, vermutete Lang. Normalerweise hätte er sich längst auf etwas Neues gestürzt. Aber er befand sich, wie man so schön sagt, zwischen zwei Aufgaben, und während er jetzt auf Humms teuflischem Stuhl saß, erinnerte er sich plötzlich an etwas, das er seit Jahren gewußt hatte: er war nur wirklich glücklich, wenn er arbeiten konnte. Das Duo spielte wieder Passagen aus der *Dreigroschenoper*.

»... Lachgas«, sagte Humm gerade. Lang hatte keine Ahnung, wie lange Humm schon sprach.

»Es macht mich immer schwindlig«, erklärte er ihm und gab vor, aufmerksam zu sein. »Benommen, auf unangenehme Weise.«

»Genau, was ich sagte«, unterbrach ihn Humm, und Lang fragte sich, wie offensichtlich es war, daß er längere Zeit seine Gedanken woanders hatte. »Würden Sie Äther vorziehen?« fragte Humm.

»Bin ich dann weg?«

»Ziemlich.«

»Dann auf jeden Fall«, entschied sich Lang schließlich. Sein Nacken schmerzte. Er griff nach hinten, um die Kopfstütze zu regulieren. Der Patient vor ihm war offensichtlich kleiner gewesen. Humm bückte sich, schob die Türen des unteren Medizinschranks zur Seite. Er nahm eine Glasflasche und eine ovale Maske aus Drahtgeflecht heraus. Die Flasche faßte einen Liter Flüssigkeit und war mit einem milchig geschliffenen Glasstöpsel verschlossen.

»Entspannen Sie sich«, sagte Humm noch einmal. »Ich werde diese leichte Maske über Ihre Nase und Ihren Mund stülpen.« Er fuhr fort, als würde er einen Vortrag halten. »Dann werde ich Ihnen mitteilen, daß eine Feder auf Ihrer Nasenspitze gelandet ist, und Sie werden versuchen, sie wegzupusten. Sie werden die Augen schließen, sich entspannen und sich bemühen, die Feder zu entfernen, die ärgerlicherweise genau auf der Nasenspitze klebt.« Sein Vortrag wurde zum Singsang, als würde er vor einem Kindergarten stehen.

»Ich verstehe.« Humm schien fertig zu sein.

»Gut«, sagte Humm und befestigte die Maske über Langs Nase und Mund. Dann deckte er die Maske mit einem dicken Tuch ab.

»Schließen Sie die Augen!«

Lang schloß sie.

»Entspannen Sie sich einfach.«

Lang suchte einen bequemen Platz für seine Finger an den Seiten der lederbezogenen Armstützen des Zahnarztstuhls.

»Jetzt versuchen Sie, diese Feder wegzublasen!«

Das war recht schlau eingefädelt, um ihn zum Inhalieren zu bringen, stellte Lang fest. Beinahe hätte er eine Bemerkung gemacht und Humm wissen lassen, wie durchsichtig er seinen billigen kleinen Trick für einen Erwachsenen fand. Aber dann wollte er ihn doch nicht in Verlegenheit bringen. Im übrigen war es zu spät jetzt. Die Maske unterdrückte alles, was er hätte sagen können.

Der Äther war süß, überwältigend süß, wie Gardenien

oder wie das Anilin-Harz im Vorführraum der Ufa; aber nach kurzer Zeit fand Lang es weniger schwierig, ihn ganz in die Lungen hinunterzuholen und unten zu halten. Er sah Doppelräder aus Drahtgeflecht, nicht unähnlich dem Material, aus dem die Maske bestand. Sie bewegten sich gegeneinander, das linke im Uhrzeigersinn, das rechte dagegen, und an ihrem Verbindungsstück erkannte er die Silhouette eines Mannes, die kleiner und kleiner wurde.

Seit zehn Jahren hatte er Theas Drehbücher verfilmt. Er konnte sich nicht mehr vorstellen, was Schreiben – ohne sie – bedeutete. Manchmal hatten sie sich nicht gerade bestens verstanden, wenn sie zusammen gearbeitet hatten. Aber das war etwas anderes jetzt; sie konnten nicht mehr gemeinsam an einem Schreibtisch sitzen.

Die Räder drehten sich langsamer. Eine wellenförmig schimmernde, gemaserte Oberfläche kennzeichnete das spitze Oval, wo die Scheiben sich deckten. Dann bemerkte er wieder die Silhouette des Mannes, der offenbar einer Eisenbahntrasse folgte, kleiner wurde dabei, aber irgendwie gleich weit entfernt blieb. Er konnte die Schienen jetzt erkennen. Die Schwellen sanken unter ihm ab, eine nach der anderen. Radzahnlöcher wurden sichtbar, an den äußeren Schwellenenden. Eine Zeitlang war er unsicher, ob er auf eine Eisenbahntrasse schaute oder auf einen Filmstreifen. Die Rechtecke sanken, eines nach dem anderen. Der Schattenriß des Mannes wurde noch winziger. Dann schoben sich die drehenden Scheiben wieder in den Vordergrund, verdeckten alles, was dazwischen lag. Es gab ein schreckliches Knirschen, als die Räder gegeneinanderstießen.

Lang öffnete die Augen. Humm hatte augenscheinlich die Jalousien etwas verstellt: dünne Lichtstreifen zogen sich in genau gleichem Abstand diagonal über Fußboden,

Wand und Stuhl. Mit Reibschale und Pistill bereitete Humm etwas vor. Er stand am Fenster. Lang wollte nach oben greifen, um zu sehen, ob das Drahtgeflecht noch immer seinen Mund verdeckte, aber er fand, daß er seinen Arm nicht heben konnte. Er war zu schwer. Er rief sich den Mann ins Gedächtnis, der die gebogene Säge gestrichen hatte. Er hatte eine Stoffmütze aufgehabt und eine Strickjacke mit Schalkragen getragen. Das war nicht warm genug für das Wetter draußen, Sonnenschein, aber gerade über Null. Dann fiel er. Als hätte er sich hoch in den Wolken zum Rasieren in den Sessel zurückgelehnt, und der Friseur hätte beschlossen, die Lehne ganz herunterzudrehen.

Er war einige Zeit wach, bevor er die Augen öffnete. Schon als Kind hatte er das gern getan, Sonntag morgens. Um herauszufinden, wie lange er wach im Bett liegen konnte, ohne sie wissen zu lassen, daß er jedes Wort hören konnte.

Die schrägen Lichtstreifen fielen ihm immer noch über Beine und Brust. Als er den Kopf bewegte, lagen seine Augen nicht länger im Schatten. Humm arbeitete immer noch mit dem Pistill. Lang konnte nicht entscheiden, ob das Knirschen, das er im Traum gehört hatte, vom Bohrer oder von der Reibschale stammte.

»Ich verbinde Silber und Quecksilber zu Amalgam«, trug Humm vor. »Wie fühlen Sie sich?«

Lang versuchte zu sprechen, stellte fest, daß die Watteröllchen seine Zunge blockierten. Er grunzte zustimmend.

»Sie werden eine leichte Verwirrtheit empfinden, die Sie nicht beunruhigen sollte«, fuhr Humm fort. »Sollte sie über einen längeren Zeitraum hinweg fortbestehen, melden Sie sich bitte ohne Scheu in meiner Praxis.« Die

Schatten des Fensters spielten über Humms Unterarm auf und ab, als er das Amalgam bereitete. »Kokain ist ein Anästhetikum, aber es hat auch tonisierende Eigenschaften. Ich kann Ihnen etwas mitgeben gegen die Benommenheit, die Sie vielleicht spüren werden.«

Lang nickte.

»Jetzt versiegeln wir die Kavität hiermit...«, er hielt eine kleine Flasche mit einer hellbraunen Flüssigkeit hoch, »...das man sich als eine Art Schellack vorstellen kann. Dann das Amalgam, mit dem ich die Oberflächen des Zahns – die ich entfernen mußte, als ich die Fäulnis herausholte – wieder aufbauen werde.« Lang lauschte gespannt auf die Säge, das Harmonium, hörte nichts, nur laute Redefetzen, die zwischen mehreren Leuten hin- und hergingen, deren Sinn aber nicht durch Humms Doppelfenster drang.

»Sie kommen mir unaufmerksam vor, Herr Lang. Sie sollten die Grundzüge unserer Arbeit heute verstehen.« Humm tippte einen dünnen Pinsel in die kleine Flasche und begann, den Hohlraum mit dem Lack zu überziehen. Lang starrte wieder in den Spiegel. Er müßte Humm wohl dankbar dafür sein, daß er seinen Zahn gerettet hatte. Er schmeckte etwas Harziges im Mund, das sich von rechts nach links ausbreitete. Es war nicht unangenehm. Wenn er atmete, kam manchmal der Geruch nach verbranntem Knochen zurück, hoch oben in seinem Hals.

»Jetzt zur Kunst«, sagte Humm und schaufelte Amalgam auf einen Miniatur-Spatel. Lang schloß die Augen und überließ sich Humms Sorgfalt.

In die Wand des Wartezimmers war ein Gasofen eingelassen, der durch senkrechte, schmiedeeiserne Stangen gesichert war. Er warf genau abgegrenzte, regelmäßige Schatten über den festen Teppichboden. Lang spielte ein

Kinderspiel, versuchte, nicht auf die ›Striche‹ zu treten. Er war bis zum Mantelständer gekommen, als er Humms Stimme hörte.

»Und mehrere Stunden nicht auf der rechten Seite kauen!« warnte der Doktor. Der Parabol-Spiegel war immer noch um seinen Kopf geschnallt. Irgendwann hatte er die Birne ausgeknipst, um die Batterie zu schonen. Auf der Couch des Wartezimmers saßen zwei Männer, die ihre Hüte nicht abgenommen hatten. Der eine rechts hatte eine Narbe, die vom Augenwinkel bis zum Mund verlief. Der andere bewegte seine großen Hände in ausladenden Gesten und zeigte den chronisch leeren Gesichtsausdruck des Taubstummen, obwohl Lang nur annahm, daß er ›unterbelichtet‹ sei.

»Gegen den Schmerz!« verkündete Humm und warf Lang eine kleine Schachtel zu, die wohl das Kokain enthielt. Lang fing sie mit der Linken, mußte dafür aber auf einen Strich treten.

»Danke«, sagte er automatisch. Während er seinen Ledermantel anzog, wartete er darauf, daß einer der Männer Humms Behandlungszimmer betrat. Als Lang die Tür des Wartezimmers hinter sich schloß, hatten sie immer noch keinerlei Bewegung gemacht, weder um aufzustehen noch um den Hut abzunehmen.

Draußen stand er sofort am Rand einer ansehnlichen Menschenmenge. Er hörte das Martinshorn eines Ambulanz- oder Polizeiwagens, der näherkam. Die Menge schien sich kreisförmig gebildet zu haben, um einen Mittelpunkt herum.

»Was ist passiert?« fragte Lang einen Mann mit Tirolerhut, der schon mit einem Bein auf der Straße stand.

»Vor fünf Minuten«, sagte der und ging weiter. Der Krankenwagen war herangekommen. Die Zuschauer gaben den Weg frei. Lang hielt eine alte Frau an, die vom Zentrum des Geschehens wegstrebte.

»Was ist das für eine Geschichte?«

»Es war schrecklich«, antwortete sie. »Sie haben ihn zusammengeschlagen.«

»Du hast nichts gesehen«, sagte ihre Begleiterin.

»Aber ich habe gehört, was sein Partner gesagt hat«, erinnerte sie die erste.

Lang konnte über mehrere Köpfe hinwegblicken und in die Lücken zwischen Schultern hindurch, dorthin, wo die Sanitäter gerade die Tragbahre aus Leinwand ausrollten. Sie luden den Mann auf, der das Harmonium gespielt hatte. Sein Gesicht bestand nur noch aus blutigen Verbänden, und sein linker Arm war unnatürlich verdreht. Wenn er jetzt ging, könnte er vielleicht Thea noch erreichen, bevor sie mit ihrem Amerikaner verschwand, sagte sich Lang. Der Mann, der die Säge gespielt hatte, preßte eine Hand auf seinen Kopf. »Macht, daß Ihr wegkommt«, brüllte er die Sanitäter an. Sie hatten die Trage im Wagen jetzt. Mit der freien Hand trieb sie der Sägenspieler immer noch ungestüm von sich fort.

»Die Polizei rufen?« schrie er ungläubig. Lang nahm an, daß er unter Schock stand. »Die Polizei rufen?«

»Machen Sie die Straße frei. Es ist alles vorbei«, befahl einer der Sanitäter. Er trug ein spitzes Käppi, und Lang war nicht sicher, ob er irgendeine offizielle Funktion hatte. Ohne es zu merken, war er in die erste Reihe vorgedrungen. Blut tropfte in dicken malerischen Rinnsalen vom Kopf des Musikanten herab. Er hielt ein Taschentuch oder ein Stück Gaze daraufgepreßt.

»Nichts mehr zu sehen«, behauptete der Mann mit dem Käppi. Als er über seine Schulter blickte, entdeckte Lang, daß die Menge keineswegs kleiner geworden war.

»Schweine«, sagte der Sägenspieler. Man wußte nicht, wen er meinte. Dann rollte der Krankenwagen an, und der Sägenspieler griff schnell nach der hinteren Tür, um mit seinem Kameraden mitzufahren. Ein Mann im marineblauen Mantel saß auf dem Randstein und schnürte seine Schuhe auf und zu. Immer wieder. Sein rechtes Auge war purpurrot und geschwollen. Lang setzte sich neben ihn.

»Was ist geschehen?« fragte er leise. Der Krankenwagen, der jetzt schneller wurde, hatte das Martinshorn eingeschaltet.

»Sie spielten aus der *Dreigroschenoper*, als die Braunhemden vorbeikamen.«

»Sind Sie in Ordnung?« hörte Lang sich fragen. Der Mann antwortete nicht.

»Ich war beim Zahnarzt«, sagte Lang nach einer Pause und stand auf. Es gab immer noch eine kleine Ansammlung von Leuten, zwei Reihen im Halbkreis, vor einem leeren Bordstein und Kopfsteinpflaster, wo etwas geschehen war.

»Es gibt nichts zu sehen«, wiederholte der Mann mit dem Käppi. Lang stellte sich plötzlich den Mann mit der Narbe vor, den aus Humms Wartezimmer, und wie er ihm am Steuer des Mercedes gestern gefolgt war, durch mehrere aufeinanderfolgende Richtungsänderungen hindurch. Das war letzte Nacht gewesen. Aber er hatte den Fahrer des Mercedes gar nicht gesehen und er hatte auch keinen Grund anzunehmen, daß er dem Mann mit dem Narbengesicht schon einmal begegnet war.

»Sind Sie sicher, daß ich nichts für Sie tun kann?« Lang beugte sich zu dem Mann im marineblauen Wollmantel hinunter.

Der Mann war vollauf mit seinen Schnürsenkeln beschäftigt und hörte nichts, zumindest antwortete er nicht. Schließlich ließ Lang ihn sitzen und ging die Kochstraße hinunter, auf sein Auto zu. Langs Mutter Paula war zwar Jüdin von Geburt, aber im römisch-katholischen Glauben aufgewachsen. Sie hatte ihren Sohn mit dem Eifer der Konvertiten erzogen. Die wichtigste Kindheitserinnerung, die er sich regelmäßig wieder vor Augen rief, war der Christkindlmarkt. Auf einem niedrigen, hölzernen Podest, nur ein oder zwei Schritte über dem Kopfsteinpflaster, waren einfache Holzbuden aufgebaut, die mit billigem Weihnachtsspielzeug angefüllt waren. Da die Durchgänge zwischen den Buden ebenfalls überdacht waren, konnte man selbst im Schneesturm all die farbigen Kerzen und Öllampen bestaunen. Da gab es herrliche Dinge zu kaufen: fröhlichen Christbaumschmuck, Glaskugeln und Sterne und Girlanden aus silbernem Flitter, dazu rotbackige Äpfel und goldene Orangen und Datteln; fantastisches Spielzeug, Schaukelpferde und Marionetten, Kasperlepuppen und Zinnsoldaten; Spielzeugtheater mit Figuren und Dekorationen für viele verschiedene Stücke. Und dann gab es den Wurstlprater mit seinem Riesenrad, den Schießständen, Jahrmarktsbuden und Karussells. Als er jetzt vor den Kontrollampen in seinem Lancia saß und den Motor laufenließ, um ihn aufzuwärmen, beschwor er diese Bilder vor seinem geistigen Auge wie jemand, der zur Beruhigung eine abgewetzte, geliebte Decke streichelt. Ein Polizeiwagen fuhr vorbei, auf dem Weg zu dem Aufruhr offenbar. Ein Lichtstrahl des rotierenden Reflektors auf dem Dach traf Lang voll in die Augen, und er preßte sie fest zusammen, während er zuhörte, wie die Lautstärke der Sirene mehr und mehr abnahm und der Ton tiefer wurde. Der Motor war jetzt warmgelaufen. Er überflog das Armaturenbrett und stellte fest, daß die Benzinuhr auf $1/4$ stand. Er mußte daran denken zu tanken, bevor er nach Hause fuhr. Dann fiel ihm auf, daß er sein Monokel in der Praxis Dr. Humms vergessen hatte. Er klopfte alle seine Taschen ab und fischte in den Täschchen seiner Weste, nichts. Er erinnerte sich jetzt genau, wie er es abgenommen und seitlich auf den Tisch gelegt hatte, bevor er sich in Humms Lehnstuhl niederließ. Er hatte keine Lust zurückzugehen. Zu Hause lag ein anderes, ein drittes befand sich in seinem Pult im Büro der Nero-Film-Gesellschaft. Lang fragte sich, wovon Theas Amerikaner lebte. Er ließ die Kupplung kommen, lenkte den Sportwagen auf die Fahrbahn und fädelte sich geschickt in den Verkehr ein.

Als ihm einfiel, daß er an der Tankstelle vorbeigefahren war, hatte er den Wagen schon auf einem der Parkplätze abgestellt, die für Mieter reserviert waren. Immer wieder sah er sich mit seiner Vergeßlichkeit konfrontiert. Gottseidank konnte er sie diesmal dem Äther und seinen Nachwirkungen zuschreiben. Als er die Autotür zuschlug, erinnerte er sich an die Schachtel mit Kokain in seiner linken Tasche. Vielleicht konnte ihn das aufwecken.

»Würde es Ihnen etwas ausmachen, Josef, den Wagen bis zur Tankstelle zu fahren?« fragte er den Türsteher und gab ihm die Autoschlüssel. »Ich fürchte, es ist kaum noch Benzin drin.«

»Was immer Sie wünschen, Herr Lang«. Lang versuchte ein Lächeln des Dankes und ging durch die Tür.

»Nur das hier, fürchte ich.« Der Portier übergab ihm einen einzelnen Brief und fügte einen Augenblick später hinzu: »Frau Lang ist außer Haus.« Lang versuchte an seiner Stimme zu erkennen, ob er gedemütigt worden sei, aber sie war neutral gewesen, und Lang konnte ihm nichts vorwerfen. Er wandte sich der Treppe zu.

Als er in der Wohnung angekommen war, drückte er mit dem Daumen die breite Umschlagklappe auf. Es war eine Nachricht von Max Ophüls, dem Regisseur. Lang war ihm ein paarmal in Gesellschaft begegnet, und an Neujahr hatte er sich seinen Film angesehen, *Liebelei,* die Geschichte einer verhängnisvollen Liebe. Es war ein wunderbarer Film. Ophüls schrieb, daß er es »für das Beste halte, seine Familie nach Frankreich zu bringen«, und nannte eine Pariser Adresse, wo man Verbindung mit ihm aufnehmen könne. Ophüls war vielleicht zehn Jahre jünger als er. Lang erinnerte sich, daß er seinen Namen, Oppenheimer, geändert haben sollte, als er eine Karriere beim Film anstrebte, vorgeblich, um die Familie zu schonen. Er würde Ophüls schreiben müssen, wie sehr ihm der Film gefallen hatte. An die neue Adresse.

Lang saß in seinem Lieblingssessel und legte mit seinem Taschenmesser geschickt das Kokain in Linien auf dem Tisch mit der blauen Glasfläche aus, so wie er es in den Klubs beobachtet hatte, als das Telefon klingelte. Er erhob sich, um den Hörer abzunehmen. In das Schrillen der Glocke hinein hörte er das Klirren von Schlüsseln direkt vor der Tür. Er klemmte den Hörer zwischen Kopf und Schulter und steckte eine Boyard an, die besser schmeckte, seit die Wirkung des Procains nachließ. Seine Frau stand in der Tür.

»Einen Augenblick, bitte«, sagte er in den Apparat hinein. Er hatte keine Ahnung, wer anrief. »Hallo«, grüßte er mit veränderter Stimme, während er seine Hand über das Mundstück hielt.

»Guten Abend.« Thea trug einen schwarzen Pelzmantel und viel zu hohe Absätze für dieses Wetter, wo die Straßen jederzeit überfrieren konnten.

»Verzeihung«, wandte er sich wieder dem Hörer zu,

wobei er die Augen gegen den Rauch zusammenkniff, der schwarz von der dicken Zigarette aufstieg.

»Ich schicke einen Wagen in die Stadt, um Gäste abzuholen. Können Sie bis acht Uhr fertig sein?«

»Acht Uhr«, wiederholte Lang.

»In Ordnung also«, sagte die Stimme und legte auf. Hugenbergs Stimme. Lang hatte vergessen abzusagen. Er starrte auf das tote Telefon in seiner Hand.

»Ein Geschenk?« fragte Thea. Sie saß im roten Ledersessel, seinem Lieblingssessel, vor der Tischplatte.

»Nur zu medizinischen Zwecken.« Er legte auf. An ihrem Mund und der Art, wie sie saß, konnte Lang sehen, daß Thea gut gelaunt war.

»Wollen wir?« fragte sie, nahm aus ihrer Handtasche die Zigarettenspitze aus Ebenholz und schraubte den hohlen Messingring ab.

»Aber ja«, antwortete Lang. Er sah zu, wie sie aufstand, den Mantel auszog, ihn auf die Couch warf. Sie schnupfte zwei Linien, reichte ihm das Metallröhrchen. Als er sich über den Tisch beugte, spürte er ihren Atem auf seinem Kopf.

»Du warst bei Humm«, sagte sie und klopfte auf das Schächtelchen.

»Ja.« Er wollte seinen Kopf nicht heben, nicht gerade jetzt.

»Was hat er mit dir gemacht?« Ihre Hand lag plötzlich auf seiner Schulter.

»Rechts hinten«, berichtete er und öffnete den Mund, um ihr die neueste Füllung zu zeigen.

»Hat er dir wehgetan?«

»Nicht sehr. Er hat mir Äther gegeben.«

Sie schnupfte eine neue Linie. »Laß uns nicht von Humm sprechen.«

Lang hätte beinahe gesagt, »du hast damit angefangen«, automatisch sozusagen. Er konnte sich gerade noch zurückhalten. Tatsächlich war er etwas überrascht, daß er die Worte nicht sagte. Thea reichte ihm das Röhrchen. Der Saum ihrer blauschwarzen, jetzt kinnlangen Haare streifte die knochige Außenseite seines Handgelenks. Das Kokain war pharmazeutisch und wahrscheinlich ziemlich stark. Er müßte aufpassen, sagte er sich.

Thea lehnte sich wieder in den Ledersessel zurück.

Lang beugte sich tief über die Tischplatte.

Er bemühte sich, nichts zu sagen, aus Angst, es könnte das falsche Wort sein, und Thea würde aufstehen und in ihr Zimmer gehen, um sich schön zu machen für ihren Amerikaner. Lang hatte wenig Sinn für Musik, aber jetzt hätte er sich ein Streichquartett gewünscht, etwas stimmungsvolles. Wenn sie ihm das Röhrchen zurückgab, würde er sehen, ob sie es noch einen Augenblick festhielt, nachdem er schon danach gegriffen hatte. Dann würde er Bescheid wissen.

»Wer war das am Telefon?«

»Hugenberg«, antwortete Lang schließlich. Seine Schenkel begannen zu zittern, weil er sich so tief über den Tisch beugte. Er zog den zweiten Sessel heran, setzte sich so, daß er seine Frau sehen konnte. »Er schickt seinen Wagen«, fuhr Lang zerstreut fort, froh jetzt, daß er reden konnte. »Um acht. Ich glaube, er hatte Angst, ich würde im letzten Moment Probleme mit dem Auto vorschieben.« Seine Stimme gefiel ihm zum ersten Mal seit Tagen. Sie war männlich stark, und ein Hauch von Ironie schwang mit. »Gestern glaubte ich, Erich zu sehen«, erzählte er weiter. »Im Bahnhof. Aber eigentlich kann er es nicht gewesen sein. Es sei denn, er hat gelogen, als er sagte, daß er krank sei.«

»Vielleicht hat er gelogen.«

Lichtpunkte tanzten auf dem Fries entlang der Wand und auf den verzierten Metallrahmen der Dix-Portraits. Er dachte an Lili, die er zuweilen getroffen hatte. Er könnte sie anrufen, etwas mit ihr ausmachen, für später heute abend. In seinem Tagebuch könnte er es so vermerken, daß klar wurde, daß er sich nicht schlecht verhielt. Er rieb ein Streichholz an, betrachtete es, bis die Hitze seinen Daumen erreichte, löschte es.

»Gib mir ein Streichholz, bitte. Was soll ich anziehen für Hugenberg?«

Er warf ihr eine Schachtel Wachshölzer zu, die jemand aus Paris mitgebracht hatte. »Das graue Kleid«, sagte er und versuchte, die Erleichterung darüber, daß sie ihn begleiten würde, aus seiner Stimme herauszuhalten.

»Nicht das graue.«

»Das schwarz-weiße.«

»Besser«, meinte Thea. Er wollte sie nicht fragen, warum sie ihre Meinung über den Abend geändert hatte.

»Habe ich dir gesagt«, fragte er und bedauerte seine Worte noch während er sprach, »wie sehr ich dich liebe?«

»Ja.« Thea hatte sich wieder über den Tisch gebeugt. Ihre Haare verdeckten ihr Gesicht, so daß er ihre Lippen nicht sehen konnte, als sie die Antwort formten. Er konnte nur hoffen, daß er nicht alles kaputtgemacht hatte.

»Jedenfalls ging der Mann genauso wie Erich. Der im Bahnhof«, hörte er sich weiterreden.

»Ich muß mich umziehen«, sagte Thea und stand auf. Unvermittelt war sie gegangen. In ihr Schlafzimmer. Er hatte sie nicht von vorn gesehen, seit er diese unglückselige Bemerkung gemacht hatte. Er versuchte, sie noch einmal zu hören. War ihr Ton beiläufig genug gewesen, so daß er ungestraft davonkommen konnte? Er versprach sich selbst neue Ölfarben für den Sommer.

(Den alten hölzernen Malkasten, der irgendwo in Dahlem herumstand, hatte er seit ein, zwei Jahren nicht mehr angerührt. Die Pinsel waren vermutlich alle hart.) Dann stand er vor der Spüle, starrte auf Tasse, Untertasse, zwei flache Teller. Er nahm die Schürze vom Haken, zog sie über den Kopf, band die Zipfel fest. Er wollte sein Hemd nicht naßmachen, das aus Voile, das er so mochte. Es war noch frisch genug, daß er es heute abend anbehalten konnte.

Die Wand über der Spüle war weiß. Lang starrte sie an, während seine Hände blind nach dem Porzellan griffen. Er hörte ein Geräusch, blickte nach rechts. Nichts, nur der Türrahmen und die Lampe des Wohnzimmers weiter weg. Dann blickte er zurück auf die weiße Wand, genoß das Nachbild der Lampe, das vor ihm schwebte wie der Schatten Mabuses über dem besessenen Professor Baum. Lang erinnerte sich voll Vergnügen an die Szene im *Testament,* in der mehrere Autos an einer roten Ampel stehen. Die Ampel wird grün. Die linke und die rechte Spur setzen sich in Bewegung, die Autos überqueren die Kreuzung. Die mittlere Spur scheint blockiert. Der Fahrer des ersten Wagens hat offensichtlich nicht gemerkt, daß die Ampel grün geworden ist.

Andere Autos kurven darum herum, mitleidslos hupend. Dann erkennen wir Doktor Kamm, der über das Steuer gesunken ist. Und wissen, daß Mabuse wieder einmal sein abscheuliches Werk vollbracht hat. Oder es durch seine Stellvertreter, die in seinem bösen Auftrag handelten, vollbringen ließ. Lang stellte die Teller zum Abtropfen zurück.

Er trug immer noch die Schürze, als er das Rasiermesser

aus dem Wohnzimmer holte. Im Schlafzimmerspiegel sah er schwache blaue Stoppeln entlang der Kinnlinie. Sie würden ihm einen künstlerischen Anstrich geben, entschied er. Er wählte eine Foulard-Krawatte, band sie geschickt zum Knoten. Thea hätte sicher ihr Kleid abgelegt inzwischen und würde im Hemd vor dem Frisiertisch mit seinem riesigen runden Spiegel sitzen. Er konnte sich vorstellen, wie sie näher heranrückte, um ihre Wimperntusche zu überprüfen, und wie ihr seidenes Hemd dabei unerwartet sanft über ihr seidenes Höschen glitt. Thea hatte den Tod von Doktor Kamm geschrieben und ihm den Text fast wie ein Geschenk am Morgen des Drehtags gegeben. Jetzt würde sie die Mascara-Bürste leicht zwischen Daumen und Zeigefinger halten. Der Ellbogen wäre zurückgeschoben, um die Bewegung auszubalancieren, das Schlüsselbein angehoben, so daß sich der dünne Träger des Hemds spannte. Die kleine Höhlung zwischen Schlüsselbein und Hals, die der Träger überbrückte, gerade straff genug, daß er die Haut darunter nicht berührte. Der Schatten, den der Träger warf. Auf dieses unberührte Stückchen Haut.

Lang band die Schürze auf, zog sie aus, warf sie heftig gegen die Wand. Er klopfte zweimal an die Tür zu Theas Schlafzimmer und trat, ohne auf Antwort zu warten, ein. Sie war nirgends zu sehen.

»Fritz?« Ihre Stimme kam gedämpft aus dem tiefen Wandschrank. Sie wiederholte seinen Namen, tauchte auf, wobei sie das schwarz-weiße Kleid vor sich hielt. Dahinter schien sie nichts weiter anzuhaben als einen tief dunkelroten Slip. Lang saß auf ihrem Bett und verbarg sein großes Gesicht in den Händen.

»Laß uns nicht wieder anfangen«, sagte Thea leise. Sie griff nach einem schwarzen Hemdchen, als er aufblickte.

Das war nicht das pfirsichfarbene, das er sich in seinem Zimmer vorgestellt hatte. Sie hob es über ihren Kopf, verschwand einen Augenblick darin, dann wand sie sich und zog und strich das Kleidungsstück auf ihrem Körper glatt.

Er verbarg den Kopf wieder in den Händen. »Ich kann es nicht ertragen«, sagte er mit rauher Stimme.

»Doch, du kannst«, widersprach ihm seine Frau. Sie setzte sich neben ihn. Als er wieder aufschaute, konnte er sich und Thea zwei Raumlängen entfernt in dem runden Frisierspiegel sehen. Sie kamen ihm klein und merkwürdig steif vor, diese beiden Gestalten. »Doch, du kannst«, wiederholte sie, während ihr Handrücken auf und ab über seinen Nacken fuhr.

»Ich will nicht, daß du ihn triffst«, sagte Lang schließlich.

»Das haben wir schon besprochen.«

»Du triffst dich heute abend mit ihm.«

»Heute abend gehe ich mit dir zum Abendessen. Anschließend gehe ich aus. Später. Du machst das immer so.«

Er sah sie an. »Es tut mir leid«. Er konnte hinten im Spiegel sehen, daß seine Krawatte verrutscht war und rückte sie zurecht. Nach einer Pause fuhr er fort: »Weißt du, wie schwer das für mich ist?«

»Niemand hat mir mehr zu sagen, mit wem ich schlafen darf«, sagte sie tonlos, fast mechanisch. Dann streckten sie beide gleichzeitig die Hand nach den Zigaretten aus. Thea steckte eine ihrer eigenen in die lange, elegante Ebenholzspitze, die sie jetzt wieder zusammengesetzt hatte. Lang klopfte auf dem Daumennagel eine Boyard fest. Er hielt ein Streichholz für seine Frau, für sich. Es war sieben. Vielleicht könnte er sie in der Stunde, die ihnen noch blieb, dazu bringen, etwas Zärtlichkeit ihm gegenüber zu empfinden. (Eines Tages wollte er mit ihr schlafen, gerade bevor sie sich mit dem Amerikaner traf. Er dachte an das Diaphragma, das sie einsetzen würde, und mit sich tragen, als seine Botschaft an den anderen.)

»Das Land des weiten Himmels«, sagte er. »Texas. Wir sehen die schönste Frau im ganzen Land. Sie irrt im Mondlicht vor der Stadt umher und sucht ihren Liebsten, als der Tod auftritt und seinen Hut zieht, sie zu begrüßen.«

Thea ging zur Kommode, holte ein paar Strümpfe heraus, die sie aufrollte und anzog. Sie fing mit dem linken Bein an.

»Sie spinnt Tausend und eine Geschichten, denn sie weiß, daß er ihren Liebsten nicht holen wird, solange sie seine Aufmerksamkeit gefangen hält.« Als sie sich bückte, um die Strumpfbänder zu befestigen, konnte er den Umriß des dunkelroten Slips unter dem Hemd sehen. Ein Geschenk des Amerikaners vielleicht. Er wußte es wirklich nicht. »Ihre erste Geschichte handelt vom Bösewicht, vom unglücklichen Verfolger. Dem Professor, der dem Bösewicht verfällt. Der Tochter des Professors, natürlich.«

»Soll ich die schönste Frau unter dem weiten Himmel sein?« fragte Thea und setzte sich auf die niedrige Bank vor ihrem Frisiertisch. »Oder die Tochter des Professors?«

»Eine Schauspielerin für beide, natürlich«, antwortete Lang. Er fragte sich, wieviel Gäste wohl bei dem Hugenbergschen Abendessen anwesend sein mochten. Mit Hunderten von Leuten wäre es erträglicher. Er könnte gesellig sein, geschmeidig und liebenswürdig sich von einem Grüppchen zum nächsten bewegen.

»Und du?« fragte Thea. »Spielst du beide Rollen, den Tod und den Bösewicht?«

»Ja.« Er legte den Kopf auf ihr Kissen, streckte die Beine aus und ließ die Hausschuhe auf den Teppich fallen. Thea brachte den blauen Glastisch herein. Sie hielt ihn gegen ihre Schenkel gepreßt und machte kleine, komische Schritte, indem sie die Beine vom Knie abwärts bewegte. Das Licht der Deckenlampe wurde von der Glasplatte eingefangen und als schwankender blauer Streifen auf die Decke zurückgeworfen.

Sie setzte den Tisch wie ein Frühstückstablett vor ihnen ab. Die weißen Linien waren liegengeblieben. Er sah zu, wie der Schatten ihres Kopfes eine Ecke aus dem blaßblauen Rechteck an der Decke schnitt. (Er war immer für eine einzige Lichtquelle gewesen, wenn es um Innenaufnahmen ging.) Dann war er an der Reihe, und er inhalierte tief. Theas Schenkel lag vielleicht zwei Millimeter entfernt neben seinem auf dem Bett. Er wußte, würde er ganz leicht sein Gewicht verlagern, so daß sie sich berühren würden, würde Thea sich Zeit lassen, ehe sie die Geste finden würde, die es notwendig erscheinen ließe, von ihm abzurücken.

Sie zündeten die nächste Zigarette an.

»Ich kann mir dich nicht als den Bösewicht vorstellen«, sagte sie und sah dabei vor sich hin, während er auf ihr linkes Profil blickte, das ihm zugewandt war.

»Nein?« Er hob die Augenbrauen in die Höhe, zog die Nase kraus und faltete seine Zunge in der Art der Wasserspeier zu einem Kleeblatt zusammen. Nicht jeder konnte diese Grimasse schneiden, hatte er gelernt, als er zehn war.

»Nein.« Thea lächelte breit und drückte mit dem Zeigefinger ihre Nasenspitze hoch.

Dann schauten sie sich an und zogen keine Grimassen mehr, hatten nur noch ihr eigenes Gesicht.

»Du wirst immer mein unglücklicher Verfolger bleiben«, versicherte ihm Thea.

Sie legte die Zigarettenspitze hin. Die Gräfin Todd im ersten *Mabuse*-Film hatte sie als Requisit benutzt. Lang versuchte sich an den Namen der Schauspielerin zu erinnern, die die Gräfin gespielt hatte. Gertrude Welcker.

Lang sah sie an. Er preßte die Lippen auf den Hals seiner Frau, auf das weiche Dreieck gerade oberhalb des Schlüsselbeins. Er konnte ihr blau-schwarzes Haar an seiner Backe fühlen. Wenn Thea ausatmete, strich eine warme Brise über seine Augenbrauen. Dann erkannte er am veränderten Rhythmus dieser Brise, daß sie gleich weinen würde. Lang hob den Kopf und sah, wie die blaßblauen Augen seiner Frau sich füllten, wässrig wurden. Eine erste Träne löste sich aus dem äußeren Augenwinkel, ließ eine feuchte Spur hinter sich. Auf halbem Wege blieb sie auf der Backe hängen, war aufgebraucht. Thea wischte sich die Augen mit dem Handrücken. Sie schluchzte nicht.

»Wein nicht!« sagte er unglücklich.

Vor einer Woche hatte er sie zum Weinen gebracht, als sie gerade ausgehen wollte. Der andere sollte an ihrem geröteten Gesicht erkennen, daß sie immer noch verheiratet war, einen Mann hatte, der sie noch verletzen konnte. Aber jetzt wollte er sie nicht zum Weinen bringen. Er wandte den Kopf und sah, wie sie kurz und schnell Luft holte, als würde sie die Tränen gleich rollen lassen. Er fuhr sich mit dem Finger zwischen Hals und Kragen, wo sich eine Fleischfalte eingezwängt hatte. Es war wichtig, was der Amerikaner von ihm dachte. Er betrachtete sich von weitem in dem runden Spiegel und knöpfte den Kragen auf. Er mußte abnehmen.

»Ich kann das nicht ertragen«, sagte Thea mit schwacher, tonloser Stimme. Ihre gefalteten Hände lagen mitten vor ihr auf dem Tisch. Kühl und unbeweglich leuchteten ihre Unterarme unter der tatsächlichen Oberfläche des bläulichen Spiegels.

Lang und Thea zündeten sich neue Zigaretten an.

Er stand auf, steckte das Hemd wieder richtig in den Hosenbund. »Der Wagen wird bald kommen. Wir sollten uns fertigmachen.«

Thea antwortete nicht.

Ohne ihre Tür zu schließen, ging Lang zu seinem eigenen Zimmer. Aus der rechten Seite der Kommode wählte er ein Paar dünne, schimmernd schwarze Seidenstrümpfe aus. Sie waren fast durchsichtig, mit schmalen, senkrechten Rillen. Er und Thea hatten vor einiger Zeit davon gesprochen, Ferien zu machen, nach Wien zu fahren, Italien vielleicht, wo Lang an der Front gewesen war. »Nach dem Film«, hatte Thea gesagt; aber darüber hinaus hatten sie keine Pläne gemacht, und keiner von ihnen hatte davon gesprochen, seit sie das *Testament* abgedreht hatten. Lang konnte sich nicht mehr vorstellen, daß sie zusammen wegfahren würden. Die Dinge standen zu schlecht. Er probierte ein Paar Lackschuhe für den Abend an, aber sie gefielen ihm nicht zu der Hose. Statt dessen nahm er die Schuhe heraus, die er am Vortag getragen hatte und die den Geruch nach Anilin-Harz von dem neuen Ufa-Fußboden angenommen hatten. Er hob den einen Schuh an die Nase, konnte aber nichts Anstößiges jetzt entdecken. Er fuhr sich mit einer Fingerspitze über die Backe, zufrieden mit seiner Entscheidung, sich nicht zu rasieren. Er ging zum Wandschrank, reckte sich nach seinem Kummerbund. Statt dessen fand seine Hand ein altes Album.

Er saß auf dem Bett und öffnete es aufs Geratewohl. Sein Blick fiel auf einen Artikel, in dem er seinen ersten Eindruck von New York beschrieben hatte. Es war an Bord der S.S. Deutschland gewesen: *»... die Schnittpunkte vielfacher und verschlungener menschlicher Kräfte, die unwiderstehlich genötigt sind, einander auszubeuten, und daher in beständiger Unruhe leben. Ich sah eine Straße, die durch Neonlampen taghell erleuchtet war, und, alles überragend, ständig wechselnde, an- und ausgehende, spiralförmige riesige Leuchtreklame... Die Gebäude wirkten fast schwerelos, eine luxuriöse Kleidung, die vom dunklen Himmel herunterhängt, um zu blenden, zu verwirren und zu hypnotisieren. Nachts machte die Stadt einen leblosen Eindruck; sie lebte, wie Illusionen leben. In diesem Moment wußte ich, daß ich über all diese Eindrücke einen Film drehen müßte.«*

Dann entdeckte er eine Fotografie seiner Amerikareise, mit ihm und Lubitsch in L.A., Lang im Schwimmbecken, Lubitsch alberte mit seinem Monokel herum. Ein zweites Foto, vielleicht ein Jahr später aufgenommen, aus der *Metropolis*-Zeit: er selbst hinter dem Schlagzeug, Thea am Klavier, die Schauspielerin Brigitte Helm mit dem Saxophon in der Hand. Er konnte sich nicht mehr erinnern, warum sie das aufgenommen hatten. Lang schloß die große Kladde. Dann stand er wieder im Rahmen zu Theas Zimmer.

Sie saß an ihrem Frisiertisch und legte Lidschatten auf, und ihre Pose ähnelte der, die er sich früher vorgestellt hatte. Er trat hinter sie, schloß die bezogenen Knöpfe an ihrem schwarz-weißen Kleid, die sie selbst nicht erreichen konnte.

Thea nahm einen Zug aus der Ebenholz-Spitze, stieß langsam den Rauch aus. Ihr Blick begegnete kurz dem ihres Mannes im Spiegel, bevor sie sich wieder auf ihr Make-up konzentrierte.

»Geht es dir besser?« fragte Lang und war bedacht, es nicht zu laut zu sagen.

»Ja.« Sie trug Rouge auf jetzt, mit einem Biberpinsel, der fast wie ein kleiner Rasierpinsel aussah, überlegte Lang. Er setzte sich neben sie auf die niedrige Bank und hielt seinen Rücken gerade.

»Kann ich etwas für dich tun?«

»Nein, danke.« Thea schaute ihn nicht an. Sie nahm wieder einen Zug aus ihrer Zigarette.

»Sei nicht so!« sagte er nach einer Pause, und seine Stimme klang wieder fest. Er fühlte einen dumpfen Schmerz im Kiefer, der aber nicht vergleichbar war mit dem schmerzhaften Pochen, bevor er zu Humm gegangen war. Wenn sie Leute auf der Straße zusammenschlugen, nur weil sie Lieder aus der *Dreigroschenoper* spielten, hatte Brecht vielleicht richtig gehandelt, als er wegging, fiel ihm ein.

»Das wolltest du doch, oder?« fragte Thea.

»Was meinst du?«

Thea blickte ihn im Spiegel an.

»Nein«, sagte er schließlich mit ganz natürlicher Stimme. »Ich wollte das nicht.« Dann klingelte das Telefon. Lang ging zum Anschluß auf Theas Nachttisch.

»Hugenbergs Wagen ist unten«, informierte er sie, nachdem er aufgehängt hatte.

»Dann bis nachher«, antwortete Thea, ohne sich umzudrehen.

Nach einem Anfall von Depression benahm sich Thea häufig so, und Lang wußte, daß er nichts tun konnte, abwarten mußte. Sie hielt diese Stimmung nie länger als höchstens ein paar Tage durch.

»Du kommst also nicht?« fragte er gelassen.

»Ich will sowieso den Lancia nehmen, falls ich gehen muß, bevor der Abend vorbei ist. Ich treffe dich dort.«

Einen Moment lang wollte Lang ihr sagen, sie solle ihm keinen Gefallen tun: er war nicht sicher, ob es ihm guttun würde, sie in dieser Stimmung neben sich zu haben. Als er sich umdrehte, starrte er auf den schmalen Streifen Haut, der zwischen dem Saum ihrer Haare und dem Kragen ihres Kleides zu sehen war. Und während er wie hypnotisiert darauf blickte, schlug eine Welle des Schmerzes über ihm zusammen und trug ihn fort. Die Lichter im Raum – in der ganzen Welt vielleicht – wurden weicher, stimmungsvoller. Dann konnte er den Eindruck abschütteln, und wie ein Bild in Theas Türrahmen tauchte die Perspektive von Flur, Kamin und Wohnzimmer wieder vor ihm auf, lebendig und farbenfroh.

»Bis dann also«, sagte er mechanisch und ging starren Blicks auf diesen Türrahmen zu. Am Schrank zog er den Cut an, nahm den schwarzen Wollmantel heraus. Er stieg die riesige, leicht gekrümmte Treppe hinunter, die in die Halle führte. Das Mahagoni-Geländer glänzte und fühlte sich glatt an unter seiner Hand. Irgendwo in der dumpfen Luft des Treppenhauses hing der Geruch von Tung-Öl.

Draußen hatte es zu schneien begonnen, große Flokken, die sich auf den Rand seines Homburgs setzten. Der uniformierte Fahrer stand gerade außerhalb des Lichtkreises, den die Straßenlaterne warf. Er hielt die hintere Tür auf. Lang bückte sich, um in das Kabriolett einzusteigen. Ohne Grund eigentlich hatte er vorausgesetzt, allein zu sein, als er eine andere Stimme hörte, die ihn begrüßte: »Fritz«.

»Seymour.« Seymour Nebenzal, ein gedrungener Jude, der seine letzten zwei Filme produziert hatte, war etwa zehn Jahre jünger als Lang. »Sie haben dich also auch eingespannt«, fuhr er fort. Nebenzal ließ sich gerade einen dünnen Schnurrbart wachsen, der wie eine Anchovis aussah. Er durfte nicht vergessen, Nebenzal nach seinem Karl May zu fragen, den er seit einiger Zeit vermißte.

»Der Wagen kam an, als ich gerade absagen wollte, Fritz.« Der Uniformierte ging vorne um den Wagen herum. »Livreen haben mich schon immer eingeschüchtert«, fuhr Nebenzal fort. Lang nahm seinen Hut ab, schüttelte die Schneeflocken herunter, bevor sie schmelzen und Flecken auf sein seidenes Hutband machen konnten. Der Fahrer ließ den Motor an. Lang gab sich wieder seinen Erinnerungen an bunte Weihnachtslichter hin.

Nebenzal erzählte: »Hugenberg sagt zu mir, ›Ich brauche einen Osterfilm für den Palast. Bring Lang dazu, mir einen zweiten *Mabuse* zu machen.‹ Ich sage ihm, ›Was wollen Sie, Tanz, Verbrechen, Spiel, Leidenschaft, Kokainsucht, Jazz, Börsenkräche, okkultistische Scharlatanerie, Prostitution, Völlerei, Schmuggel, Hypnose, Fälschung, Gewalttätigkeit, Mord, Expressionismus?‹ Er nickte, sagte ›Ja, ja, ja!‹« Er war bei dem Teil der Erinnerungen, wo er an den Buden vorbeikam und mit den Groschen, die ihm der Vater gegeben hatte, kleines Spielzeug kaufen konnte. »Aber ich glaube«, fuhr Nebenzal fort, »er wollte nicht wirklich einen zweiten *Mabuse*. Jedenfalls nicht einen, in dem die Verbrecher alle wie Nazis reden. ›Du sollst keinen Pfennig diesem Volk wegnehmen‹, sagt dieser neue Mabuse. ›Wir müssen das Reich des reinen Bösen errichten.‹ Was Hugenberg wohl denkt, worüber *das* ist, Fritz?«

Lang bemerkte, daß der Wagen stand. Er blickte sich um.

»Wir warten auf deine Frau«, erläuterte Nebenzal nach

einer Pause. Dabei hob er die Stimme, wie bei einem Fragezeichen.

»Sie kommt allein«, berichtete Lang zerstreut. Dann kam ihm ein Gedanke: »Einen Augenblick!« – und er war zur Tür hinaus.

Atemlos langte er auf der Treppe oben an, öffnete die Tür, die er auf seinem Weg nach unten vergessen hatte abzuschließen.

Er durchquerte die Eingangshalle, das Wohnzimmer, die Tür zum Schlafzimmer seiner Frau. Es war leer. Im Badezimmer hörte er Wasser rauschen. Er fragte sich, wie lange sie brauchen würde, und ob er Zeit genug für ein abschließendes Wort mit ihr hätte, ohne daß Nebenzal eine Ewigkeit im Wagen warten müßte. Dann saß er auf dem Bett, hatte den Telefonhörer in der Hand und bat das Fräulein vom Amt, ihn mit Earl Pfeiffer, dessen Adresse er nicht kannte, zu verbinden.

»Pfeiffer«, grüßte Lang, als die Verbindung hergestellt war.

»Ja?«

»Lang hier. Ich möchte, daß Sie mir unverzüglich und aufrichtig sagen, wen Sie gestern in der Vorführerkabine versteckt hielten.« Lang gefiel die Wahl seiner Worte und die Festigkeit, die seine Stimme verriet.

Pfeiffer erklärte ihm, daß ja, es sei jemand in der Projektionskabine gewesen, daß er es ihm sogleich gesagt hätte, wenn...

»Ich bin dabei zu gehen. Lassen Sie mich nicht zu spät kommen.«

Pfeiffers Stimme im Telefon war dünn, blechern, weit weg, als hätte er seine Worte schon vor Stunden gesprochen. »Es war Dr. Goebbels.«

Das Wasser im Bad lief noch. »Gefiel es ihm?« fragte

Lang nach einem Schweigen, versuchte, seine Stimme ausdruckslos zu halten.

»Es schien so, ja, Herr Lang. Der größte Teil schien ihm recht gut zu gefallen.«

»Weiter.«

»Ich bin nicht sicher, Herr Lang, ob es richtig ist...«

»Hat er irgend etwas gesagt?«

»Als Mabuse stirbt.«

»Ja?« Mabuse ist zuletzt in seiner Zelle im Irrenhaus zu sehen, wo er Seite um Seite seine Pläne entwickelt, nach denen er die Menschheit in einen ›Abgrund des Schrekkens‹ schleudern will. Schließlich bricht er zusammen, endgültig am Ende.

Pfeiffer hüstelte zweimal. Lang konnte im Hintergrund die Stimme eines kleinen Kindes hören, das um etwas bettelte. »Er sagte, daß das nicht der richtige Weg sei, wie es passieren sollte. Ein Mob sollte das Irrenhaus stürmen. Mabuse müsse vom Willen des Volkes vernichtet werden.«

»Vielen Dank, Pfeiffer. Ich bin Ihnen verbunden.« Lang war sich irgendwo bewußt, daß Pfeiffer weitersprach, aber der Hörer lag vor ihm jetzt, und er konnte nicht verstehen, was der Mann sagte. Der Hörer befand sich wieder auf der Gabel. Lang stand an Theas Kommode. Er öffnete die Schublade und hob Strümpfe an, um zu sehen, ob das Diaphragma an seinem Platz lag. Plötzlich veränderte das in der Ferne rauschende Wasser seinen Ton, wurde höher, und Lang schloß die Schublade, wobei er darauf achtete, daß ihre Front bündig mit dem Furnier der unteren abschloß. Er machte zwei Schritte zu dem Tisch mit dem Kokain hinüber.

Lang ging zu seiner Tür hinaus, die Stufen hinunter,

durch die Eingangshalle nach draußen. Bevor er es wußte, war er wieder im Wagen. »Mein Monokel«, erklärte er Nebenzal, als er sich wieder neben ihn setzte. Nebenzal klopfte auf die Glasscheibe, die sie vom Fahrer trennte. Der Fahrer ließ die Kupplung kommen.

»Ich hatte mein Monokel vergessen«, wiederholte Lang. Nebenzal blickte ihn an. Sein Mantel war feucht und roch nach nasser Wolle. Lang überlegte, ob er ein Fenster öffnen sollte, dann fiel ihm ein, wie kalt es draußen war. Er war froh jetzt, daß er nicht gewartet hatte, bis seine Frau aus der Dusche kam, obwohl das, wie er sich nun erinnerte, der Grund dafür gewesen war, daß er zurückgegangen war. Er zog die Knie seiner Hose hoch. Sie fuhren über den Kaiserdamm jetzt, und die Lampen zu beiden Seiten der Straße sausten mit einer Regelmäßigkeit vorüber, die er beruhigend fand. Möglich, daß das Diaphragma tiefer in der Schublade steckte. Er hatte nicht genug Zeit zum Suchen gehabt. Aber wahrscheinlich hatte sie es doch schon in ihre Handtasche getan. Lang fiel auf, daß der Wagen angehalten hatte; rote und weiße Lichter blinkten vor ihnen, und Worte wurden gewechselt zwischen dem Fahrer und einem Polizisten. Dann bogen sie vom Kaiserdamm ab auf eine einspurige, schlecht gepflasterte Querstraße.

»Hast du das mitbekommen?« fragte er, auf die Gefahr hin, daß Nebenzal seine Unaufmerksamkeit bemerken könnte.

»Ein kleiner Aufruhr. Wir wurden gebeten, ihn zu umfahren«, antwortete Nebenzal. Er klappte einen emaillierten Silberbehälter auf und bot eine Zigarette an. Lang winkte ab. »Der Anblick eines Autos wie des unsrigen hier«, fuhr Nebenzal fort, »ist nicht gut für die Aufrührer.« Nebenzal stieß den Rauch aus seinem Mund aus, sog ihn mit der Nase wieder ein, wie die Franzosen. Falls sie bei Hugenbergs irgendwann einmal in ein anderes Zimmer ging, ohne ihre Handtasche mitzunehmen, könnte er sie heimlich untersuchen. Könnte mit seinen langen Fingern die geschmeidige Oberfläche aus Ziegenleder entlangfahren und in der Brailleschrift des Verrats diese bestimmte runde Form darunter zu ertasten suchen. Sie waren wieder abgebogen, auf eine besser beleuchtete Straße, Kantstraße vielleicht, die parallel zu ihrer eigentlichen Strecke zu verlaufen schien.

»Ist überhaupt nicht gut für sie«, wiederholte Nebenzal.

Lang erinnerte sich, daß er selbst einmal an einem Aufruhr teilgenommen hatte, in Wien, aber als er anfing zu erzählen, im flotten Unterhaltungsstil, ging es nicht um Wien. »Es war an meinem ersten Drehtag für *Halbblut,* den Film, den ich für Joe May machte. Auf dem Weg zum Studio, einem Lagerhaus in einem nördlichen Vorort Berlins, wurde mein Wagen aufgehalten.« Lang betrachtete Nebenzal, den er seit den Ferien nicht mehr gesehen hatte. Er war überrascht, wie alt sein Freund aussah. Eine deutliche Trennung zwischen Kinn und Kinnlinie hatte sich bemerkbar gemacht. Und wenn er lächelte, zogen sich die Falten zu beiden Seiten seines Mundes weit nach unten. Der Schnurrbart war wirklich kein Erfolg. »Es war Spartakus-Woche«, erzählte er weiter. »1919. Mein allererster Film, stell dir vor. Und die Aufständischen wollten mich nicht durchlassen. Luxemburg-Anhänger, glaube ich.« Lang machte eine Pause, bis er an einem Zeichen – hochgezogene Augenbrauen – merkte, daß sein Begleiter ihm zuhörte. »Es waren bewaffnete, kommunistische Rebellen, und ich sagte zu ihnen: ›Es bedarf mehr als einer Revolution, um mich am Drehen zu hindern.‹ Schließlich haben sie es irgendwo verstanden. Ich war doch recht energisch, als ich jung war.«

»*Halbblut*«, wiederholte Nebenzal. Im indirekten Licht der vorbeihuschenden Straßenlaternen beobachtete Lang sein Gesicht und zündete sich eine Zigarette an. »Der über den indischen Prinzen?«

»Du hast ihn gesehen«, insistierte Lang und wedelte mit beiden Händen imaginären Rauch vor seinem Gesicht weg. Er hoffte, daß ihm die Geste als Bescheidenheit ausgelegt würde.

Der Wagen hielt an einer Ampel.

Nebenzal legte eine Hand auf Langs Knie.

»Dummer Kerl«, sagte er zu Lang.

Sobald die Ampel grün wurde, setzte sich der Wagen wieder in Bewegung.

Lang drückte seine Boyard aus. Er zog Nebenzal zu sich heran, so daß Hugenbergs Fahrer unmöglich mithören konnte, und erzählte dem Produzenten von seiner Unterredung mit Pfeiffer. Er sprach so leise wie möglich, direkt in Nebenzals Ohr hinein. Er wiederholte Wort für Wort Goebbels Einwände gegen die Art und Weise, wie Mabuse zugrundegeht. Er war so nahe, daß er Nebenzals Haut riechen konnte.

Nach einer Pause sagte Nebenzal: »Jeder ist im Schaugeschäft«. Er sagte es, ohne zu lächeln. Lang lehnte sich zurück. Dann fischte er mit seinem Finger auf seinem Zahnfleisch herum und holte ein kleines Stück silbriges Amalgam heraus, das seiner Aufmerksamkeit bis jetzt entgangen war. Bei seiner Rückkehr in die Wohnung hatte er ziemlich viel Kokain geschnupft, aber die Wirkung ließ langsam nach, und der Geschmack nach verbranntem Knochen ganz oben in seinem Hals hinten machte sich allmählich wieder bemerkbar.

# 3

Nachdem sich der Frühnebel gelichtet hatte, war die zweimotorige Maschine kurz nach Mittag vom Flughafen Tempelhof aufgestiegen. Die kurze Verspätung, hatte der Steward seinen Passagieren mitgeteilt, würden sie bei der Ankunft in Koblenz vollständig eingeholt haben. Thea hatte einen Fensterplatz gewählt, um von der Luft aus zu sehen, wie Berlin unter ihr zurückblieb, aber das Kondenswasser auf den Scheiben machte es unmöglich, irgendetwas zu erkennen außer einem intensiven weißen Fleck mit einem Lichthof drumherum. Von dem geriffelten Metallkörper des Flugzeugs gelenkt, spülte das Wasser in regelmäßigen horizontalen Streifen über das Fenster. Sie wandte ihre Aufmerksamkeit Sam zu, der mit offenem Mund in dem Sitz links neben ihr schlief.

Eine englische Ausgabe von Sax Rohmers *Die Braut von Fu-Manchu* lag quer über seinem Schoß, mit dem Rücken nach oben. Mit zwei Fingern hielt Sam den Buckram-Einband umklammert. (Er hatte etwa ein Drittel des Buches hinter sich gebracht, bevor er eingenickt war.) Soeben fiel die Lufthansa D-2600 in ein ›Luftloch‹. Sams Kopf rollte zurück gegen den gepolsterten Ledersitz, und er griff fester nach dem Rohmer; im übrigen aber gab es keine Pause im imposanten Raspeln seiner Atemzüge. Letzte Nacht hatten sie nicht viel Schlaf gefunden. Um Mitternacht hatte Thea ihre Wohnung am Breitenbachplatz verlassen und Sam am Café Zuntz abgeholt. Sie waren dann ins Romanische gegangen, wo sie zuviel Cognac getrunken hatten; und zurück in Sams Hotel konnten sie nicht mehr schlafen, bis sie endlich gegen Morgen weggedämmert waren. Thea betrachtete jetzt ihren schlafenden Begleiter und nahm sich vor, ihn von selbst aufwachen zu lassen. Ein pelziger, bitterer Geschmack füllte ihren Mund. Sie wandte ihre Augen von dem Stoppelkranz um Sams Mund herum ab, an dem sie sich vorläufig noch nicht sattsehen konnte und blätterte müßig in der *Dame,* die Lang in einem Anfall von Schuldgefühl vor drei Abenden für sie gekauft und auf den Dielentisch gelegt hatte. Das Titelblatt zeigte Marlene Dietrich, aber die Geschichte im Innern hatte wenig mit der Zeichnung zu tun.

»Frau Lang?« Der Steward benutzte ihren gesetzlichen Namen, was ihr kein Vergnügen bereitete. »Hätten Sie gerne Kaffee?« Er trug einen blauen Sergeanzug mit vielen metallenen Schnüren. Sein Haar war brutal kurz gehalten, so daß Thea im Nacken alte Aknenarben sehen konnte, die bei einem längeren Schnitt verdeckt geblieben wären.

»Ja, bitte.«

Sam, der den Anschein vermittelte, als ob nichts in der Welt ihn wecken könnte, hob zwei Finger. Das diffuse Weiß vor dem Fensterrechteck draußen war, wenn überhaupt möglich, noch weißer geworden.

»Ihr Begleiter trägt eine entzückende Krawatte«, bemerkte Else Becker von ihrem Sitz jenseits des Ganges aus. »Wirklich einzigartig.« Die Beckers wohnten in Stuttgart und bewegten sich in Berliner Zirkeln. Thea kannte Else flüchtig von Vernissagen und von der Oper her. Vor einer Woche hatte sie angerufen und Thea zu dem 1000-km-Rennen am Nürburgring eingeladen. Thea hatte die Einladung prompt vergessen, bis sie ihr gestern abend im Romanischen über den Weg liefen, und Else gefragt hatte, ob sie sie nach Tempelhof mitnehmen solle. Ihr Mann Walter war schon am Ring, erklärte sie. Deshalb war sie auch so sündhaft lange auf und aß weiche Eier im Glas.

Das Flugzeug stieg abrupt, fiel wieder.

»Ich habe noch nie so eine gesehen«, fuhr Else jetzt fort. Sams Krawatte, die er über einer dunkelbraunen Jakke mit Schalkragen trug, zeigte eine nackte Frau, die mit einem Arm sittsam eine Brust verdeckte. Die Inschrift in Kleinbuchstaben besagte

je ne vois pas la femme
cachée dans la forêt

»Was bedeutet das?« fragte Else.

»Ich sehe die Frau nicht, die sich im Wald verbirgt«, antwortete Sam, ohne die Augen zu öffnen. Er sprach langsam, aber mit erstaunlich gutem Akzent Deutsch. Seit zwei Jahren war er in Deutschland, kam und ging, vorher in Paris. Als sie sich trafen, erzählte er Thea, daß er aus Brooklyn, NY komme; aber in seinem Paß stand Philadelphia, und die dünnen Luftpostumschläge, die ihm Nachrichten von zu Hause und den monatlichen Wechsel brachten, trugen den Poststempel von Bala Cynwyd, Pa.

»Ich dachte nicht, daß er wach ist«, sagte Else.

Thea wußte, daß es ihn ärgerte, wenn ihre Freunde über seinen Kopf hinweg in der dritten Person von ihm sprachen, aber falls es ihn jetzt störte, zeigte er es jedenfalls nicht. Er war dreizehn Jahre jünger als Thea. Else schien seinen Namen nicht behalten zu haben, obwohl er ihr schon zweimal vorgestellt worden war. Als sie ihn einmal zu einer Ballettaufführung mitgeschleppt hatte, warfen ihm einige ihrer Freundinnen lange, bewundernde Blicke zu, als habe sie gerade etwas Einmaliges vom Flohmarkt nach Hause gebracht. Sie erklärte ihnen nicht, daß Sam als freier Mitarbeiter Artikel an die *Agence France-Presse* schickte, über kulturelle Ereignisse zumeist. Häufig zog er mit seiner Cine-Kodak 16 los und kam mit dem belichteten Film zurück, den er dann an die Wochenschau verkaufte. Er hatte auch heute morgen die Kamera eingepackt. Sie fragte sich, wieviel Zeit er beim Rennen damit zubringen würde, an Neuigkeiten heranzukommen.

Der Steward setzte die Tassen vor ihnen ab, die wegen der Turbulenzen nur halbvoll waren. Sam hob verschlafen die Augenlider. Seine Augen schienen dieselbe Farbe wie der Kaffee zu haben, und das seltsame Zusammentreffen von halbvollen Tassen und halbgeöffneten Augen entlockte ihr ein Lächeln. Die Maschinen vibrierten in subtil variierenden Rhythmen, mit Schwingungen und Höhepunkten alle fünfzehn Sekunden etwa, wenn ihre Geräusche sich überlagerten. Der Himmel schien sich im Einklang mit den Motoren aufzuhellen oder einzutrüben. Thea lehnte sich in ihren Sitz zurück, gab sich ganz diesem Geräusch hin, das über sie hinwegspülte.

»Fräulein von Harbou?« Der Mann im Fenstersitz links neben Else war mager und hatte eine Narbe, die vom Auge bis zum Mundwinkel verlief. »Ich bin ein großer Bewunderer Ihrer Arbeiten.« Thea nickte dankend. »Ich schreibe für das *Tageblatt«*, fuhr er fort. »Darf ich mich vorstellen. Anton Seitz.«

»Angenehm.« Thea gab ihm nicht die Hand, die sie über Sam, den Gang, Elses Kopf hinweg bis zu ihm hätte ausstrecken müssen.

»Fällt es Ihnen schwer, Themen für Ihre Arbeiten zu finden?« fragte Seitz.

»Nein.«

»Also macht Ihnen das Schreiben Spaß?«

»Aber ja!«

»Würden Sie sagen, daß Ihre Arbeit um ein bestimmtes Thema kreist?«

Thea nippte an ihrem Kaffee, der zugleich schwach und bitter war. »Die Unerbittlichkeit«, antwortete sie, »mit der die erste Schuld die letzte Sühne nach sich zieht.«

Seitz biß sich auf die Lippen. Else nickte feierlich. Thea ergriff die Gelegenheit, um »Entschuldigen Sie« zu sagen und ihren Kopf auf Sams wollige Schulter sinken zu lassen.

Die Wellen des Motorgeräuschs kamen in kürzeren Abständen jetzt, und plötzlich sackte der Sitz unter ihr weg. Sie gerieten in neue Turbulenzen. Thea spürte, wie sich ihr Magen mitsenkte. Der Himmel draußen war erschreckend schmutzig-weiß, mit einem Stich ins Grüne. Sie blickte auf den *Fu-Manchu* auf Sams Schoß. Ihre frühen Drehbücher hatten sich auch mit orientalischen Themen befaßt: Die Ufa glaubte, daß das Publikum von exotischen Schauplätzen angezogen werde. Jetzt würde sie gern wieder eine östliche Erzählung anpacken, aber auf ernste Weise, kein Kostümstück wie in *Der müde Tod.* Dann sackte die D-2600 wieder weg, und sie konnte ihre Augen nicht mehr auf das Innere der Kabine konzentrieren. Seitz schien mit gleichbleibender Stimme weiter auf Else einzureden, über Autorennen, über die vergangenen Tage der großen Firmen-Teams. »Mercedes«, sagte er gerade, »mit dem blonden Bergbock Stuck, dem unnachahmlichen von Brauchitsch, mit Lautenberg, Sailer, Salzer, Werner, dem großen Bär Merz. Sind das nicht

Namen, die wie eine Litanei deutscher Renngröße klingen? Oder das Bugatti-Team, der Stolz Frankreichs, mit dem ewig lächelnden Chiron...«

Thea preßte beide Knöchel auf ihre Augenlider, bis rote Wolken sich explosionsartig von dem schwarzen Hintergrund abhoben. Sie versuchte, Zwiebeltürme heraufzubeschwören, Minarette; versuchte, mit Hilfe der gleichen Alchemie das Klopfen der Lufthansa-Motoren in das verwunschene, Schirokko-getragene Klagen eines *Muezzin* ganz oben auf einem dieser Minarette über der Medina zu verwandeln.

Thea von Harbou war in ihren Dreißigern eine Frau mit leichtem Übergewicht gewesen. In den zurückliegenden Jahren aber hatte sie ihre Figur in Form gebracht und war jetzt, mit vierundvierzig, eine auffallende Erscheinung. Sowohl ihre Haltung, die ebenso korrekt war wie die ihres Mannes, als auch das schwarze persische Henna, das sie auf ihr Haar auftrug, machten sie mindestens um fünf Jahre jünger. Die Ringe unter ihren blaß-blauen Augen waren dunkel, aber man hätte auf den ersten Blick schlecht sagen können, ob sie nun dem Alter zuzuschreiben waren, den Umständen oder ihrer Veranlagung.

Sie war 1888 in Tauperlitz bei Hof in Bayern geboren, zwei Tage nach Weihnachten. Ihr Vater, Baron Theodor, war Wildhüter gewesen. Er schickte seine Tochter ins Luisen-Kloster zur Erziehung. (Früher einmal hatte es Grundbesitz in der Familie gegeben, in Sachsen; aber das letzte Stück davon wurde bereits von Theodors Großvater verkauft, dem man eine Vorliebe für verrückte Investitionen nachsagte.) Thea hatte zwei Brüder. Der ältere fiel im Krieg, bevor sie überhaupt Gelegenheit hatte, Erinnerungen an ihn auszubilden, der jüngere, ein Flegel, war heute in Thüringen verheiratet – mit einer Kuh, der

Thea bei Familienfeiern möglichst aus dem Wege ging. Im vergangenen November erst hatten Fred und die Kuh sie zur Tante gemacht, und sie hatte das zweifelhafte Vergnügen mit einem Teller aus Sterlingsilber bezahlt. Zum Dank war ihr ein Brief ins Haus geflattert, der angeblich von der Nichte selbst unterschrieben war. Man bedankte sich für ihre Aufmerksamkeit. Ostern würde sie sie wieder treffen, und ihre Schwägerin würde ihr erzählen, wie gut ihr »Metropolis und alle die andern« gefallen hätten.

»... Caracciola, der beste in Deutschland«, hörte sie Seitz' Stimme von weitem, »der in einen Mercedes schlüpfte wie in seine eigene Haut, und den man dazu verurteilte, mit diesem lächerlichen Alfa anzutreten! Warum man sich überhaupt noch für Rennen interessiert? Dieser tollkühne Nuvolari aus Mantua, der Champion von ganz Italien.« Seine Stimme dröhnte mal lauter, mal leiser in ihren Ohren, während er Else erklärte, daß der Nürburgring eine einzige Reihung von Kurven sei, die von unglaublich kurzen Geraden gerade mal unterbrochen wurden. »Geben Sie dem Mantuaner eine Kurve, und Sie werden erleben, daß er sie schneller als irgendein anderer nimmt...«

Thea hatte noch in der Universität mit dem Schreiben begonnen, und ihre Erzählungen waren fast sofort von bekannten Illustrierten gekauft und publiziert worden. (Als sie sie beim letzten Weihnachtsfest im Haus ihres Vaters durchging, hatten die meisten sie peinlich berührt; *Der Weg in der Nacht* und *Der stille Teich* waren von einem frühreifen Lebensüberdruß durchtränkt, der mit den Jahren noch verloren hatte. Sie versuchte sich zu erinnern, wieviel Goethe sie damals gelesen hatte. Dagegen gab es Teile in der *Kerze*, die zwei Jahrzehnte alt waren und ihr immer noch gefielen.) Mit dreiundzwanzig war

Thea vom Patriotismus entflammt, und ihre Geschichten trugen alle so bezeichnende Titel wie *Geliebtes Vaterland* oder auch *Die Fahne;* diesen Eindruck hatte sie jetzt jedenfalls. Ihren ersten Roman, *Die Flucht der Beate Hoyermann,* schrieb sie zwei Jahre später, und es war ihre erste Arbeit, die sie nie verleugnet hatte. Dann kam ihre Heirat mit Klein-Rogge. Obwohl sie keine gute Hausfrau gewesen war – und obwohl sie sich keiner Entscheidung bewußt war, das Schreiben beiseite zu schieben –, hatte sie in diesen vier Jahren nichts fertiggemacht. Dann war sie neunundzwanzig. Sie konnte sich an keinen Vorsatz erinnern, Rudolf zu verlassen oder ihre Arbeit wieder aufzunehmen; aber als sie dreißig wurde, war Klein-Rogge gegangen und sie schrieb wieder. Sie sei ziemlich deprimiert gewesen, hatte sie Lang einmal erklärt, und habe sich mit Schreiben darüber hinweggeholfen – was als Erklärung genauso gut oder schlecht wie irgendeine andere war.

Sie schrieb Drehbücher für Joe May, Sachen, die sie schnell herunterreißen konnte und die gut genug bezahlt wurden, daß sie davon leben konnte. *Das wandernde Bild* war ihr zweites Szenario – und ihr erstes, an dem sie mit dem Filmregisseur zusammenarbeitete, mit Fritz Lang. (Thea bevorzugte heute noch ihren ursprünglichen Titel, *Madonna im Schnee.)*

Für *Kämpfende Herzen* arbeiteten sie wieder zusammen. Das war ein Film, der auf Carola Toelle und Klein-Rogge zugeschnitten wurde und den das Studio unbedingt unter dem Titel *Die Vier um die Frau* herausbringen wollte. Erst 1922, nach *Der müde Tod* und *Mabuse, der Spieler,* verloren die Gerüchte um den Tod von Langs erster Frau an Gewicht, und sie konnten heiraten.

Seitdem hatte sie die Drehbücher zu allen Filmen Langs

geschrieben: die zwei Teile der *Nibelungen*, von denen sie die Zauber-Romanze von *Siegfrieds Tod* dem Feuerwerk von *Kriemhilds Rache* vorzog; *Metropolis*, ihr Lieblingsstoff; *Spione*, in dem Klein-Rogge wieder einmal als der überlegene Bösewicht auftreten konnte; das Science-Fiction-Epos *Frau im Mond;* ihren ersten Tonfilm, *M;* und jetzt das *Testament*, das gerade fertiggestellt war. In den zwanziger Jahren hatte sie auch Szenarios für Dreyer, Dupont und Murnau geschrieben. Und sie hatte noch Zeit gefunden, *Das indische Grabmal* zu einem Roman umzuarbeiten, ebenso wie *Metropolis*, und sie hatte *Spione* geschrieben, auf dem ihr späteres Drehbuch basierte. (*Spione* war ein billiges Melodram, ähnlich Sams geliebtem *Fu-Manchu*, das sie bei Gas-Befeuerung im Hotel Epoch über seiner Schulter mitgelesen hatte. Das war zwei Wochen, nachdem sie sich kennengelernt hatten und kurz bevor er nach Spanien und sie zum Weihnachtsfest nach Tauperlitz fahren mußte. Vor zwei Monaten, als sie glücklich gewesen waren.) Sie hatte Sam ihre frühen Erzählungen nicht gezeigt, weil sie ihr zu deutsch vorkamen; und sie hatte *Du bist unmöglich, Jo!* vor ihm geheimgehalten, einen anspruchsvollen Roman, den sie vor drei Jahren geschrieben hatte. Ihr Verleger hatte ihn ohne jede Publicity in die Buchhandlungen gebracht, und die wenigen Leser, die ihn überhaupt gefunden hatten, hatten ihn offensichtlich nicht geschätzt.

»Versprechen Sie, mich nicht zu zitieren«, beschwor Else den Reporter.

»Ehrenwort!«

»Der Kanzler hat Dr. Kissel persönlich angerufen. Er wünsche, daß Mercedes wieder in das Renngeschäft einsteige, sagte er. Eine Priorität für die neue Regierung. Und Geld spiele keine Rolle mehr.«

Thea öffnete die Augen. Das diffuse Weiß vor dem Fenster war unheilverkündend angeschwollen. Sie überlegte, wie schrecklich es wäre, vom Blitz getroffen zu werden. Plötzliche Turbulenzen. Und Tage später gefunden zu werden, Körper und Wrackteile meilenweit über die Berge der Eifel verstreut. Verkohlte Reste. In merkwürdigen Winkeln verzerrte, gebrochene Glieder. Der Gestank nach Treibstoff, verbranntem Fleisch. Sie würde Lang vom Flughafen aus ein Telegramm schicken, daß sie für ein oder zwei Nächte nicht zu Hause wäre; und vielleicht auch dem Portier eins, damit er eine frische Rose in die Dielenvase stellte.

»Darf ich um Ihre geschätzte Aufmerksamkeit bitten.« Der Steward mit den Aknenarben stand vor der Cockpitwand, die Arme auf dem Rücken verschränkt.»Die starken Niederschläge über Koblenz schließen eine Landung im Augenblick aus.« Er wippte auf seinen Absätzen vor und zurück. »Wir werden in Trier landen und Sie nach Koblenz transferieren. Ohne Aufschlag, selbstverständlich.«

Die Passagiere stöhnten wie auf Verabredung. Seitz erläuterte Else, daß die leichten Alfas und Bugattis bei Regen bereits dann ins Schleudern gerieten, wenn die weit schwereren Mercedes noch keinerlei Probleme mit der Geschwindigkeit hätten.

»Mussolini ist mir bis jetzt entgangen«, sagte Sam plötzlich. Seine Augen waren offen jetzt. »Aber Präsident Hoover, der mir im Wege stand, tritt zugunsten Franklin Roosevelts zurück. Mustapha Pascha ist ein bedauerliches Ärgernis, aber meine Organisation in Anatolien neutralisiert seinen Einfluß...« Sie sah ihn an. Der Steward stand im Moment zwischen ihm und Else, und sie zweifelte, ob jemand sein Gerede mitbekam.

»Ich habe versucht, König Carol zu vergessen... aber kleinste Mengen können die schönste Gleichung umwerfen«, fuhr er fort. Seine Stimme war lauter geworden. Thea sah, wie er einen Blick auf den Rohmer warf, der jetzt mit den Seiten nach oben auf seinem Schoß lag. Dann sprach er weiter und unterstrich seine Rede mit ausholenden Bewegungen von Armen und Händen. »Ein Mann, der von Frauen regiert wird, ist immer gefährlich, es sei denn, die Frauen stehen unter meinem Befehl.« Die Motoren klopften lauter jetzt, aber es gab wenig Hoffnung, daß Else ihn nicht hören konnte.

»Rumänien, die Oboe des Balkan-Orchesters!« Sam fiel zurück, blähte seinen Hals auf, Handflächen nach oben auf den Knien, wie überwältigt von diesem Gedanken.

»Machen Sie sich bitte für die Landung fertig«, sagte der Steward. Else fragte, wieviel Verspätung sie haben würden, bis sie endlich in Koblenz ankämen; und der Steward antwortete, daß Adenau – wo sich der Ring befand – nicht weiter von Trier als von Koblenz entfernt sei.

»Aber mein Mann sollte uns in Koblenz abholen«, klagte Else.

»Er wird bestimmt auf Sie warten«, meinte der Steward. Seine linke Hand steckte in der Hosentasche.

»Oh«, sagte Else.

»Wir werden erst einmal etwas essen«, beruhigte Thea sie, als klar war, daß ihre Begleiterin nicht weiter wußte. »Und vorher schicken wir Walter ein Telegramm, daß er uns in Trier abholen soll.«

Seitz verbreitete sich immer noch über die leichtgewichtigen Bugattis, die mit etwas Glück ein Rennen ohne Radwechsel überstehen konnten, während Mercedes wertvolle Sekunden an der Box verlor. Schwaches grünes Licht filterte durch die rechteckigen Fenster, überflutete die Kabine und machte die Gesichter häßlich. Sam, den sein Ausbruch erschöpft hatte, schlief wieder. Später würde sie den *Fu-Manchu* durchblättern und die Seite suchen, die er so lautstark exzerpiert hatte. »Bald wird ganz Deutschland wissen, daß der Kanzler ein großer Liebhaber von Autorennen ist«, vertraute Else dem Reporter mit der stattlichen Narbe an.

Abermals schlingerte das Flugzeug, die Fenster wurden weiß, und ein fahler Glanz überfüllte das Innere, verwischte alle Einzelheiten. Thea schloß die Augen. Else verhandelte mit dem Steward, verlangte den Einsatz des Flughafen-Telegrafen, um ihren Mann benachrichtigen zu können – in Koblenz, in Adenau, auf der Rennbahn, wo immer er sein mochte –, daß seine Frau auf ihn warte. Thea fragte sich, was sie in diesem Flugzeug verloren hatte, *en route* zu einem Ereignis, zu dem sie kaum eine Beziehung hatte. Ihr fiel auf, daß Sam und Lang beide Filmemacher waren, wenn auch auf unterschiedliche Weise; sie hätte schon lange darauf kommen müssen. Dann waren sie auf dem Boden, bremsten voll, um nicht über die provinzielle Landebahn hinauszuschießen. Als der Reporter Seitz sich vorbeugte, um seinen Mantel aufzunehmen, sah Thea undeutlich den Kolben einer automatischen Pistole aus einer netzartigen Lederschlaufe unter seiner linken Achsel hervorragen. Es schien merkwürdig, daß ein Reporter des liberalen jüdischen *Tageblatts* wie jeder x-beliebige Gangster eine Waffe tragen sollte. Als er fühlte, daß das Flugzeug ausgerollt war, stand Sam auf und öffnete die Augen.

Thea und Else hatten die Drahtseilbahn von der Anlegestelle Zurlauben aus genommen. Sie waren schräg die Mosel hochgestiegen und in acht Minuten am Weisshaus gewesen, dessen Restaurant-Terrasse mit den riesigen Panorama-Scheiben einen weiten Rundblick über den Fluß und die Stadt dahinter gestattete. Else hatte als junges Mädchen einige Monate in Trier bei einer Tante verbracht. Jetzt garnierte sie die Aussicht unter ihnen mit ihren Anmerkungen. Der Palast-Garten, dessen geometrisch angelegte Teiche und Blumenbeete von dieser Höhe aus am besten gewürdigt werden konnten; Porta Nigra, ein Doppel-Bogen, den Else zum »hervorragendsten römischen Relikt in Deutschland« stilisierte; und zwischen ihnen die Liebfrauenkirche, frühgotisch, ein fast kreisförmiger Bau. Ihre bizarren Proportionen riefen Thea die Zwiebeltürme ins Gedächtnis, die sie mit geschlossenen Augen im Flugzeug gesehen hatte. Jeder Ausblick, dachte Thea gerade, sollte ein solches Tor haben, eine Kirche, einen Garten, einen Fluß. Die Luft vor dem Doppelfenster war dünn, erstaunlich klar. Lichtflecken wurden von der Mosel zurückgeworfen, als sei der Fluß eine goldene Kette, die den Touristen auf gehörigen Abstand von den Schätzen auf dem anderen Ufer hielt. Wenn sie die Aussicht entwerfen würde, überlegte Thea, würde der Garten die Mitte einnehmen, mit Kirche und Tor an je einer Seite; und vielleicht würde sie einen zweiten Fluß konzipieren, der nur an ganz klaren Tagen zu sehen wäre und der entfernten Seite des Panoramas beschützende Symmetrie schenken würde. Thea war sicher jetzt, daß sie den Reporter des *Tageblatts* schon irgendwo gesehen hatte, aber wo, das wollte ihr im Augenblick nicht einfallen.

»Ich hatte schon schlechteres Kalbfleisch!« verkündete Else. Thea blickte auf und sah, wie Else ihre Lippen mit der gefalteten Serviette abtupfte. Sam war in der Stadt geblieben. Er wollte sich lieber umsehen als essen, hatte er gesagt. (Er brauchte Erholung von der Frauen-Gesellschaft, nahm sie an.) Sie wollten sich auf der Kaiserstraße wieder treffen, am Eingang zu den Kaiserthermen, um fünf, wenn Herr Becker sie abholen würde.

»Wo haben sie nur die frischen Trauben her? Um diese Jahreszeit!« fragte Else.

»Wahrscheinlich eingeflogen.« Thea wünschte, sie hätte etwas von dem Kokain aufgehoben, das ihr Mann Mittwoch abend nach Hause gebracht hatte. Sie wurde müde, und es hätte ihr sicher geholfen jetzt. Aber sie hatte nicht danach fragen können, natürlich nicht. Sie schaute wieder zu dem Palast-Garten hinunter. Sam war jetzt sicher irgendwo dort, spielte Versteck mit belgischen Touristen im Gewirr der gestutzten Hecken. »Und der Fisch?« fragte Else.

»In Ordnung.« Thea hätte lieber auch Kalbfleisch bestellt. Aber obwohl sie schon lange keine praktizierende Katholikin mehr war, konnte sie am Freitag immer noch kein Fleisch essen.

»Vielleicht sollte ich mir einen Liebhaber zulegen?« sinnierte Else.

Die Sonne wurde von den Erkern der Kirche zurückgeworfen, ließ ihr linkes Drittel aufleuchten, so daß sie nicht über längere Zeit hinsehen konnte.

»Haben Sie jemand bestimmten im Sinn?« fragte Thea nach einer Pause. Nachdem sie schon geantwortet hatte, wurde ihr klar, daß Else wahrscheinlich gefragt hatte, wie Thea mit Ehemann und Liebhaber zurechtkam. Aber das war kein Thema, das sie mit Else diskutieren wollte.

»Klein. Brünett. Dunkelhäutig. Ein Italiener, warum nicht.« Else lachte, tupfte noch einmal mit der Serviette über ihren Mund und gab dem Kellner ein Zeichen. »Im übrigen hat Walter seine Autos zum Spielen«, fuhr sie fort. Es war warm, und Thea fragte sich, ob die paar Zentimeter toter Luft zwischen den Doppelfenstern es bewirkten, daß sich kein Niederschlag auf den Scheiben befand. Nachdem das *Testament* herausgekommen war, und die Dinge sich etwas beruhigt hatten, würde sie sich überlegen, ob sie noch ein Szenario für Lang schreiben wollte. Ihr schwebte diese orientalische Geschichte vor, aber sie glaubte irgendwie nicht, daß Lang der richtige Mann dafür wäre, diesen Stoff zu realisieren. Trotzdem mußte sie ja nicht gerade jetzt über diese Dinge nachdenken. In gewisser Weise war sie in Ferien, sagte sich Thea.

»Wie gut für Walter, daß Mercedes wieder Rennen fahren wird«, nahm Else die Unterhaltung wieder auf.

»Ja«, hörte Thea sich antworten. Sie schaute zu der Drahtseilbahn hinüber, die sich wieder bewegte. Eine Kabine stieg auf, die andere ab, beide schwebten jetzt mehrere Augenblicke auf gleicher Höhe über der Mosel. Angenommen, der Bösewicht und seine Bande fuhren hinunter und der unglückliche Verfolger war noch beim Aufstieg. Sie könnten Schüsse über die Lücke hinweg abgeben. Vielleicht hatte einer der Gefolgsmänner des Bösewichts sogar den Mechanismus blockiert, irgendeinen riesigen Hebel umgelegt, so daß der Verfolger hilflos in der Kabine baumelte, eine bequeme Beute für das Bataillon Schurken in der benachbarten Gondel. Was sollte mit den unschuldigen Zuschauern geschehen? Würde der Verfolger wertvolle Sekunden damit verlieren, sie zu beruhigen?

Else fädelte einen Ohrring ein. »Wie beneide ich Sie, Thea, daß Sie einen Mann ohne Schnurrbart haben!« Ihre Bemerkung zielte wohl auf Sam, überlegte Thea, obwohl auch Lang diesem Privileg männlichen Erfolgs bis jetzt nicht erlegen war. Mittwoch abend hatte sie in der Tat festgestellt, daß Lang der einzige männliche Gast ohne Schnurrbart war, erinnerte sie sich. Hugenbergs groteske Rotzbremse war auf- und abgehüpft, als er sich in großartigen Reden über die Aufgabe des rechten Flügels erging, in dessen Verantwortlichkeit es fiele, sicherzustellen, daß die Wahlen nicht hinausgeschoben würden. Über die Bedrohung durch Kommunisten und Anarchisten hatte er sich ausgelassen, sowie jene, die den Brand im Reichstag gelegt hätten, und ausdrücklich hatte er – als ob irgendjemand darauf gewartet hätte – die Verordnung gebilligt, die die bürgerlichen Rechte einschränkte und die Kommunistische Partei für illegal erklärte. »Aber«, hatte er in seiner schönsten Stentorstimme hinzugefügt, »nichts kann die Aussichten meiner Partei auf einen Sieg bei den Wahlen am Montag schmälern!« Nach seiner Rede hatte Thea noch ein Viertelstündchen gewartet, ehe sie sich verabschiedete; sie wollte nicht, daß man ihr Weggehen der Politik zuschrieb. Lang hatte seit Stunden gewußt, daß sie allein gehen würde, aber als sie kurz zurücksah, hatte er diesen Blick eines geprügelten Hundes, schmachtend, als hätte er die ganze Zeit gehofft, daß sie ihn doch nicht allein lassen würde. Thea wußte nun, daß der Bösewicht Enterhaken einsetzen und die Kabine damit in eine gefährliche Schräglage bringen würde. Jemand würde im Bach landen.

»Ich denke, ich werde mir einen Liebhaber zulegen.« Else drückte vertraulich Theas Unterarm.

»Wenn es Ihnen Spaß macht.« Thea sah wieder auf die kunstvollen Gartenanlagen hinunter, in deren Schachbrett-Gewirr Sam vor ihrem geistigen Auge herumgewandert war. Der Anblick erinnerte sie an die Taubentafel, eine große Wand im Polizei-Präsidium am Alexanderplatz, die vom Boden bis zur Decke mit einer Straßenkarte Berlins bedeckt war, auf die Planquadrate eingezeichnet waren. (Man hatte sie ihr gezeigt, als sie für *M* Polizeimethoden recherchierte.) Entlang des Fensters gegenüber der Karte verlief eine zimmerlange Reihe von Taubenschlägen, die fortlaufend numeriert waren. Zweihundert Geheimpolizisten, erklärte Polizeipräsident Friedrich, waren an festen Standorten postiert. Jeder trug ein unauffälliges Paket bei sich, in dem sich eine Brieftaube befand. Erblickte der Beamte einen Verdächtigen, ließ er verstohlen seinen Vogel frei, der sofort seinen Heimatkorb ansteuerte. Bei der Ankunft einer Taube, beispielsweise in Schlag 154, steckte einer von Friedrichs Männern eine gelbe Stecknadel auf das entsprechende Quadrat des Stadtplans. (Eins-vierundfünfzig beispielsweise, erinnerte sie sich noch, bezeichnete die Bülowstraße.) »Die Tauben«, hatte der Polizeipräsident vorgetragen, »bleiben unmarkiert für den Fall, daß sie in feindliche Hände fallen sollten. Hinzu kommt, daß unsere Männer mit Hilfe dieses Systems ihrer Operationsbasis Meldung machen können, ohne die Beute aus den Augen zu verlieren oder unpassenden Argwohn zu erwecken.« Thea fragte sich, wessen Bewegungen denn nun von dieser Abfolge gelber Stecknadeln auf der quadrierten Taubentafel beschrieben wurden; und was Präsident Friedrichs Männer unternahmen, wenn der Flüchtige sich außerhalb der Stadtgrenzen Berlins den Planquadraten entzog.

Else folgte mit dem Finger der Zahlenreihe auf der Rechnung. »Es scheint korrekt zu sein«, sagte sie. Und nach einer Pause: »Es geht auf mich.«

»Danke«, hörte Thea sich antworten.

»Wie wär's, wenn ich mir einen tollkühnen Mantuaner angelte?« fragte Else.

Das Zimmer im Adenauer Hof lag nach Osten; Thea hatte vergessen, die Läden zu schließen, und dünne, schmerzlich schräge Lichtspitzen weckten sie, direkt nachdem es hell wurde. Sams Kopf lag von ihr abgewendet, und an seinen Atemzügen konnte man unmöglich erkennen, ob er noch schlief oder nicht. Am Vorabend waren sie auf einer schrecklichen Party im ›Tanzsaal‹ des Hotels gewesen, und jetzt war sie zu derselben Stunde wach, zu der sie einen Tag vorher gerade schlafen gegangen war. Irgendwann in den dazwischenliegenden vierundzwanzig Stunden hatte sie eine Reise mit dem Flugzeug hinter sich gebracht, zwei Touren mit der Drahtseilbahn und mehrere Autofahrten.

Sam hob das Kissen an. Mit erstaunlich artiger Stimme wünschte er »Guten Morgen«, bevor er das Kissen wieder auf seinen Kopf fallen ließ. Er streckte seine Hand unter den Decken hervor, tastete sich über den Nachttisch und fand die angebrochene Packung Camel. Er hatte die beiden letzten in ganz Adenau bekommen, jedenfalls, wenn man dem Nachtportier gestern abend glaubte. (Thea hatte nie erlebt, daß er ohne Camel ausgekommen wäre.)

»Sollen wir das Frühstück aufs Zimmer bestellen?« fragte sie und prüfte ihre Stimme dabei.

Er setzte sich auf, zwei Kissen im Rücken, die Zigarette von seinen vollen Lippen hängend. So wollte sie ihn in Erinnerung behalten. Schließlich stand sie auf und zog einen leichten Morgenrock über ihr Nachthemd. Sie schaute aus dem Fenster. Auf der Straße schob sich eine schier endlose Prozession von Autos und Radfahrern vorbei. Sam trat hinter sie, preßte sich an sie.

»Das müssen einige tausend sein«, bemerkte er endlich.

Thea beobachtete, wie die Radfahrer die Spur zwischen zwei Reihen praktisch bewegungsloser Autos befuhren. »Zu Fuß ist es sicher schneller«, überlegte sie laut. Die Autoreihe zog sich bis zu den nahen Hügeln hin, wo sie im Nebel versank. Es war keine schlechte Aussicht, sagte sie sich. Auf der Party letzte Nacht war Thea von zwei bornierten Akademikern belagert worden, Rheinländern obendrein. Stundenlang hatten sie sich über die Landschaft verbreitet, und Sam hatte ein paar Worte auf Französisch gemurmelt und sie sitzenlassen. Sie konnte sich an keinen einzigen Fall erinnern, wo Sam etwas gemacht hatte, was er nicht wirklich wollte. »Es ist noch nicht einmal sieben«, beschwerte er sich jetzt von der anderen Seite des Zimmers her. »Wo hast du mein Hemd versteckt?«

»Um wieviel Uhr beginnt das Rennen?« Thea drehte sich um und betrachtete ihn in seinem ärmellosen Unterhemd. Wie ein Gangster aus Chicago sah er darin aus, fand sie. Er durchwühlte seinen Koffer. Thea fragte sich, warum alle Männer ihre Hosen bis oben hin zuknöpften, obwohl sie doch genau wußten, daß sie Sekunden später alle wieder aufknöpfen mußten, um das Hemd hineinzustopfen.

»Wo hast du es versteckt?«

Thea saß am Schreibtisch, schob die beiden Ansichtskarten beiseite, die Sam gestern abend geschrieben hatte. Sie waren an André Breton und Yves Tanguy in Paris adressiert. Sie versuchte, sich an die Einzelheiten einer Geschichte zu erinnern, die Sam ihr früher einmal erzählt hatte. Es ging um einen Krawall, den sie in einem Restaurant gemacht hatten. Breton war offensichtlich in Wut geraten, weil jemand es gewagt hatte, ein modisches Restaurant unter dem Namen Maldoror zu eröffnen. Breton, Sam und sechs oder sieben andere hatten das Restaurant am Valentinstag angegriffen, um die Verwendung eines Namens zu rächen, den die Surrealisten für sich allein beanspruchten. Sie musterte die Ansichtskarten jetzt, geschönte Aufnahmen von Adenaus Hauptplatz. Wie Lang schrieb Sam nur vor dem Schlafengehen. Thea hatte oft gesehen, wie Sam an seine berühmten Freunde in Paris schrieb; aber sie konnte sich nicht erinnern, unter seinen Habseligkeiten im Hotel Epoch irgendeine Antwort von ihnen bemerkt zu haben.

»Ich hab' dein Hemd nicht.« Die Sonne stieg an einem Himmel, der sich zusehends verfinsterte. Thea versuchte den exakten Punkt zu bestimmen, an dem die Autoschlange sich im Nebel verlor. Die Autos bewegten sich nicht, oder höchstens hin und wieder ein paar Meter; an zwei oder drei Stellen standen die Fahrer neben ihren Wagen und wärmten sich die Hände über kleinen, improvisierten Feuern.

»Lassen Sie mich Ihnen von Caracciola und Nuvolari erzählen«, begann Sam im monotonen Singsang des Vortrags. »Eine packende Geschichte über ein ungeschriebenes Gesetz des Rennsports. Letztes Jahr in Monaco traten beide mit dem 8C-Monza an...« Sam hatte auf der Party gestern abend einen großen Teil seiner Zeit mit dem Reporter des *Tageblatts* verbracht, der ihn und Else mit allem Wissenswerten über Autos beglückte. Sie hatte gesehen, wie Sams Blick sich nach innen kehrte, während er das Gehörte in sich aufnahm. Sie war wohl noch immer ärgerlich, daß er sie mit diesen Bildungsbürgern allein gelassen hatte. Sie erinnerten sie an Leute, die sie in Tauperlitz gekannt hatte, und daran, was wohl aus ihr geworden wäre, wenn sie sich nicht ihren Weg da herausgeschrieben hätte. Sie fragte sich, wie lange die Arbeiten in Dahlem noch brauchen würden. Die Jagdhunde waren bestimmt nicht glücklich in ihrer Pension. Thea ging zum Bett und packte ein Kissen.

»Ich bitte Sie«, fuhr Sam unbeirrt fort, »verwechseln Sie nicht die Rennstrecke Monza mit dem Wagen gleichen Namens. Wie willst du die Federn, die du gerade im Zimmer verteilst, dem Mädchen erklären? Ich spreche über den Wagen Monza, den Typ 8C.«

Thea, die das Kissen knapp über Sams Kopf gehalten hatte, ließ los. Es fiel, sah einen Moment so aus, als würde es auf seinem Kopf liegenbleiben, dann glitt es über seinen Nacken aufs Bett.

»Du erinnerst mich an einen kleinen Jungen.«

Einen Moment lang trug er eine gekränkte Miene zur Schau, bevor er seine Züge wieder glättete. Sein Ausdruck war fast identisch mit dem, den Lang bei ähnlichen Gelegenheiten aufsetzte. Thea knipste die Deckenleuchte an; knipste sie wieder aus, weil sie ihr zu hell war. Sam erklärte dem Zimmerservice am Telefon, daß er Saft, Kaffee, Croissants für zwei wollte. Thea beobachtete ihn, dann legte sie sich auf die andere Seite des Betts.

»Das Rennen beginnt um halb zehn«, eröffnete er ihr.

»Kleine Jungs. Kleine Jungs und ihre Autos.« Thea angelte eine Zigarette aus Sams Schachtel und zündete sie an. Mit der Zigarettenspitze wollte sie sich nicht aufhalten jetzt. Ein Konzert von Autohupen stieg vor dem Fenster auf. Sie drehte sich auf die Seite, streckte ihren Arm aus und spielte mit den Locken hinter seinem Ohr. »Werden sie auch bei Regen fahren?« fragte sie leise. Jemand klopfte an die Tür.

»Bestimmt.«

Es klopfte wieder.

»Es ist offen«, schrie Thea, irgendwie zu laut.

Der Zimmerpage trug einen v-förmigen Kittel, der an den Schultern heroisch weit geschnitten war. Waagerechte, metallische Streifen, die nach unten hin immer kürzer wurden, schmückten ihn. Er hielt ein Silbertablett vor sich, auf dem ein braungelber Umschlag von Geschäftsbrief-Größe lag. Sam wandte sich ab, als Thea den Umschlag mit ihrem Namen an sich nahm und Münzen für das Trinkgeld fand.

»Wo haben sie bloß diese Uniformen aufgetrieben?« fragte er, nachdem der Junge gegangen war. »Ein wanderndes Glockenspiel. Der Mann gestern abend, der die Camel für mich besorgt hat, trug einen Hut mit einer richtigen Spitze oben. Man hätte ihn auf den Kopf stellen und im Park Papierfetzen mit ihm aufspießen sollen«, leierte er weiter.

Thea hielt den Umschlag in der Hand und starrte auf den Stempel des Telegrafenamtes auf seiner Rückseite.

»Ich schätze, ich hatte den Kaffee erwartet«, brummte Sam. Er ging an seinen Koffer und holte die Cine-Kodak heraus. Sie war rechteckig, mit abgerundeten Kanten und leicht mit zwei Händen zu halten. Ihre Oberfläche war schwarz geriffelt, die Ecken verchromt. Die Kurbel ließ sich flach einklappen. Neben den Objektiven waren Einstellmöglichkeiten in Englisch für *bedeckt oder schattig, draußen; helle Tage bis leicht wolkig; direkte Sonne, extrem hell.* Jede hatte ihre zugeordnete Blendennummer.

»Ich lese ihn später.«

»Quatsch«, brüllte Sam gegen das Getute der Autos an, das jetzt viel lauter geworden war. Er behielt die Kamera in der Hand, als er zum Badezimmer ging und die Tür hinter sich schloß. Ein dünner Streifen Licht fiel durch die Türritze am Boden, dann wurde es dunkel. Thea öffnete den Umschlag.

> Schreibe an neuem Drehbuch
> solo stop alles Liebe
> für dich stop dein Fritz

Wenn sie nach Berlin zurückkam, würde sie ihn fragen, warum er es für nötig hielt, sie per Telegramm davon zu unterrichten, daß er an der Schreibmaschine saß. Weil er annahm, daß sie das interessieren würde, würde er leichthin antworten.

»Ah! Mein Hemd war hier drin«, rief Sam laut aus dem Badezimmer. Sie hörte metallisches Klicken, fragte sich, ob er einen neuen Film einlegte. Vielleicht war es Langs Methode, ihr das mitzuteilen, was er ihr nicht direkt sagen konnte: daß er wieder mit Lili zusammen war. Thea biß sich auf die Lippen. Vielleicht sollte sie ihm ein Antwort-Telegramm schicken, in dem sie ihm von ihrer Idee für ein Drehbuch erzählte, ihrer orientalischen Geschichte mit Minaretten und Zwiebeltürmen.

»Frau Lang?«

Es klopfte schon wieder. Thea öffnete die Tür und ein Zimmerpage – anderes Gesicht, gleicher Kittel – schob das Frühstück ins Zimmer. Thea lächelte, als er zum Abschied auf seinen spitzen Hut tippte.

»Ich rieche Croissants.« Sam tauchte aus dem Badezimmer auf, immer noch mit der Kamera in der Hand, aber frisch rasiert. Die Dusche lief noch. Er schloß die Tür. Vor dem Fenster keuchte eine Radfahrerkolonne in der Rinne zwischen zwei Fahrbahnen mit blockierten Autos bergauf. Sie fragte sich, ob er die Falten aus dem Hemd dämpfen wollte, das er gestern getragen hatte.

»Wie sollen wir dorthin kommen?« nahm Thea das Gespräch wieder auf.

»Wir laufen, nehme ich an. Überlassen wir die Logistik Frau Becker.« Die Beckers sollten sie um acht Uhr abholen.

»Laß uns was essen«, schlug Thea ohne Begeisterung vor.

Sam küsste sie seitlich auf den Hals und fragte: »Lang?«

»Ja«, gab sie zu. Sie rückte die Stühle zurecht, brachte den Tisch zum Fenster. »Es hat keine Bedeutung.«

»Dann ist alles in Ordnung?«

Thea spielte mit der Zigarettenspitze der Gräfin Todd. »Ich denke schon.«

»Ich sprach, glaube ich, vom Monte-Carlo-Rennen«, dozierte Sam und setzte sich an den Frühstückstisch. »Caracciola fuhr einen Alfa, den 8C-Monza, nicht als Teil des Alfa-Teams, sondern seinen eigenen. Nuvolari setzte sich vom Start weg an die Spitze, gab ein Tempo an, das auf der langen, gewundenen Strecke geradezu mörderisch war.« Sam butterte ungeschickt sein Croissant, stäubte sein Unterhemd von oben bis unten mit kleinen, blättrigen Krümeln ein. Sie hatte Lust, ihm zu sagen, daß er nach Paris verschwinden sollte, um dort Krawall zu machen, oder was immer man in Paris tat, um die Zeit totzuschlagen, wenn man nicht für seinen Lebensunterhalt arbeiten mußte. »Mit jeder Runde schob sich Caracciola weiter nach vorne, bis er fast Kopf an Kopf mit dem Mantuaner lag.« Das ungeschriebene Gesetz beim Autorennen bestimmt, erklärte er weiter, daß es zwischen Fahrern desselben Teams keine Konkurrenz geben darf: wer bei der Halbzeit vorne liegt, fährt den Wagen zum Sieg. »Während der letzten Runde kam er Nuvolari so nahe, daß er ihm in die Augen sehen konnte. Sie waren

Seite an Seite, Rad an Rad beinahe. Er konnte erkennen, wie Nuvolaris Benzinleitung verstopfte. Dann kam die Ziellinie. Nuvolari fuhr als erster rüber, gerade noch mit halber Kraft. Caracciola, der den Fuß vom Gas genommen hatte, direkt dahinter.«

Der Lärm der Hupen draußen hatte nicht nachgelassen. Wo waren Walter und Else? Es war bestimmt nach acht jetzt. Ein Klecks Marmelade hing links neben Sams Nase. Thea dachte daran, ihre Serviette in das Wasserglas zu tunken und ihn wegzuwischen; aber sie tat es nicht.

»Caracciola gehörte nicht zum Team. Sie hatten ihn abgelehnt. Er war den Alfa-Leuten in keiner Weise verpflichtet.« Sam trank seinen Saft in einem Zug herunter und schüttelte sich, als hätte er reinen Whisky getrunken.

Er stellte sein Glas hin und sah Thea an. Seine Mundwinkel zuckten ganz leicht. »Willst du, daß ich gehe?« fragte er.

Theas Magen hob sich, als sei sie wieder im Flugzeug, während der Turbulenzen. Sie konnte nicht glauben, daß Sam ihr anbot, sich davonzumachen, Lang das Feld zu überlassen. Wieder einmal fühlte sie sich als Teil eines komplizierten männlichen Tauschhandels, wobei sie selbst das eingetauschte Gut darstellte. Dann war die Welle von Übelkeit vorüber.

Unter halbgesenkten Lidern sah Sam sie weiter an.

»Was sagte die Menge dazu?« fragte sie schließlich.

»Spott und Hohn von den Tribünen«, antwortete Sam sofort. Er grinste jetzt, war ungeheuer erfreut, daß sie gefragt hatte. »Die Zuschauer fühlten sich hereingelegt.«

»Oh«, war Theas ganze Reaktion. Irgendwie, undeutlich, hatte Thea sich immer vorgestellt, daß sie sich

Augenblicke wie diesen ersparen würde, indem sie Romane und Drehbücher schrieb. Und jetzt konnte sie nur denken, daß sie sie offensichtlich nicht gut genug geschrieben hatte. Sam stand am Fenster, zündete sich umständlich eine Camel an. Sie konnte fühlen, wie er darauf wartete, daß sie etwas sagte.

»Wo würdest du hingehen, Sam? Nach Brooklyn?«

Er stemmte seinen linken Fuß gegen die Heizung. »Ich wäre verloren ohne dich«, behauptete er und machte großartige, weitausholende Bewegungen mit der Camel. Gegen den grauen Himmel draußen konnte man noch Augenblicke später den Weg der glühenden Zigarettenspitze verfolgen.

»Fordere mich zum Tanz auf.« Sam streckte die Arme aus. »29. Februar. Schaltjahr-Tag. Die Frauen fordern die Männer auf. Gibt es das nicht in Deutschland?« Thea antwortete nicht, daß heute der vierte März wäre und dies auf keinen Fall ein Schaltjahr war. In Kürze würde sie einem Rudel Jungen in kleinen bunten Autos zusehen, wie sie unter dem fallenden Regen rund und rund und rund rasten. Vielleicht war Schreiben nicht genug. Eines Tages würde man ihr die Regie übertragen, und dann hätte sie ihr Schicksal selbst in der Hand.

»Tanz mit mir«, hörte Thea sich selbst sagen. Sie würde Walter und Else noch eine Minute geben, wenn sie dann nicht endlich auftauchten, würde sie sie anrufen. Sam stand an der Musiktruhe jetzt. Sie hörten den Schluß einer Nachrichtensendung. Thälmann, der Führer der Kommunistischen Partei, die im Gefolge des Reichstagsbrands am Dienstag verboten worden war, war verhaftet worden. Törgler hatte aufgegeben. Nach Dimitroff wurde noch gefahndet. Sam wartete einen Augenblick auf weitere Nachrichten. Als nur noch eine Reklame für Schokolade kam, drehte er an der Skala, bis er einen Walzer fand. Es hörte sich wie ein Wiener Walzer an, aber Thea kannte ihn nicht. Sams Arme waren noch einmal einladend ausgestreckt. Thea bohrte ihr Kinn in die Höhlung seines Halses und roch sein After-shave, das er selber mixte, Zaubernuß und Bayrum. Er begann, sie durchs Hotelzimmer zu schwenken.

Thea preßte sich an ihn. Sie schloß die Augen. Jemand klopfte an die Tür, und sie hörten auf zu tanzen. Einige Augenblicke hielten sie sich fest umschlungen, und Theas Hand knetete unter dem amerikanischen Unterhemd begierig die Muskeln auf Sams Rücken.

Sie hatte die Taubentafel gesehen und wußte, daß ihre Karte an den Außenbezirken Berlins endete; aber vielleicht gab es noch ein Zimmer, dessen Wand mit der Karte der ganzen Welt bedeckt war. Und als sie mit Sam über den Fußboden wirbelte, wurden die gelben Stecknadeln ziemlich eng zusammen dort hineingesteckt. Sie war nicht sicher, aber es mußte am Alexanderplatz gewesen sein, in einem der Zimmer, die für Friedrichs Geheimpolizei reserviert waren, daß sie den Mann mit der dünnen, weißlichen Narbe zuerst gesehen hatte. Im Flugzeug hatte er sich als Zeitungsreporter vorgestellt, und gestern abend hatte er seine Geschichten von Autos und den Männern, die sie fuhren, breit getreten.

Ein Blitz zuckte draußen über den Himmel, verursachte ein Knistern im Radio. Dann hörte Thea wieder den Walzer und Elses Stimme, die ihren Namen durch die Holztür rief, in dem kurzen Intervall bis zum Donnerschlag. Das Zentrum des Gewitters konnte nicht weit entfernt sein. Thea nahm sich vor, beim nächsten Blitz die Sekunden zu zählen.

# 4

Wie ein expressionistisches Gewitter flammten die Blitzlichter wieder auf und warfen starre, überlange Schatten über die Wand der Box. Kautz trug einen gelbbraunen, einreihigen Regenmantel. Merz hatte einen ganz ähnlichen über seine Schultern drapiert. Brauchitsch saß zwischen beiden. Er trug seinen olivgrauen, zweireihigen Mantel wie Merz über der Schulter, ohne seine Arme durch die Ärmel zu schieben. Ihre Gesichtszüge wurden wieder und wieder von den Blitzen ausgelöscht, und wenn einer von ihnen lachte, erschien das Weiß noch intensiver. Alle drei trugen weiße, mit Gürteln zusammengehaltene Rennanzüge mit Reißverschlüssen an den Brusttaschen und Schutzbrillen, die ihnen locker um den Hals baumelten. Merz und Brauchitsch hatten ihr Haar glatt nach hinten gekämmt, Kautz trug einen Seitenscheitel. Der Raum schien zu zittern, als die Blitze von allen Seiten auf sie niederprasselten. Kautz verdrehte die Augen und wurde mit einem Blick von Alfred Neubauer zur Ordnung gerufen. Er war der Rennleiter von Mercedes und leitete den Fototermin. »Einen Augenblick nur noch«, sagte er ruhig. Merz fingerte am Band seiner weißen Rennkappe herum.

»Fertig«, sagte Neubauer.

Die Blitze wurden spärlicher. Zwei Männer, Neubauers Assistenten, trieben stöhnende Fotografen zurück in den Presse-Bereich. Thea bemerkte eine Frau mit schwarzgefärbtem Haar ähnlich ihrem eigenen, die eine kleine Filmkamera hielt und ihr irgendwie bekannt vorkam. Neubauers Assistenten wiederholten stereotyp: »Keine Fragen!«

»Else«, grüßte Neubauer und zog seinen Hut. Er trug einen dreiteiligen Anzug mit Aufschlägen an der Weste, eine breite Seidenkrawatte und einen Regenmantel, ganz ähnlich dem, den Merz und Kautz trugen, nur daß er viel weiter war, so daß sein umfangreicher Bauch Platz hatte.

»Darf ich Ihnen Thea von Harbou vorstellen? Thea, das ist Alfred Neubauer.«

»Erfreut!« Thea war froh, daß Else sie nicht als Frau Lang bekannt gemacht hatte. Sam war auf halbem Weg zur Rennstrecke eingefallen, daß er seine Kamera vergessen hatte, und war zurückgegangen, sie zu holen. Er hatte den Fototermin verpaßt und würde wahrscheinlich auch die karierte Flagge verpassen.

»Die Freude ist ganz auf meiner Seite«, gab Neubauer zurück. Er wandte sich der Rennbahn zu, blieb stehen, als Else ihm folgen wollte.

»Lassen Sie mich Plätze für Sie auf der Presse-Tribüne reservieren.« Er zupfte an seinem Ohrläppchen. Sein Haar war ziemlich kurz geschnitten, nur Stoppeln eigentlich.

Else begann: »Walter…«

»Seien Sie versichert, es ist nicht persönlich gemeint. Rennfahrer sind ziemlich abergläubisch. Sie würden zum Beispiel nicht fahren, wenn Erdnußschalen im Bereich der Box gefunden wurden. Wir sind alle aufgeklärte Menschen, und wenn ich zu entscheiden hätte, so würde ich Frauen von der Rennbahn aus zusehen lassen. Fräulein von Harbou. Es ist mir wirklich eine Ehre. *Geliebtes Vaterland* gehört zu meinen Lieblings-Erzählungen.«

Thea lächelte. »Vielen Dank.«

Sie stiegen eine Rampe aus schlecht zusammengenagelten Holzbrettern hoch. Sie führte zu dem Bereich, der durch Seile abgetrennt und mit Klappstühlen ausgestattet war und den man der Presse vorbehalten hatte. Neubauer versicherte Else, daß er Walter von ihr grüßen werde.

»Bis zum Sieg!« verabschiedete sich Thea.

»Nehmen Sie sich dieser Damen an«, befahl Neubauer dem krawattenlosen Mann, der Ausweise kontrollierte.

»Kautz sieht so jung aus, so beunruhigt«, sagte Else. »Er gefällt mir viel besser als Merz, der mir zu massig ist; obwohl Walter behauptet, er könnte mit der bloßen Hand einen Nagel einschlagen.« Thea schaute zu dem grünen Schutzdach aus Leinwand hoch. Es schien recht dürftig von Spannschnüren gehalten zu werden, die an den Lautsprecherträgern befestigt waren. Sie hatte Geld in Sams Brusttasche gesteckt und ihm aufgetragen, an seinen Flachmann zu denken und ihn mit Erstklassigem zurückzubringen. (Sam brauchte das Geld natürlich nicht; aber Thea gefiel die Geste. Und wie sich seine Brusttasche von innen anfühlte.) Auf der Bahn unter ihnen wurden die Wagen jetzt in Position gebracht. Ein blauer wurde auf seinen Platz in der ersten Startreihe geschoben. Es mußte ein Bugatti sein. Die Details des Rennsports konnte man unmöglich in ein oder zwei Tagen aufschnappen, auch nicht mit Fleiß.

»Anton meinte, der Regen würde einen Vorteil für Deutschland bringen«, sagte Else.

»Ja.« Die Frau mit der Filmkamera befand sich unten auf der Bahn und erklärte einem großen Mann – einem Mitarbeiter ihres Teams –, wo er sein Stativ aufbauen sollte und welchen Ausschnitt sie sich vorgestellt hatte. Thea fragte sich, wie sie die Erlaubnis bekommen hatte, auf der Bahn zu sein, auf der das schöne Geschlecht sonst nicht zugelassen war.

»Walter!« schrie Else. Thea erkannte Elses Mann an der hellen Haut und dem zurückweichenden, glatten Haar. Er dirigierte zwei Männer, die einen metallfarbenen Mercedes in die zweite Reihe schoben. Der Mercedes sah riesig aus, plump neben dem Alfa, dem Bugatti. Else rief wieder, und ihr Mann winkte mit beiden Armen zurück. Dann rieb er seine Nickelbrille trocken. Rennankündigungen flossen aus den Lautsprecher-Trichtern über ihren Köpfen. Thea konnte die erste oder zweite Silbe eines jeden Satzes ausmachen, der Rest verlor sich in der Rückkopplung.

»Welcher ist Caracciola?« fragte Else den eleganten, vernarbten Reporter des *Tageblatts,* der rechts von ihr Platz genommen hatte.

»Er tritt heute nicht an«, informierte sie Seitz und ließ sein Fernglas sinken. Thea fühlte zwei Hände über ihren Augen. »Sam«, sagte sie.

»Er wurde verletzt...« begann Seitz.

»Ich wette, du dachtest, daß ich die Flagge verpassen würde«, fiel Sam ihm ins Wort und rutschte mit seinen Händen auf ihre Schulter. Es gab ein quietschendes Geräusch, als er einen der hölzernen Klappstühle an ihre Seite zog. Mit der Plötzlichkeit des Betrunkenen ließ er sich fallen.

»...als er für Monte Carlo trainierte.«

Sam beugte sich vor, sah über Thea, über Else hinweg. »Wie geht es ihm?« fragte er mit einem Nachdruck, der schwer zu interpretieren war.

»Fraglich, ob er wieder Rennen fahren kann«, antwortete Seitz. »Kann von Glück sagen, wenn er auf die Füße kommt. Total gesplitterter Schenkel.«

»Das wußte ich nicht«, hauchte Else und umklammerte Seitz' Unterarm. »Slivovitz«, bot Sam an und reichte ihm die Flasche aus gehämmertem Silber hinüber. Thea mußte lächeln. Sam war beauftragt, etwas Erstklassiges mitzubringen. Stattdessen war er betrunken mit polnischem Pflaumenschnaps erschienen und obendrein noch sehr zufrieden mit sich selbst. Sie erinnerte sich plötzlich, daß das *Tageblatt* als einzige Zeitung eine Besprechung von *Du bist unmöglich, Jo!* gebracht hatte.

»Harrison, AFP«, sagte Sam laut, als wollte er sich vorstellen. Die meisten Fahrer saßen in ihren Wagen. Thea zählte 31. Die Motoren wurden jetzt angelassen. Ihr ineinander übergreifendes Aufheulen rief in ihr die Erinnerung an die Motoren der Lufthansa vom Vortag wach. Die Ankündigungen wurden vollends unverständlich. Der Wind blies ihnen jetzt ins Gesicht, und Thea fragte sich, ob sie weit genug zurück saßen, um nicht naß zu werden. Die Frau im Overall befand sich immer noch auf der Bahn.

»Es ist eine Schande, so einen Mann italienischen Ärzten zu überlassen«, sagte Else.

Seitz setzte seinen Hut etwas flotter auf. Thea hatte Sam gesagt, daß sie sich bei gesellschaftlichen Anlässen besser fühlen würde, wenn er einen passenden Hut trüge; aber die meiste Zeit erschien er barhäuptig so wie jetzt, oder schlimmer noch, mit einer Mütze. »Um es anders auszudrücken, Frau Becker«, fragte der Reporter, »darf ich meinen Lesern sagen, daß Mercedes wieder im Renngeschäft ist?«

»Das müssen Sie Walter fragen.«

Sam nahm noch einen langen Schluck aus der Flasche. Sie fragte sich, warum er immer wieder Dinge vergaß und zurückgehen mußte, um sie zu holen, oder andere Gründe fand, um für eine Stunde allein zu sein. Alle Motoren liefen jetzt. Es war unmöglich, den Ton einer einzelnen Maschine zu hören. »Wird Mercedes kleine Wagen für die neue Formel bauen?« Seitz brüllte jetzt.

Else klapperte mit ihren Wimpern. Sie gab Thea die Flasche weiter, die Thea wiederum an Sam weitergab, der sie leerte. Er sah plötzlich sehr blaß aus.

»Er hätte es sowieso bald herausgefunden«, beruhigte sich Else, als würde sie eine spätere Unterredung mit ihrem Mann proben. Sam hielt die Cine-Kodak an sein Auge, peilte über das Gehäuse hinweg die Bahn an.

»Geht es dir gut?« fragte Thea ihn, gerade laut genug, um über alle Geräusche hinweg verstanden zu werden. Jetzt lag die Kamera in seinem Schoß, und er zog sie auf. Ihre Aufnahmegeschwindigkeit fiel zum Ende eines Films hin ab, hatte er ihr einmal erklärt; und wenn der Film dann projiziert wurde, wurden die Leute in komischer Weise plötzlich schneller.

»Ich dachte mir das schon nach der Rede des Kanzlers bei der Automobil-Ausstellung vor drei Wochen«, bemerkte Seitz. »Seine erste nicht-politische Rede als Kanzler.« Thea drehte sich um und guckte zu den Tribünen hinüber, die unter der Ecke der grünen Leinwand gerade noch zu sehen waren. Die Tribünen waren vollbesetzt. Es schien den Leuten nichts auszumachen, im Regen zu sitzen. Tausende waren da.

»Es wird schon wieder«, antwortete Sam schließlich und streichelte mit einem Finger ihre Backe.

*»›Die Eisenbahn schränkt die persönliche Freiheit ein.‹«* Der Reporter las jetzt aus seinem Notizbuch vor. *»›Jahrzehnte über Jahrzehnte mußten vergehen, ehe die richtige Idee, den Menschen ein dem eigenen Befehl gehorchendes Verkehrsmittel zur Verfügung zu stellen, verwirklicht*

*werden konnte. Wir können stolz darauf sein, daß es in erster Linie mit zwei deutsche Erfinder waren, die bahnbrechend den neuen Konkurrenten der Eisenbahn ins Leben riefen. Der Kraftwagen ist neben dem Flugzeug zum genialst durchkonstruierten Verkehrsmittel der Menschheit geworden.*‹ Sie wissen doch, der Kanzler weigert sich, mit der Eisenbahn zu fahren.« Seitz ließ das Notizbuch, das in schwarzes Saffianleder eingebunden war, wieder in seine Brusttasche fallen.

»Walter war dort. Auf der Automobil-Ausstellung«, berichtete Else. Dann senkte sich die Flagge. Mit Getöse schossen die Wagen die Gerade hinunter und um die erste Kurve. Daß er Kanzler-Betrachtungen zitierte, schien doch ein bißchen zu ehrerbietig für den Reporter einer jüdischen Zeitung. Thea wurde darauf aufmerksam, wieviel Anteil an dem Lärm die Menge hinter ihr auf den Tribünen hatte. Wahrscheinlich war sie auf einen großen Staubwirbel gefaßt gewesen, den die Rennwagen nach sich ziehen würden. Aber der Regen fiel ziemlich dicht jetzt, und die Autos ließen nur einen unheimlichen Nebel zurück, der tief über der Bahn hing.

Else blickte die leere Strecke entlang. »Wie lange wird es dauern, bevor sie zurückkommen?« fragte sie dann.

»In etwa zwölf bis dreizehn Minuten wird der erste Wagen wieder auftauchen, je nachdem«, antwortete Anton Seitz.

Sam beugte sich hinüber, packte Else an der Schulter. Mit seiner Clowns-Stimme, die er angeblich gelernt hatte, als er von zu Hause weglief, um sich dem Brooklyn-Circus anzuschließen, sagte er: »Im Verlauf des Rennens wird sich der Abstand zwischen dem ersten Wagen und denen, die nachkommen, vergrößern, und es wird fast ständig etwas zu sehen sein.« Thea konnte nicht beurteilen, ob Else wußte, daß Sam sich über sie lustig machte. Seitz rückte an seiner Krawatte.

»Oder du mußt den Wagen, der deiner Meinung nach gewinnen soll, Else, ganz fest im Blick behalten. Dann mußt du die Augen schließen und sie erst wieder öffnen, wenn er genau vor uns ist. Halt die Bilder fest. Und mach daraus einen Siegesfilm. Fortdauer der Vision.« Sam hielt die leere Flasche an die Lippen. »Es geht mir ganz ausgezeichnet«, sagte er zu Thea. Sein Atem roch metallisch, nach Pflaumen. »Ich habe mich schon lange nicht mehr so gut gefühlt.«

»Erzählen Sie Ihren Lesern bloß nicht, wo Sie es herhaben, daß wir unseren Maschinenpark ausbauen«, bat Else den Reporter.

»Heutzutage«, tönte Sam mit lauter Stimme, »heutzutage ist Alkohol das perfekteste Rauschmittel.« Thea konnte sich nicht vorstellen, wie er es geschafft hatte, sich in so kurzer Zeit derart vollaufen zu lassen. Zum Frühstück hatten sie fast nichts gegessen; aber das erklärte nicht, wie Sam mit einer 500-ml-Flasche so weit kommen konnte. Sie sollte ihn beim Arm nehmen und gerade vor einen heranbrausenden Bugatti schleifen. Oder an irgendeinen abgelegenen Ort bringen, hoch auf die nassen Holz-Tribünen vielleicht, wo er sie nicht mehr in Verlegenheit bringen und sich selbst nicht mehr schaden konnte. »Er wird den Bedürfnissen des Individuums genialst gerecht«, tönte Sam weiter. Er nahm die Kamera hoch, drehte sich in seinem Stuhl hin und her und verfolgte das Schauspiel. Sein Finger lag auf dem Knopf, schien ihn aber nicht herabzudrücken.

»Mach die Augen zu jetzt!« rief er Else zu, die auf die leere Bahn starrte, als würde sie ihn über dem Lärm nicht hören.

»Sie sollten ihm Kaffee einflößen. Etwas zu essen«, flüsterte Else schließlich.

»Der Name ist Sam«, sagte Sam.

»Ich hol' dir...«, begann Thea.

»Dann würde ich bloß wieder nüchtern!« unterbrach er sie und sah sie direkt an.

Thea befühlte ihr Gesicht mit der Hand. Es war feucht vom Nebel. Sie fühlte sich unbehaglich in ihrem schweren Mantel aus schwarzer Wolle, aber ohne ihn hätte sie gefroren, wußte sie. Wenn sie die Augen schloß, sah sie Lang an seinem Schreibtisch vor sich, mit Brauen, die zu einer Maske der Kreativität zusammengezogen waren. Das letzte Drehbuch, das er allein geschrieben hatte, war *Die Spinnen* gewesen, und das war jetzt vierzehn Jahre her und einwandfreier Serien-Kitsch.

Sie erinnerte sich plötzlich an ein Interview, das er dem *Filmkünstler* gegeben hatte, und in dem er behauptete, er habe in Thea »einen unschätzbaren Mitarbeiter« gefunden, »der mit tiefem Verständnis für mein Wollen mir die Manuskripte schafft, die die Grundlage meiner Arbeit bilden.« Er hatte es ihr gezeigt und gedacht, daß sie sich darüber freuen würde.

»Von Brauchitsch!« rief Else aus und ballte ihre Hand zur Faust, mit der sie eine schnelle, exklamatorische Bewegung zur Seite machte. Unruhe hatte die Tribünen zu ihrer Linken erfaßt. Seitz blickte auf seine Taschenuhr, verkündete: »Noch ein paar Minuten.«

»Wenn wir wissen, wie schnell die Autos fahren, wissen wir nicht, wo sie sind.« Sam schien niemanden direkt anzureden. »Wenn wir wissen, wo sie sind, können wir nicht bestimmen, wie schnell sie sind. Nobelpreise werden dafür vergeben.« Er fuhr sich mit den Fingern durchs Haar, ließ seinen Kopf nach hinten fallen. »Ich kann nicht länger nett sein«, erklärte er Thea ruhig. Seine Augen waren feucht, halbgeschlossen.

»Du warst schon seit Tagen nicht nett!« antwortete Thea.

»Das ist wahr.« Ein erschöpftes Lächeln, und seine Lider fielen endgültig zu. Dann war er eingeschlafen, sein Kopf lag auf ihrer Schulter, und sein Mund stand offen. Ein Wagen raste vorbei, dann noch einer, dann mehrere dichtgedrängt. Erregend klangen die Motoren, fand Thea. Ganz hoch und durchdringend, solange sie näherkamen, aufregend tief, wenn sie vorbeirasten. Vor Jahren schon hatte Lang ihr den Doppler-Effekt erklärt.

»Mercedes! An der Spitze! Ich habe es gesehen.« Else klatschte Beifall. Unten in den Boxen zog Walter Kreidestriche auf einer Schiefertafel. Thea reckte den Hals, um das Ding besser sehen zu können.

BRAU
NUV
MERZ
FAG

Als sie sich bewegte, fiel Sams Kopf mitten in ihren Schoß. Thea spielte abwesend mit seinen Haaren, während Else eine Zigarette für sie anzündete. Glitzernde Reifenspuren zeichneten sich auf dem Asphalt ab, verloren sich vor ihren Augen wieder.

»Gehen Sie zur Wahl morgen?« fragte Else.

»Ich denke schon.« Thea überlegte, ob die Reifenspuren sich auffüllen würden, bevor die Wagen in der nächsten Runde wieder darüber gingen. »Es wäre schön, all diesen *Besuchen* ein Ende zu machen«, erklärte sie Else. Sie hatte den Satz von einem jungen Engländer aufgeschnappt, in dem schlechten italienischen Restaurant, das alle ausländischen Journalisten besuchten. »Die politische Situation hier kommt mir ausgesprochen langweilig vor«, hatte der exzentrische junge Mann gesagt. »Papen besucht Hindenburg. Hitler besucht Papen. Hitler und Papen besuchen Schleicher. Hugenberg macht einen Besuch bei Hindenburg, der dummerweise nicht zu Hause ist.« Thea lächelte jetzt, als sie sich Hugenberg beim Abendessen am Mittwoch wieder ins Gedächtnis rief. Er hatte seine und Papens letzte Erfindung beschrieben, die Kampffront Schwarz-Weiß-Rot. Seitz erklärte Else die neue 750-kg-Formel, und daß man kleinere, schnellere Autos deswegen bauen würde. Sam begann hörbar zu schnarchen. Es war an der Zeit, ein östliches Thema in Angriff zu nehmen, überlegte Thea, verzweifelt-geheimnisvoll, vom Schicksal gezeichnet müßte es sein. Dann stieg der Lärm von der linken Seite der Tribünen wieder auf, und die Wagen kamen in Sicht. Thea versuchte, einen Blick auf Walter zu werfen. Sie hatte beobachtet, wie er die Tafel vorbereitet hatte. Jetzt hielt er sie hoch, aber zuviele Leute standen vor ihr. Der Pulk war jetzt weit auseinandergezogen, die Wagen brauchten fast eineinhalb Minuten, um vorbeizufahren, und zum ersten Mal war es möglich, das Röhren einzelner Maschinen in der Masse zu unterscheiden.

»Und wer führt?« fragte Else.

»Brauchitsch«, antwortete Sam aus seinem Schlaf heraus.

Der Regen verwischte die Spuren schon wieder. Thea konnte endlich Walter sehen, der etwas auf die Tafel kritzelte.

BRAU
NUV – 12

Sie fragte sich, ob Sam allein am Ton den ersten Wagen identifiziert hatte. Dann war er auf den Füßen, stützte sich schwer auf die Lehne seines hölzernen Klappstuhls.

»Toilette.« Er artikulierte jetzt deutlich.

»Laß mich mitgehen.« Der Stuhl hatte angefangen zu schwanken, und Thea faßte Sams Ellbogen.

Sie gingen den Aufgang hinunter zur Box, einer improvisierten Bank entlang der gegenüberliegenden Wand, wo man den Fototermin abgehalten hatte. Sie wünschte, sie hätte vernünftigere Schuhe angezogen. Nicht die aus Eidechsenleder. Eine Holzplanke führte zu einigen Stufen. Sie stiegen nach oben. Thea hielt ihren Arm um seine Taille geschlungen, während sein Kopf schlaff und schwer auf ihrer Schulter rollte.

Sie waren hoch auf den Tribünen jetzt, und die Stufen – Bretter, die zu weit untereinandergesetzt waren, als daß man bequem hätte daraufsteigen können – waren überfüllt mit Zuschauern. Sie waren massiger als die Berliner und zeigten fast durchweg die leeren Gesichter der Rheinländer. Warum gab es nicht getrennte Waschräume für die Presse und die Gäste in den Logen? Thea konnte es nicht fassen. Direkt vor ihr befand sich eine dicke Frau, die auf ihren Schultern ein kleines Mädchen trug. Das Kind hatte glattes, blondes Haar, dessen Ponyfransen ihm fast bis in die Augen fielen. Für einen kurzen Moment kam es ihr sehr schön vor, und Thea fragte sich, wann das Schicksal zupacken und es genauso kuhäugig teilnahmslos wie seine Mutter aussehen würde. Thea zwinkerte dem kleinen Mädchen zu, das über die Schulter seiner Betreuerin hinweg verschwörerisch zurücklächelte. Thea freute sich über den gestohlenen Blick, als ob das Kind wüßte, irgendwie...

»Es geht mir gut«, sagte Sam und zog den Arm von ihrer Taille zurück.

»Bist du sicher?« Sie befanden sich auf einem Absatz jetzt, auf halbem Weg zu den Tribünen hoch, und Sam reihte sich in eine Männerschlange ein, die bis zu einem Eingang vielleicht zehn Meter weiter unten reichte. Das Dach aus grüner Leinwand war unter ihnen zurückgeblieben. Der Regen war so fein wie Nebel. Als die Reihe sich vorwärtsschob, ging Thea an Sams Seite mit. Gestank nach Urin und Desinfektionsmitteln schlug ihnen von der Tür her entgegen.

»Es geht mir gut.« Es schien ihn verlegen zu machen, als einziger Mann in der Piss-Schlange in weiblicher Begleitung zu sein.

»Also bis dann.« Thea zeigte zur Treppe.

»Ja.«

Sie hörte ein hohes Jaulen, unvermittelt tiefer, das unterging in Beifall und Zurufen. Die Zuschauer ganz vorne standen auf, dann die in den Reihen dahinter, bis alle auf den Beinen waren. Mehr Rückkopplungen von den Lautsprechern. Auf den hinteren Bänken setzten sich einige Zuschauer wieder hin, um auf die nächste Runde zu warten. Sie konnte Sam nicht sehen, erkannte aber einen Mann, der in der Schlange hinter ihm gewartet hatte. Hoffentlich blieb er nicht zulange weg. Sie wollte in den Pressebereich zurückkehren, wo die Leute nicht so scharf nach nasser Wolle und Sauerkraut stanken. Auf der Rennbahn ertönte der unverkennbare Zweiton einer Ambulanz. Drei Männer vor ihr standen sofort auf. Als klar wurde, daß es nichts zu sehen gab, setzten sie sich wieder hin. Schon eine ganze Weile hatte sie an ihre Nichte in Thüringen gedacht, fiel ihr jetzt auf.

Die hölzernen Bodenbretter waren an beiden Enden

mit Nägeln befestigt. Vor allem jetzt, wo sie naß waren, gab es ein unangenehmes Auf-und-Ab, wenn Thea darauf trat. Was machte Sam bloß so lange.

Eine Stimme im Lautsprecher, auf einmal klar und deutlich: »Wir haben gerade die Nachricht erhalten, daß Mercedes-Fahrer Merz in einer Kurve aus der Bahn geschleudert wurde. Er soll verletzt sein.«

Thea sah sich nach dem kleinen Mädchen um, dem sie eben noch, über die Schulter seiner Mutter hinweg, zugezwinkert hatte. Die letzten Silben der Ankündigung waren wieder und wieder zu hören, sooft sie von einer der harten Oberflächen zurückgeworfen wurden. Ein Mann links hinter ihr begann zu schreien, seine Begleiterin fiel ein. Dann war Sam neben ihr. Seine Augen waren weit aufgerissen, und er hatte etwas Farbe im Gesicht.

»Ich habe nicht mitbekommen…«, stotterte er.

Das Geschrei des Mannes und das Gebrüll der Frau gingen in dem größeren Lärm unter, der jetzt von der ganzen Menge aus allen Richtungen kam.

»Merz. Ins Schleudern geraten«, wiederholte sie ihm. Sie meinte, einen flüchtigen Blick von dem kleinen Mädchen zu erhaschen, fast direkt vor ihr, aber sie konnte es nicht lange genug sehen, um ganz sicher zu sein.

»Das tut mir leid«, sagte er. Zum ersten Mal erschien er etwas munterer, seit er angekommen war. Die Lautsprecher begannen zu knistern. Sofort wurde es still.

»Otto Merz ist tot. Otto Merz ist tot. Otto Merz ist tot.«

Thea hatte Merz bei der widerwärtigen Party gestern abend kennengelernt. Walter hatte sie vorgestellt, und sie hatten beide ihre Namen gemurmelt. Bei dem Fototermin heute hatte er kurz in ihre Richtung genickt, und sie hatte ihm mit einem Kopfnicken gedankt.

Sam holte tief Luft. Der Kragen seines Hemdes war naß. Um wieder zu sich zu kommen, hatte er sich Wasser in den Nacken gespritzt.

Der Lärm der Zuschauer hörte nicht mehr auf. Wie in Erwartung weiterer Ankündigungen ebbte er alle paar Augenblicke etwas ab, nahm dann wieder zu bis zur ursprünglichen Lautstärke. Es klang ein bißchen wie das Pulsieren der Flugzeugmotoren am Tag zuvor. Merz war ein großer Mann gewesen und hatte sich ohne jede Anmut bewegt.

Der Mann hinter ihr schrie wieder.

»Es tut mir leid«, wiederholte Sam.

Sie hörte auf den Regen, der jetzt heftiger fiel und auf das grüne Leinwanddach trommelte. Später am Tage sollte der Kanzler im Radio zu Deutschland sprechen. Er war zum *Tag der erwachenden Nation* auf einer Versammlung in Königsberg; und Thea fragte sich, ob er Merz und sein tragisches Schicksal erwähnen würde.

Dann reckte sie sich auf die Zehenspitzen und suchte den Horizont ab. Nach rechts hinüber, gerade oberhalb der Baumkronen, glaubte sie ein Wölkchen dicken, schwarzen Rauchs auszumachen.

Die letzte Filmszene, die Thea miterlebt hatte, war die Explosion der chemischen Fabrik im *Testament* gewesen. Ihre letzte Nachtaufnahme. Sie hatte neben Lang und dem Kameramann Fritz Arno Wagner auf der 10-Meter-Plattform gestanden. Neben ihr befand sich ein kleines, harmlos aussehendes Modell der chemischen Anlage, mit verschiedenen farbigen Knöpfen. Von den Knöpfen führten geheimnisvolle Drähte zu der wirklichen Fabrik, die vor ihnen in dem grellen Licht unzähliger Scheinwerfer ausgebreitet lag. Dann begann Lang, die Fabrik in die Luft zu sprengen, einfach, indem er Knöpfe drückte. Sie erinnerte sich jetzt an den ersten der riesigen Schornsteine, siebzig Meter hoch, der unter ohrenbetäubendem Krachen und riesigen Staubwolken zur Seite gefallen war.

Der Tod von Mercedes-Fahrer Merz war ihr unerwartet nahe gegangen.

»Ein trauriger Tag für Deutschland«, hörte sie sich selbst sagen und bereute es sofort. Sam würde es nicht verstehen, und die Bemerkung würde nur zu Reibereien zwischen ihnen führen. Dann zeigte das kleine blonde Kind in ihre Richtung. Es befand sich vier Reihen vor ihr.

Thea bewunderte den Bauhaus-Stil und war erfreut zu sehen, daß dem Betonbau auf der Ecke des Ufa-Areals nur noch die letzten Feinheiten fehlten. Die Glühbirnen, die vor einer Woche noch nackt gewesen waren, versteckten sich nun in mattgeschliffenem Glas. Es war Montag früh, der sechste März. Samstag abend hatten sie als letztes Flugzeug im dichten Nebel über Tempelhof die Erlaubnis zur Landung erhalten. (Später erfuhr sie, daß der Kanzler nur unter Schwierigkeiten aus Königsberg zurückgekommen war, und es hatte sie mit Befriedigung erfüllt.) Noch am Flughafen hatte sie sich von Sam verabschiedet und war direkt zum Breitenbachplatz gefahren, wo sie Lang hinter der Tür seines Arbeitszimmers vorfand. Wilde Tippgeräusche ertönten aus dem Innern, offenbar arbeitete er ungestüm an seiner Solo-Inspiration. Sonntag tauchte ein unrasierter Lang zum Mittagessen auf, zog sich aber wieder zurück, als Thea einen Spaziergang vorschlug. Abends hatte sie auf dem Essen bestanden, und er hatte sich für Leberpastete und Käse zu ihr gesetzt. Er war zerstreut, viel zu ›abwesend‹, um schlecht gelaunt zu sein.

»Dieses neue Script«, hatte er erzählt und dabei ein Mohnbrötchen derart ungeschickt an sein Gesicht gehoben, daß Thea fürchtete, er würde seinen Mund nicht treffen. »Dieses neue Script ist sehr viel wienerischer als alles, was wir in letzter Zeit gemacht haben.«

»Noch was aus deiner Kindheit?«

»Genau«, sagte Lang. Es war nicht zu erkennen, ob er ihre Frage – oder gar den Unterton, den sie ihr gegeben hatte – überhaupt gehört hatte. Die Hälfte des Brötchens steckte in seinem Mund. »Warum kommst du nicht raus morgen, zum Ufa-Restaurant?« hatte er nach einer Pause gefragt.

Es hatte keinen Zweck, jetzt mit ihm zu reden. »Eine gute Idee«, hatte sie ihm geantwortet.

»Wenn ich nicht bei Correll bin«, hatte er gesagt, schon auf dem Weg zurück ins Arbeitszimmer, das Brötchen in der einen, ein Glas Milch in der anderen Hand, »bin ich im Vorführraum.« Er hatte einen Schluck von der Milch getrunken, die ihm einen dünnen, weißen Schnurrbart malte, sich umgedreht und war verschwunden.

Die Hand auf der Türklinke, konzentrierte Thea sich jetzt darauf, möglichst schnell den Vorführraum zu betreten. Vorsichtig öffnete sie die Tür um eine Vierteldrehung, aber da war keine Dunkelheit, nichts auf der Leinwand; wenn möglich, war der Saal heller als der Korridor. Lang und ein jüngerer Mann mit dunklen, lockigen Haaren saßen auf der Vorbühne zwischen der ersten Sitzreihe und der Bildwand. Der junge Mann saß im Schneidersitz, Lang kniete, als ob er würfeln wollte.

»...Augenschirm, so daß er zwischen den Kulissen schlafen konnte«, fuhr der Lockenkopf fort. Es war Edgar Ulmer, der mit Murnau zusammengearbeitet hatte und an der Produktion für die *Nibelungen*, für *Metropolis* und für *Spione* beteiligt war. Seit ein oder zwei Jahren hatte Thea ihn nicht mehr gesehen. Sie versuchte sich daran zu erinnern, was er in der Zwischenzeit gemacht hatte.

»Eisenherd«, sagte Lang. Dann, als sie näherkam, »Liebling«.

»Thea«, grüßte Ulmer.

»Edgar, Fritz.« Sie setzte sich auf einen Stuhl in der ersten Reihe, fühlte sich aber sofort unbehaglich vor zwei Männern, deren Augen auf der Höhe ihrer Knie waren.

»Glücklicher Mann«, sagte Ulmer. »Glauben Sie, er weiß, daß er mit der besten Drehbuch-Autorin Deutschlands verheiratet ist?«

Thea stand auf, ging zu den Männern hinüber, setzte sich auf die Vorbühne. »Zuweilen.«

Lang strich mit einem Knöchel über ihre Backe.

»Wir sprachen von Dieterle«, informierte sie Ulmer. Seine Augenbrauen waren über dem Nasenrücken zusammengewachsen, und Thea konnte an den Stoppeln erkennen, wie weit er sie rasiert hatte. »Er trug weiße Handschuhe, und seine Frau war den ganzen Tag auf der Bühne dabei und wiederholte unablässig, ›Wilhelm, jetzt ist es genug. Du mußt dich ausruhen, Wilhelm‹.«

»Wobei sie ihm den Augenschirm in die Hand drückte«, fügte Lang hinzu. Sie stellte fest, daß ihr Mann heute einigen Wert auf seine Kleidung gelegt hatte. In seiner Brusttasche steckte sogar ein Taschentuch.

»Es freut mich, daß Sie zurückgekommen sind«, bemerkte sie zu Ulmer. Sie erinnerte sich jetzt, daß er in die USA gegangen war, nach *Spione;* und sie glaubte sich zu erinnern, daß der Kameramann Schüfftan ihr erzählt hatte, daß er dort auch lebte.

»Ich reise morgen ab«, antwortete Ulmer.

»Hollywood«, ergänzte Lang.

»Dieterle und Murnau waren als Schauspieler zur gleichen Zeit wie ich bei Max Reinhardt«, erzählte Ulmer und ließ dabei Zigarettenasche auf den neuen Fußboden fallen. »Dieterle nannten wir Eisenherd, weil er groß war, untalentiert, aber immer,wenn wir jemanden in einer Rüstung brauchten, mußte er ran. Wir hatten sogar eine Abteilung, die Eisenherd hieß. Wir waren gemeine Bengel.« Mit den Augen suchte er einen Aschenbecher. Er konnte nicht älter als fünfunddreißig sein. Höchstens.

»Hollywood«, wiederholte Lang. Der Saal wurde dunkel. Eine Sekunde später erschienen drei blasse Rechtecke ganz oben auf der Rückwand, wo sich die Vorführerkabine befand. Dann wurde alles schwarz. Wieder die Rechtecke, viel heller diesmal.

»Hallo?« Die Stimme kam aus der Vorführerkabine, und die Lichter gingen wieder an.

»Hier unten«, rief Lang zurück, blinzelte und machte sich an seinem Monokel zu schaffen.

Es wurde dunkel in der Vorführerkabine. Dann öffnete sich die Tür, und Nebenzal kam herein.

»Ich konnte den richtigen Schalter nicht finden«, entschuldigte er sich.

»Seymour«, grüßte Ulmer.

»Edgar. Fritz. Thea.« Er setzte sich auf den Stuhl in der ersten Reihe, den sie gerade geräumt hatte. Er hielt ein rosa Papier in den Händen, mit ausgerissenen, abgeschrägten Ecken. »Was macht ihr alle hier?« fragte er schließlich.

»Versteckspielen«, antwortete Lang mit unbewegtem Gesicht. Thea fiel auf, daß sie die einzige Frau im Saal war, und höchstwahrscheinlich die einzige, die nicht jüdisch war.

»Sie haben einen Vertrag für mich?« fragte Ulmer. »Wie reizend!« Thea sah schwarze Kleckse auf der Rückseite des Papiers, als sei es eines der ersten, noch mit zuviel Tinte getränkten Exemplare beim Durchlauf durch die Abzugsmaschine gewesen.

Lang legte seinen Arm um Ulmers Schulter. »Heutzutage ist jeder Regisseur.«

»Schlechte Nachrichten«, verkündete Nebenzal.

Das Blatt in seiner Hand zitterte, als er es Lang reichte.

Lang schaute Nebenzal an, griff nach dem Papier.

Ulmer hatte als Vergeltung für Langs Bemerkung die Nase gekraust und die Backen aufgeblasen. Jetzt glättete er seine Züge wieder.

Lang überflog das Blatt und hielt es Thea hin. Es war eine Kopie des Programms für den Ufa-Palast. Drei Ekken waren abgerissen, die vierte hatte ein kleines Loch. Es war sicher mit Reißzwecken angeschlagen, überlegte Thea. Eine hatte Nebenzal noch herausgezogen, dann das Ganze heruntergerissen.

»Scheiße«, sagte Lang.

»Es wurde heute ausgehängt«, antwortete Nebenzal.

Thea starrte auf das rosa Papier, bis ihr einfiel, daß *Das Testament des Dr. Mabuse* am 23. zur Premiere im Ufa-Palast vorgesehen war. Auf diesem Programmzettel stand gegenüber dem Tag: 23. März – *Blutendes Deutschland.*

Lang blickte Ulmer an. »Das *Testament* ist offensichtlich verschoben worden.«

»Ein dummer Irrtum«, antwortete Ulmer. Er gab sich keine Mühe, überzeugend zu klingen.

Lang hatte schon einen Arm im Ledermantel, der sauber gefaltet über zwei Sitzen gelegen hatte.

»Kallmann ist beim Skifahren in der Schweiz. Correll ist hier, aber telefonisch nicht erreichbar«, bremste Nebenzal.

»Zum Teufel mit ihm«, erbitterte sich Lang.

Er stürzte zur Tür. Nebenzal war hinter ihm, dann Thea und Ulmer. Draußen machte Lang große Schritte, fing aber nicht an zu rennen. Der Himmel war tiefblau, mit einigen Gewitterwolken. Er schien niedriger, flacher als gewöhnlich zu sein. Thea holte ihren Mann ein, der einen Arm um sie legte und langsamer ging, damit sie in ihren Stöckelschuhen Schritt halten konnte. Ein Kiesweg wand sich vom neuen zum alten Gebäude, aber Lang nahm den direkten Weg über den eisigen Rasen.

»Schweine!« Es war einige Grade über Null, aber Langs nachdrücklicher Ausruf ließ eine kleine, emphatische Wolke vor seinem Mund aufsteigen.

Ulmer war ein paar Schritte zurück. Thea konnte hören, wie er Nebenzal versicherte, daß er »in diesem Fall hinter ihnen« stehe.

»Vielleicht bedeutet es gar nichts«, überlegte Nebenzal.

»Unwahrscheinlich«, meinte Ulmer.

Thea preßte eine Hand auf den Nacken ihres Mannes und kniff ihn beruhigend. Sie war überrascht, daß sein Monokel nicht verrutscht war. Außer Atem machte sie sich frei, um langsamer zu gehen. Ulmer holte sie ein. Er lächelte. »Stürmen wir den Schwarzen Turm?« schlug er vor. Das war der gängige Name für das alte Verwaltungsgebäude der Ufa, drei Stockwerke hoch, im neo-gotischen Stil.

Drinnen wandte Lang sich unverzüglich nach rechts, und die andern folgten ihm den gebohnerten Flur hinunter, dessen hohe Decken und schroffe, widerhallende

Oberflächen wie viele von Ulmers Ausstattungen darauf angelegt schienen, menschliches Streben absichtlich winzig erscheinen zu lassen. Lang wartete an der Ecke, damit seine Begleitung aufschließen konnte, dann drehte er sich nach links zum Restaurant. Irgendwelche Verwaltungsleute nickten geschäftsmäßig dem Quartett zu, ohne ihre Unterhaltung zu unterbrechen. Hinter ihnen kam ein Mann im Piratenaufzug und mit einer Augenklappe. Als sie am Treppenhaus vorbeikamen, versuchte Thea sich zu erinnern, was auf der großen Bühne gerade gedreht wurde. Ein zweiter Mann im Kostüm versuchte Langs Blick auf sich zu ziehen; er hatte keinen Erfolg.

Das Restaurant der Ufa – ein großer, viereckiger Raum mit Tischen für vier und sechs Personen und gepolsterten Bänken an den Seiten rundherum – verbarg sich hinter zwei riesigen gotischen Flügeltüren aus Eiche. Der alte Mann in Livree, der Karl hieß, erinnerte sich Thea, stürzte auf den senkrechten Messinggriff zu, aber Lang war schneller und kämpfte mit den pneumatisch geregelten Angeln, die sich erfolgreich seinem Ungestüm widersetzten. Es war die Zeit des Mittagessens. Lang ging direkt auf die nächstgelegene Ecke zu, deren leicht erhöhter runder Tisch, an dem man nur nach Einladung sitzen durfte, von allen Seiten des Raumes aus zu sehen war.

»Herr Correll«, wandte Lang sich an den Mann am Tisch, der Produktionschef der Ufa war und gerade an einem Glas Eiswasser nippte.

Correll lächelte. Rudolf Klein-Rogge, der neben ihm am Tisch saß, strich sich mit den Händen über das Haar an seinen Schläfen und starrte verlegen seine Ex-Frau an.

»Was für ein Mist ist das?« fragte Lang und hielt Correll den rosa Programmzettel hin. Es war warm im Restaurant, und Langs Monokel, das sich auf dem Weg draußen abgekühlt hatte, war nun beschlagen. Der *maître d'hôtel* kam mit riesigen Speisekarten in der Hand auf sie zu, blieb aber beim Anblick von Corrells erhobenen Fingerspitzen in einiger Entfernung stehen.

»Thea«, grüßte Klein-Rogge.

»Ich habe den ganzen Morgen versucht, Sie zu erreichen«, behauptete Correll und ließ das Papier auf den Tisch fallen wie jemand, der den Empfang eines Gerichtsbescheids verweigert. Klein-Rogge schob sachte an seinem Teller, um die vielen Krümel und Mohnsamen zu verdecken, die er produziert hatte, als er ein hartes Brötchen brach und mit Butter bestrich.

»Thea, Sie sehen gut aus«, fuhr Correll fort. Sie sah, wie er flüchtig den Raum überblickte, während er seine Fingerspitzen der Reihe nach bewegte, als wenn er zählen würde. »Setzen Sie sich zu uns«, schloß er seine Überlegungen ab.

Lang rutschte zu ihm auf die Bank. Ulmer nahm den Platz neben Klein-Rogge, den der Schauspieler ihm durch Handzeichen angeboten hatte. Kellner erschienen mit Stühlen für Thea und Nebenzal.

»Vichyssoise für alle«, bestellte Correll.

Lang spießte ein hartes Klümpchen Butter mit dem Messer auf.

*»Die Nibelungen«*, sagte Correll. »Edgar sollte Euch das erzählen. Zwei Jahre Arbeit. Fritz trug sie Spule um Spule zum Palast, weil er noch am Schneiden war. Vor Ihrer Zeit, Seymour. Während die zweite Spule lief, schnitt dieser Mann die dritte. Unterdessen hatte Kellogg den ganzen Tag verhandelt, und in dieser Nacht wurde die Goldmark geboren. 700 000 Mark waren jetzt eine Goldmark, und der Streifen kostete uns keinen Pfennig.«

*»Das Testament!«* mahnte Ulmer.

»Ein Film, auf den die Ufa stolz sein kann, Edgar«, antwortete Correll und wischte die Feuchtigkeit von seinem Wasserglas. »Und darüber hinaus ein Film, der seinen Wert an den Kinokassen beweisen würde.«

Zwei Kellner setzten geschäftig Suppenteller auf den Tisch.

»Und wir wissen, daß das Publikum einen neuen Mabuse will«, fügte Correll hinzu.

Klein-Rogge nickte.

»Was zum Teufel ist dann passiert?« fragte Lang ruhig.

»Unbestreitbar Klein-Rogges beste Arbeit.« Correll tätschelte das Handgelenk des Schauspielers.

Ulmer nahm die Suppe in Angriff. Langs Monokel war klar jetzt, fing das Licht der deckenhohen Fenster in der nahegelegenen Wand ein. Sie waren von neuen Gaze-Vorhängen bedeckt, die in der leichten Brise wisperten und flatterten. Thea bemerkte, daß Lang noch immer das Buttermesser in der Hand hielt. Es war Mittag, und das indirekte Licht, das durch die hellen, naturweißen Vorhänge gefiltert wurde, verlieh allen Anwesenden ihr strahlendstes Aussehen.

»Ich habe den ganzen Morgen darum gekämpft«, gestand Correll schließlich ein.

»Sie sind ein toter Mann«, sagte Lang.

Nebenzal mahnte: »Fritz!«

»Sie sind ein toter Mann«, wiederholte Lang.

Thea sah zu Klein-Rogge hinüber, der ihren Blick erwiderte. Die Männer am Tisch verhandelten über einen Film, dessen Drehbuch sie geschrieben hatte. Sie verhandelten darüber, ob er gezeigt würde oder nicht, ganz so, als wenn das Ganze sie nichts anginge.

»Sagen Sie uns wenigstens, was geschehen ist.« Nebenzal preßte Daumen und Zeigefinger auf seine Oberlippe, als wollte er sichergehen, daß sein Schnurrbart nicht herunterfiel.

Der *maître d'hôtel* erschien wieder mit einem handtellergroßen Notizblock. Lang, Thea und Nebenzal bestellten Kalbfleisch, Klein-Rogge einen Salat, Correll Fisch, das Tagesmenü, Ulmer Würstchen. Der *maître d' hôtel* ging, und seine Gehilfen kamen und füllten mit aufdringlicher Unaufdringlichkeit die Wassergläser. Correll antwortete: »Aus erster Hand weiß ich überhaupt nichts.«

Das Licht im Raum verdüsterte sich unmerklich, was Thea einer Wolke zuschrieb, die wohl vor der unsichtbaren Sonne vorbeisegelte. Wenn die Vorhänge in Richtung Fenster wehten, konnte sie das Schattengitter der Bleifassung zwischen den Butzenscheiben erkennen. Es verschwamm, sobald sie wieder zum Raum hin wehten. Sie fragte sich, wann die Ufa entschieden hatte, daß es Sommer sei, und die schweren Damastvorhänge abgenommen hatte, die das Restaurant seit November geziert hatten.

»Was *wissen* Sie denn?« fragte Nebenzal, als würde er zu einem noch unvernünftigen Kind sprechen, das etwas Kostbares verlegt hat.

Correll antwortete: »Dr. Goebbels rief Hugenberg an. Goebbels sagte, er müsse den Film verbieten, weil er beweise, daß eine zum Äußersten entschlossene Gruppe von Männern, wenn sie es nur ernstlich will, durchaus dazu imstande ist, jeden Staat aus den Angeln zu heben.«

Besteck klirrte scharf und hallend gegen Porzellan. Der Raumton schien zurückzuweichen in der Art, wie sich das Geräusch eines Zuges verschiebt, wenn er aus dem

Tunnel auftaucht. Es war Zeit, entschied Thea, ernsthaft über ›das östliche Projekt‹ – wie sie es mit einem Kürzel bei sich selbst genannt hatte – nachzudenken. Arabisch, nicht orientalisch, das wußte sie jetzt genau. Thea preßte ihre Finger auf die Ohren, auf ihre Ohrläppchen, während sie den sich überlagernden Geräuschen der Unterhaltung folgte. Sie konnte sie wegdrücken und wieder kommen lassen in an- und abschwellenden Rhythmen, ganz wie es ihr gefiel.

»Er sagte, die Darstellung krimineller Handlungen, die gegen die menschliche Gesellschaft begangen werden, sei so detailliert und faszinierend, daß sie zu ähnlichen Angriffen gegen Leben und Eigentum verführen könne, und zu Terrorakten gegen den Staat.«

»Wo ist Hugenberg?« fragte Lang.

Thea erinnerte sich, daß sie einmal etwas über Haschisch-Esser notiert hatte, und vor ihrem geistigen Auge stieg das Gesicht des blonden Mädchens vom Nürburgring auf. Sie dachte nach, wie ihre Idee und dieses Bild sich miteinander verschmelzen ließen.

»Zu Besuch bei Papen«, antwortete Correll. »Er bekam acht Prozent bei den Wahlen gestern. Nicht gerade der Tag, ihn zu belästigen.«

»Wollen Sie andeuten«, fragte Lang, »daß er nicht zugänglich ist?«

»Ja.«

Hugenberg hatte schlecht abgeschnitten, wie sie heute morgen beim Frühstück in der *Voss* gelesen hatte; und die Nazis hatten die Mehrheit verfehlt, obwohl sie einen starken Stimmenzuwachs verzeichnen konnten. Sie nahm an, daß ein weiterer Monat von Besuchen vor ihnen lag. Ein deutsches Kind, das von arabischen Haschisch-Essern geraubt wurde.

Lang sagte: »So«. Dann sagte er: »Verzeihung«, und stand vom Tisch auf.

Das Buttermesser lag vergessen in seiner Hand, als er sich zur Tür wandte. Eine leichte Brise sog die Gaze-Vorhänge an, drückte sie gegen die Fenster, prägte ihnen dunkle, regelmäßige Querbalken auf.

»Ich *bin* Mabuse«, sagte Klein-Rogge, ohne jemanden anzusehen. Er versuchte ein Lächeln, nahm es wieder ab.

Lang war zur Tür hinaus.

»In ein paar Tagen wird sich alles beruhigt haben«, begütigte Correll, als niemand sprach. »Vielleicht können wir mit Umarbeitungen durchkommen, Seymour. Ein paar Schnitte. Neue Dialoge.« Die chemische Fabrik steht in Flammen, ein Schornstein nach dem anderen stürzt in sich zusammen, vor den Augen des glücklosen Kommissars, der wieder einmal zu spät gekommen ist. Rauch zischt aus der Maschine und trägt die Chemikalien aus der Gefahrenzone. Feuerwehrautos mit wild bimmelnden Glocken nähern sich von allen Seiten der Anlage: Wasser aus ihren Schläuchen schießt auf das zusammenstürzende Gebäude, vermischt sich mit Flammen und Rauch. Polizeisirenen, riesige Scheinwerfer, die die Büsche abtasten, Motorräder, die den Motor aufdrehen, das Getute von Autos, dem großen Finale von Licht, Ton und Feuer entgegen. In der sich anschließenden Jagd scheinen die Büsche gleich packweise zurückzuweichen; und die Blätter lösen sich über den Köpfen der Verfolger in Bewegungsbilder auf. Geisterhaft weiße Kilometersteine zu beiden Seiten der Straße, unheimlich beleuchtet von den flüchtig darübergleitenden Scheinwerfern des Verbrecherautos. Das Testament des Dr. Mabuse.

»Sie hätten uns informieren sollen«, sagte Nebenzal zu Correll. »Wirklich, Sie hätten uns etwas sagen sollen.«

Dann war Lang wieder am Tisch, setzte sich von neuem auf die kühle Lederbank. Ulmer war mit seinen Würstchen fertig.

Lang sagte: »Ich hatte gerade angefangen, etwas zu schreiben, und jetzt ist meine Konzentration dahin.« Er drehte sich zu Correll: »Sie behindern meine Arbeit!«

Thea sah über den Tisch zu Klein-Rogge hinüber, ihrem früheren Ehemann, der seit Jahren Schauspieler war und der sie in Zeiten wie diesen verstehen konnte.

## 5

Sie warteten auf dem Kiesweg auf ihn, der von dem neuen Ufa-Gebäude herkam. »Herr Lang«, sagte der größere der beiden, ohne die Modulation, die normalerweise eine Frage charakterisiert. Seinen Hut hatte er tief in die Augen gezogen. Er beschattete damit eine weißliche Narbe, die von einem Augenwinkel bis zur Ecke seines Mundes verlief. Der andere war untersetzter und hatte große, ausdruckslose Hände.

»Ja?« Lang konnte sich nicht genau erinnern, woher er sie kannte. Der Kleine ohne Narbe ähnelte seinem Chef-Elektriker aus *Metropolis,* aber er war es nicht.

»Sie kennen diesen Mann?« fragte der Große und schaute nach unten. Lang folgte seinem Blick. Er schien etwas in halb-gekrümmten Fingern zu halten, wie ein ungeschickter Taschenspieler, der in seinen Händen eine Karte verschwinden läßt.

»Nehmen Sie sich Zeit«, sagte der Untersetzte.

Der mit der Narbe brachte seine gewölbte Hand in Brusthöhe. Drinnen lag die Fotografie eines Mannes. An der Art, wie er sie hielt, wurde deutlich, daß Lang zwar sehen, aus irgendeinem Grund aber nicht anfassen durfte.

»Sie kennen diesen Mann«, wiederholte er. Es klang irgendwie aussagemäßiger diesmal. Sein Begleiter hatte eine Aluminiumkassette für Filme in der Hand. Lang hatte sie schon gesehen: in Humms Praxis, an dem Tag, als er seine Zahnfüllung machen ließ.

Der Untersetzte kaute Kaugummi. Oder Tabak. Beide gingen nun den Kiesweg hinunter auf die Ateliers zu. Lang ging mit ihnen. Vorher war er nicht in diese Richtung gegangen.

»Nein«, sagte Lang und warf einen Blick auf das Foto, das einen Mann mit braunen Locken in seinen frühen Dreißigern zeigte, der eine Mütze flott aufgesetzt hatte. Lang blieb stehen, setzte sein Monokel ein, holte wieder auf. Er betrachtete das Foto aufmerksamer.

»Nein«, sagte er abschließend. Sie waren nach rechts abgebogen und gingen jetzt auf das neue Gebäude zu.

»Wir haben einen Streifen Film...«, sagte der mit der Kassette.

»...den Sie sich ansehen sollten«, brachte der andere den Satz zuende.

Der Untersetzte mit der Kassette bot Lang eine amerikanische Zigarette an, eine Old Gold. Lang lehnte ab, zog eine Boyard heraus. Er fingerte in seiner Brusttasche nach Streichhölzern, fand stattdessen einen rechteckigen Umschlag, der zwei Theaterkarten enthielt. Sie waren für Kaisers und Weills *Der Silbersee,* in der Regie von Detlef Sierck, einem gutaussehenden jungen Mann, den Lang vor Jahren auf Ufa-Parties kennengelernt hatte.

Der Untersetzte hielt ihm ein kleines, fein gearbeitetes Feuerzeug hin.

»Wieland«, sagte der andere.

Es war nicht erkennbar, ob der Große mit der Narbe seinen eigenen Namen nannte oder seinen Begleiter vorstellte oder den Mann auf dem Foto meinte. Lang sah zu, wie er das Foto in seine Brusttasche steckte, seine rechte Hand ausstreckte. »Wieland«, wiederholte er. Lang schüttelte die angebotene Hand und sagte: »Angenehm«.

Die *Silbersee*-Premiere war vor drei Wochen in Leipzig von Braunhemden der SA gesprengt worden, die die Schauspieler niedergebrüllt hatten. Lang hatte Karten für die Premiere in Berlin. Sie war für die Woche danach angesetzt gewesen, inzwischen aber ›auf unbestimmte Zeit‹ verschoben worden.

»Bott«, sagte der Untersetzte, der feierlich auf das Ende seiner Old Gold starrte.

Es war Mittwoch. Der Himmel war tiefblau, die Luft klar. Langs Augen schweiften nach oben, zu den Friesen der Gebäude. Dann waren sie an der Tür des Neubaus. Er hatte die Vorstellung mit Thea besuchen wollen. Nachdem man sie telefonisch von der ›Verschiebung‹ unterrichtet hatte, hatten sie beide lustlos ein Omelett gegessen und den Abend vor dem Kamin verbracht, bis Thea um zehn Uhr aufstand, um spazieren zu gehen. Schon auf dem Weg nach draußen, hatte sie einen Moment innegehalten, um eine Blume aus der Vase in ihrem Zimmer zu nehmen und in die Kristallvase auf dem Dielentisch zu stellen. Lang hatte bis vierzig gezählt und dann Lili angerufen; aber sie war nicht zu Hause gewesen, und auch noch nicht um Mitternacht, dem letzten Zeitpunkt, an dem er anzurufen wagte. Ein Leitartikel im *Völkischen Beobachter,* den Nebenzal ihm gezeigt hatte, sagte: »Sierck, der die Produktion für das Alte Theater in Leipzig übernommen und Regie geführt hat, hat der literarischen Intelligenzija Berlins und ihren altmodischen intellektuellen Satelliten einen Dienst erwiesen, der ihn noch teuer zu stehen kommen wird.«

Der Himmel zeigte sich jetzt den dritten Tag hintereinander klar, und die Luft war warm. Lang war sein Mantel fast zuviel. Sie standen an der Tür des neuen Betonbaus. Es war wirklich nicht kalt.

Bott ging zuerst hinein, dann Lang, dann Wieland. Bott händigte die Kassette Pfeiffer aus, der sie nahm und in Richtung Vorführerkabine damit verschwand. Als hätten sie es vorher abgesprochen. Pfeiffer vermied Langs Blick. Dann schob Wieland sie in den Vorführraum. Lang nahm wie üblich den Stuhl genau links von der Mitte, in der fünften Reihe. Die beiden setzten sich in die Mitte, gerade hinter Langs rechte Schulter. Lang überlegte, daß Bott, der die Old Gold angeboten hatte, der gute Bulle war, Wieland der böse. Es war eine Arbeitsteilung, die Thea in ihre Drehbücher aufgenommen hatte und die er immer für eine Spiegelung der tatsächlichen Methoden gehalten hatte. Dann begann der Film, ruckte etwas, bevor Pfeiffer das Licht ausmachte und das Ding scharf einstellte.

Die erste Aufnahme war mitten im Winter gemacht, im Tiergarten. Sie war grobkörnig und verwackelt, als sei sie aus der Hand heraus geschossen worden. Lang sah einen Mann in Mütze und Tweedmantel auf die Kamera zugehen, die plötzlich wegschwenkte. Vorspann. Die Kamera, in einem Auto jetzt, gleitet über eine breite Geschäftsstraße, vielleicht die Friedrichstraße. Derselbe Mann kommt ins Bild, diesmal barhäuptig. Der Mann im Film hatte wie der auf dem Foto, das sie ihm gezeigt hatten, lockiges Haar; aber Lang war nicht sicher, ob es derselbe war. Vorspann, weißgesprenkelt, etwa fünfzehn Sekunden lang. Dann dieselbe Aufnahme, wiederholt.

»Er heißt Sam Harrison«, sagte Wieland, wobei er Langs Gesicht in dem zuckenden Projektionslicht genau im Auge behielt. Harrison im Tweedmantel geht durch eine Tür. Dieselbe Aufnahme, derselbe Ausschnitt, diesmal mit dem Weitwinkelobjektiv aufgenommen, macht die Inschrift über der Tür sichtbar, HOTEL EPOCH.

Mehr Vorspann.

Die Hoteltür. Eine Frau tritt ein. Ihre Haltung ist unverkennbar und auch die Art, wie sie ihre Handtasche umklammert.

»Geboren in Philadelphia am 8. Januar 1901«, sagte Wieland. »Amerikanischer Paß, eingetragener Beruf: ›Schriftsteller‹. Spricht fließend Französisch, Englisch, Deutsch.«

Aus erhöhter Perspektive aufgenommen, das Bild einer Menge, die sich zur Demonstration versammelt hat. Auch dieser Streifen ist offensichtlich aus der Hand aufgenommen, als hätte jemand die Kamera über seinen Kopf gehalten, während er sich durch die Menge arbeitete. Ein Zwei-Sekunden-Schnitt dieses Streifens, mehrere Male wiederholt und an den Schnittstellen zusammengeklebt, die Kamerafahrt auf drei Gesichter. Das in der Mitte hat lockige Haare. Lang kann gerade die Stoppeln am Kinn des Mannes ausmachen, dann das grobe Korn hochempfindlichen Filmmaterials.

Noch einmal der Eingang zum Hotel Epoch.

»Haben Sie genug gesehen?« fragte Bott ruhig. Lang nickte. Bott stand auf und rannte den größten Teil des Gangs hinunter, wobei er mit beiden Armen zur Vorführerkabine hinaufwinkte, als wollte er einen Zug anhalten. Die Lichter gingen an, und der Film wurde unterbrochen. Bott glitt in den Sitz neben Lang. Er nahm eine Old Gold und bot auch Lang eine an, die dieser diesmal nicht ablehnte. Wieland setzte sich auf Langs andere Seite.

»Ich bin ihm nie begegnet«, sagte Lang zu Wieland, der ein Notizbuch in schwarzem Saffianleder aus seiner Brusttasche zog.

»Festgenommen und verhört von der Pariser Polizei im Anschluß an einen Aufruhr im Café Maldoror, im Februar

1930, las Wieland vor. Er hielt sein Notizbuch so, daß Lang nicht hineinschauen konnte. »Verschiedene Anhänger der Surrealisten-Gruppe wurden bei diesem Vorfall verhaftet oder festgehalten.«

»Ich bin ihm nie begegnet«, hörte Lang seine eigene Stimme wiederholen. Sie war ziemlich leise jetzt. Er horchte auf das schwache, beruhigende Gerassel aus der Vorführerkabine, das anzeigte, daß Film zurückgespult wurde.

»1931, nach Auskunft französischer Stellen...« Lang unterbrach ihn: »Ich will das nicht hören!« und stand auf. Bott legte in einer Geste brüderlichen Trostes seinen Arm um Langs Schulter. Lang bewegte sich krebsartig den Gang hinunter und auf den Ausgang zu. Auf dem Flur stach ihm der neue Auslegeteppich ins Auge. Er fragte sich, ob sie die Betonwände nackt lassen oder mit irgendeiner Scheußlichkeit bedecken würden. Theas Amerikaner war bei weitem jünger als er und auf eine Weise gutaussehend, wie er es nie gewesen war. Der Teppich war schlecht verlegt, mit Lücken zwischen den Fugen. Nicht lange, und er würde sich verziehen.

»Kommen Sie«, sagte Wieland, dessen Notizbuch jetzt aus der Tasche seines zweireihigen Mantels hervorragte, in die eigentlich das Taschentuch gehörte. Bott wartete an der Tür der Vorführerkabine. Wieland schob Lang nach draußen. Lang hielt seinen Arm schützend über dem Kopf erhoben, um seine Augen vor dem grellen Licht zu beschatten, das er so plötzlich nicht ertragen konnte. Er überlegte kurz, ob er Wieland nach irgendeiner Art von Ausweis fragen sollte; aber jetzt war es wohl zu spät dafür, und er wäre töricht erschienen, wenn er es versucht hätte.

»Bott meinte, es wäre grausam, Ihnen das zu zeigen,

Herr Lang. Vielleicht hatte er recht.« Sie gingen im Gleichschritt jetzt, und der Kies knirschte im Takt unter ihren Sohlen. Seit dem letzten Sonntag abend hatte er nicht mehr an seinem neuen Szenario gearbeitet, *Die Legende vom letzten Wiener Fiaker.* Es würde wohl eine Weile dauern, bevor er genügend Seelenruhe wiedergefunden hatte, um sich hinsetzen und weiterschreiben zu können.

Wieland fuhr fort: »Aber ich dachte, Sie sollten die Wahrheit kennen.«

Seit er aufgehört hatte zu schreiben, vor ein paar Tagen, hatten sich die Handlungsstränge für ihn zusammengefügt, und er sah die Geschichte jetzt wie aus einem Guß vor sich.

»Ihre Filme lehren uns, Herr Lang, daß es besser ist, die Wahrheit zu kennen.«

Der Fiaker besitzt eine wunderbar instand gehaltene Kutsche. Eines Tages überläßt er dem Mann, der nach seinen Pferden sieht – dem bescheidenen Wasserträger – ein Lotterielos. Man hatte ihn gezwungen, es zu kaufen, und so war es unter seiner Würde, es zu behalten. Natürlich gewinnt der Wasserträger ein Vermögen, das er in einer Automobilfirma anlegt. Die sozialen Schranken zwischen dem Fiaker und dem Wasserträger lösen sich vor dem neuen Reichtum langsam auf; und des Wasserträgers Sohn kann endlich das geliebte Mädchen heiraten, des Fiakers Tochter.

Der Kies war von Kopfsteinpflaster abgelöst worden. Sie befanden sich jetzt hinter der Ufa, in der Kulissenstadt, die man für städtische Außenaufnahmen brauchte. Zwei Straßen mit dreistöckigen Wohnhäusern trafen in einem flachen Winkel aufeinander. Zuweilen erblickte Lang durch ein Fenster hindurch die hölzernen Abstützbalken und Gerüste, die als einziges hinter der Fassade lagen. Er hatte diesen Set in *M* verwandt. Sechs Straßenlaternen ließ er mit Bogenlicht ausstatten. Dann gab er Anweisung, das Kopfsteinpflaster naß zu machen, damit es das Licht besser reflektierte und ließ einige Fenster von hinten erleuchten. Danach wartete er, bis es Nacht wurde.

»Letzten Freitag in Trier«, fuhr Wieland fort, der behutsam, falls sie ihn nicht tragen würde, auf der zweiten Stufe einer Vortreppe saß, »wanderte Harrison einige Stunden allein herum. Ich hörte, wie er nach dem Geburtshaus von Karl Marx fragte.« Lang fand sich selbst auf der Treppe, eine Stufe unter Wieland, den er nur sehen konnte, wenn er sich umdrehte. Metallschienen, die man auf der anderen Seite des Pflasters für einen Kamerakran verlegt hatte, fingen die Sonne ein und warfen sie schmerzhaft zu ihm zurück. Die Vortreppen hatten die Färbung und Struktur von abgetretenem Stein, waren aber wärmer.

»Er schickte zwei Fernschreiben nach Frankreich; über die Pläne von Mercedes, sich wieder an Rennen zu beteiligen. Offiziell wurden diese Pläne erst heute morgen bekannt gegeben.«

Dem Fiaker bleibt nur ein Trost: Den verdammten Wagen ohne Pferde ist die Hauptallee des Praters versperrt. Als die beiden Schwiegerväter mit jungem Wein auf das Wohl der Neuvermählten anstoßen, fliegt eine Schlagzeile über die Leinwand.

> EXTRAMELDUNG: AUTOMOBILE JETZT ZUGELASSEN AUF DER ALLEE.

Alle Illusionen sind zerbrochen, der Fiaker stirbt an einem Schlaganfall.

»... und obwohl wir keine diesbezüglichen Meldungen von unseren Kollegen in Spanien haben, ist es vielleicht mehr als zufällig, daß wir Harrisons Anwesenheit in Barcelona und Casas Viejas im Januar zu vermerken haben. Just beim Aufstand der Anarcho-Syndikalisten.«

Lang war nach rechts gerückt, um dem Gleißen des reflektierten Lichts zu entgehen. Jetzt mußte er schon wieder rücken. Er lauschte auf den Ton, als Wielands Notizbuch zuklappte. Dann saß Wieland neben ihm. Lang erinnerte sich an die langsame Kamerafahrt, die Peter Lorre verfolgte, den psychopathischen Kindermörder, der diese Straße hinunterschlendert und dabei eine Melodie von Grieg pfeift, die ihn identifiziert. An der gegenüberliegenden Treppe bleibt Lorre stehen, und Lang geht mit der Kamera ganz nah an ihn heran. Von der Totale zur Großaufnahme; langsam, unerbittlich kommt die Kamera näher; eine seiner Lieblings-Sequenzen, Augen, Lippen, Poren; genau in dem Moment, als der Kerl erkennt, wie weit die Dinge gediehen sind: und wie niederschmetternd nutzlos alle seine Anstrengungen sind, dem Schicksal zu entrinnen.

»Wenn Sie wollen, Herr Lang, fassen wir ihn.«

Der Schluß der *Fiaker*-Geschichte würde im Himmel spielen, war Lang sich jetzt sicher. Einem Wiener Filigran-Himmel, weiße Spitze und Zuckerbäckerkringel. Er war bis dahin gekommen, wo Petrus den Fiaker einläßt, den Pferden und der Kutsche aber den Zutritt verweigert. Irgendwo, in Reichweite sozusagen, lag das Happy-End, wußte Lang. Er fühlte etwas Kühles auf seiner Stirn. Als er mit der Hand darüber strich, zog er sie feucht zurück. Es war ihm unangenehm, daß Wieland ihn schwitzen sah; und er fragte sich, wann Bott, der gute Bulle, endlich zurückkehren würde.

»Haben Sie mit meiner Frau gesprochen?« fragte Lang schließlich.

Wieland sah abgespannt aus, müde. »Wir hielten es für das Beste, das der Diskretion des Ehemannes zu überlassen.«

»Ja«, stimmte Lang zu.

»Sollen wir es also Ihnen überlassen?« Wieland schien die Arbeit keinen Spaß zu machen. Lang bemerkte, wie er seine Augen vor den gleißenden Schienen zu schützen suchte.

Er nickte und erhob sich.

»Ich hatte sie darauf hingewiesen, daß Sie ihm aller Wahrscheinlichkeit nach nie begegnet sind«, erklärte Wieland. »Man bestand darauf, daß ich frage.« Er konnte Thea den Amerikaner wegnehmen lassen. Mehr noch, er konnte ihr Leben mit einem erbärmlichen Wissen füllen. Er mußte warten, bis er seiner selbst sicherer war. Er fühlte eine kühlende Brise auf seinem Gesicht.

»Die spielen ein Spiel mit uns« bemerkte Lang zu Wieland, als sie wieder über Kies gingen. »Noch ein, zwei Wochen einen Himmel wie diesen. Dann Schneestürme.«

Wieland meinte: »Aber es ist doch eigenartig. Seit den Wahlen. Sie nennen es ›Hitlerwetter‹«. Wieland zwickte seinen Nasenrücken. »Wenn Sie erlauben«, fuhr er fort, »ohne einen von uns übermäßig in Verlegenheit stürzen zu wollen: Ich möchte Ihnen sagen, wie sehr mir *Metropolis* gefallen hat. Ich habe es unzählige Male gesehen.«

»Der Film, der mir am wenigsten gefällt«, hörte Lang sich in ungewohnter Offenheit antworten.

Wielands Augen schweiften nach links, als er sich erinnerte. Dann wandte er sich zu Lang und zählte auf: »Das leere Treppenhaus. Die leere Dachkammer. Ein unbenutzter Teller auf dem Küchentisch. Ein abgelegenes Rasenstück mit Elsies Ball, der darauf liegt. Und ein Luftballon, der sich in Telegrafendrähten verfängt.«

Er war überrascht, daß Wieland die Liste der Einstellungen aufzählen konnte, als Elsies Mutter in wachsender Verzweiflung den Namen ihres Kindes ruft. Lang konnte sich nur vorstellen, daß Wieland den Film viele Male gesehen hatte oder daß die Kräfte der Beobachtung, die er bei der Polizeiarbeit entwickelt hatte, ihm im Kino zustatten kamen. »Derselbe Luftballon«, antwortete Lang mechanisch, »den der Mörder von dem blinden Bettler gekauft hatte, um Elsies Vertrauen zu gewinnen.« Sie befanden sich ganz in der Nähe des alten Gebäudes, an der Stelle, wo Wieland und Bott ihn abgefangen hatten. Ein untersetzter Mann, den Lang auf diese Entfernung für Bott hielt, stand gerade neben dem Treppenaufgang.

»Fräulein von Harbous Drehbuch«, erklärte er Wieland.

Lang ging links von Wieland und konnte die dünne, weißliche Narbe sehen. »Die Polizei in Ihren Filmen«, sagte Wieland gerade, »gewinnt immer. Und doch ist sie nie so unwiderstehlich wie die, die sie verfolgt.«

»Ich weiß nicht, was ich darauf sagen soll.« Lang lächelte. Bott kam heran. Er hielt die Filmkassette in den Händen.

»Es war mir eine Ehre«, versicherte Wieland.

Lang ergriff abwesend die angebotene Hand. Das *Testament,* war er jetzt sicher, würde nie freigegeben werden. Hugenberg verhandelte mit Hitler: der letztere hatte vierundvierzig Prozent der Stimmen bei der Wahl am Sonntag erhalten, und er brauchte die Unterstützung von Hugenbergs kläglichen Deutschnationalen zur Regierungsbildung. »Sicher kann Hugenberg die Freigabe des

*Testaments* verlangen«, hatte Ulmer nach ihrem überaus verstimmenden Mittagessen vorgeschlagen, »sozusagen als Koalitionsbedingung, meine ich. So laufen die Dinge doch, oder? Was sehen Sie mich so an, mein Lieber? Ich bin morgen schon auf und davon.« Lang hatte gelacht. Jetzt überlegte er flüchtig, ob die Verbindung seiner Frau mit einer unliebsamen Person irgendetwas mit Goebbels' Entscheidung zu tun haben könnte. Er bezweifelte es. Pfeiffer hatte es ihm gesagt: Goebbels gefiel der Schluß nicht. Brauchte er noch einen Grund, um einen Film zu verbieten? Natürlich, falls es sich jemals herausstellte, daß Theas Affäre in irgendeiner Weise eine Rolle gespielt hatte, so hätte er eine Sache mehr auf die Liste jener Dinge zu setzen, die er niemals verzeihen konnte. Das war etwas, das Ulmer verstehen würde; aber Ulmer war gestern nach Paris abgereist und hatte Robert und Curt Siodmak mitgenommen. Robert hatte mit Ulmer zusammen *Menschen am Sonntag* herausgebracht, und sein jüngerer Bruder schrieb Drehbücher. Die Siodmaks stammten aus einer Leipziger Bankiers-Familie und waren Juden. Sie fühlten sich gezwungen, Deutschland zu verlassen, hatte Ulmer ihm bedeutet.

»Lassen Sie uns bitte wissen, ob wir Ihnen irgendwie behilflich sein können«, bat Wieland und hielt ihm eine ungewöhnlich große Visitenkarte alten Stils hin. »In dieser oder einer anderen Sache.« Es gab wirklich nichts, überlegte Lang, was Hugenberg, Goebbels oder sonst einer von denen gegen die *Legende vom letzten Wiener Fiaker* haben könnte. Er würde sich noch heute abend hinsetzen und zusehen, daß er es zu Ende brachte, und er würde sich beim Schreiben nicht ablenken lassen, trotz der Vorfälle, die er unter der Überschrift »Hotel Epoch« in sein Tagebuch eintragen würde.

Wieland fuhr fort: »Ich bin froh, daß wir das aufklären konnten.« Lang hatte *Blutendes Deutschland* gesehen, den Film, der anstelle des *Testaments* im Ufa-Palast gezeigt werden sollte. Eine Peinlichkeit, ein Witz. Johannes Häussler hatte ihn zusammengeschustert. Als hätte er mit seinem Arsch Regie geführt. Hatte irgendjemand wirklich das Bedürfnis, die Beerdigung von Horst Wessel anzusehen?

»Herr Lang?« Bott, der die Filmkassette unter die Achsel geklemmt hatte, hielt ihm die Packung Old Gold hin.

Lang machte eine Bewegung mit der Hand, um das Angebot auszuschlagen, aber seine Geste war reichlich unpassend und ungestüm. Seine Hand traf auf die des Polizisten. Die Kassette schlug mit großem Geklapper auf dem Kies auf und öffnete sich. Die Zigarettenpackung landete etwa einen Meter weiter zur Rechten Langs. Er lauschte auf die kreiselnden Geräusche des Deckels, die immer schneller und höher wurden, bis sie abrupt aufhörten.

»Es tut mir leid«, versicherte er Bott. Er bückte sich, um die Old Golds aufzuheben, mußte feststellen, daß sie weiter entfernt lagen, als er geschätzt hatte. In gebückter Haltung machte er ein paar Schritte, um sie greifen zu können.

»Mein Fehler«, beruhigte ihn Bott, der der gute Bulle war, wie er sich jetzt erinnerte. Bott drückte den Deckel wieder auf. Die Spule war beinahe bis zum Rand gefüllt. Sie hatten ihm also nur einen kleinen Ausschnitt des Streifens gezeigt, überlegte er.

Lang übergab Bott die Packung. Bott bot sie mechanisch Lang an, der eine Zigarette nahm, die ein bißchen verbogen war von ihrem Flug. Er wartete auf Botts Feuerzeug. Man hatte Lang das Gesicht seines Rivalen gezeigt. In körnigem Schwarz-Weiß. Es hatte ihn nicht umgebracht. Aber er fühlte etwas wie einen Verlust in sich, trüb und dunkel, der Luftballon eines Kindes, der zwischen Telegrafendrähten hängt, die am Horizont zusammenlaufen.

»Nichts passiert«, sagte Bott und hielt das feine Feuerzeug in seiner unförmigen Hand. Wieland blickte auf ihn oder vielleicht auf das Näherkommen von Botts Flamme, die sich in seinem Monokel spiegelte.

»Wollen Sie das behalten?« fragte Wieland. Er hielt die Fotografie von Sam Harrison zwischen zwei Fingern. Lang warf einen letzten Blick darauf. Der Lockenkopf stand vor einer Ziegelmauer, mit dem Gesicht zum Betrachter, als erwarte er das Exekutionskommando. Etwas an der Art, wie die Ziegel lagen - unregelmäßig übereinander geschichtet –, war Lang vertraut. Plötzlich war er sicher, daß der Mann vor dem Denkmal Mies van der Rohes für Karl Liebknecht und Rosa Luxemburg stand. Er konnte die Spitze des Metallsterns in der rechten oberen Ecke des Fotos erkennen. Er war drauf und dran, ihnen zu sagen, wo das Foto aufgenommen wurde, entschied aber nach kurzer Überlegung, es nicht zu tun. Es war sicher besser.

Wieland lächelte und sagte ermunternd: »Wir haben Abzüge.«

»Nein.« Lang winkte ab.

Im November 1918, als Lang 27 Jahre alt war, erreichte Wien die Nachricht vom Aufstand in Kiel und von der Revolution, die in Deutschland stündlich um sich zu greifen schien. Sie waren acht Mann auf Langs Krankenstation, und sie wechselten sich am Radio ab und weckten die anderen, wenn es etwas Neues gab. (Lang hatte

Tagesurlaub und mußte sich jeden Abend um sieben im Krankenhaus zurückmelden. An diesem Morgen ging er nicht nach Hause oder in ein Café, wie er es sonst immer tat. Er blieb auf der Station und hörte Nachrichten.) Dann konnten sie das Eingepferchtsein nicht länger aushalten. Lang und fünf andere – alle, die laufen konnten, wobei sie den Terminus ›ambulant‹ etwas erweiterten – gingen zwei Treppen hinunter zur Straße. Die Pförtnerloge war nicht besetzt, und niemand hielt sie auf, als sie das Haus verließen. Die Kundgebung hatte an diesem Morgen begonnen, eine Massenversammlung in Solidarität mit den Aufständischen und Revolutionären in Deutschland. Jetzt war es später Nachmittag, und die Demonstration ging weiter, als wollte sie viel mehr, oder alles vielleicht. Lang fand sich auf der Straße wieder; in seiner weißen Krankenhauskluft, die er versehentlich angelassen hatte, kam er sich komisch vor. Aber es schien nicht wirklich wichtig zu sein. Ein Glatzkopf neben ihm, unrasiert und im Schlafanzug, schleuderte einen Pflasterstein in das Schaufenster von Zilboorg. Als er über den Platz blickte, stellte er fest, daß er seine Kameraden aus den Augen verloren hatte, aber auch das schien nicht wichtig zu sein.

»*Schließ dich an!*« hörte Lang sich selbst sagen. Was für ein Cliché! Genau das Wort, das man bei einer Demonstration erwartete. Er sagte es wieder, dann noch einmal. Lang beobachtete zwei Polizisten zu Pferd, die gegen die Menge vorgingen. Ihre Pferde stürzten, und die Menge johlte. »Schließ dich an!« wiederholte er ein bißchen weniger ironisch, und wieder, bis die Anführungszeichen wegfielen und er sich die Lunge aus dem Hals schrie und der Stein in seiner Hand auf Zilboorgs Fenster zuflog. Er fiel zu kurz. Die Krankenhausschlappen an seinen Füßen boten nicht genügend Schutz gegen die Scherben und Trümmer auf der Straße, das machte ihm Angst.

Jemand sagte: »Köln ist gefallen!« Er hatte seinen rechten Arm nur zum Essen gebraucht, seit er verwundet worden war. Zog man das in Betracht, war der Stein doch ziemlich weit geflogen. Sie rannten durch eine enge Nebenstraße. Sechsstöckige Mietshäuser standen zu beiden Seiten. Nur um die Mittagszeit könnte direktes Sonnenlicht hier einfallen. Es war schon dämmerig.

Jetzt, als er mit Wieland und Bott vor dem Verwaltungsgebäude der Ufa stand, wußte Lang, daß die Kundgebung am nächsten Morgen endete und daß er freiwillig in das Krankenhaus zurückkehrte, um auf den Waffenstillstand zu warten. Aber in der Gasse hatte er es nicht gewußt. Hatte keine Möglichkeit zu sagen, dies war nicht so, wie es immer sein würde. Während er auf das Pferdegetrappel in der Allee horchte, glaubte er mehr zu begreifen als je zuvor und wußte plötzlich, daß die meisten Dinge, die er bis dahin als natürlich angesehen hatte, als vorherbestimmt, in Wirklichkeit willkürlich waren. Er wollte mehr, als er bisher gewußt hatte. Die Pflastersteine waren feucht und lagen kalt in seiner Hand.

Dann war er wieder im Krankenhaus und wartete auf das Ende der Feindseligkeiten. Er erinnerte sich an einiges, was ihm in der Gasse klargeworden war. Genug, um nicht zur Architektur zurückzukehren. Das würde bedeuten, sein Leben zur See und im Krieg als Episode einzuklammern. Vielleicht viermal im Jahr erinnerte sich Lang seitdem an diese vierundzwanzig Stunden auf den Straßen, und nicht, wie man sich an eine Anekdote erinnert. Während er jetzt von Wieland zu Bott blickte und wieder zurück, fragte er sich, wie er jemals glauben konnte, es sei genug, Filme zu machen.

»Behalten Sie die Packung«, ermunterte ihn Bott. Lang griff danach, stellte fest, daß er immer noch Wielands Visitenkarte in der hohlen Hand hielt, wodurch sie jetzt leicht gekrümmt war. Er ließ die Karte und die Old Golds in seine Innentasche gleiten. Dabei stieß er wieder an die *Silbersee*-Karten, die nun unnütz waren.

»Danke«, sagte er zu Bott; es wäre wahrscheinlich das Beste, jetzt gleich mit Nebenzal zu sprechen, damit er sich das Negativ des *Testaments* besorgte und es in Sicherheit brachte.

Lang wußte jetzt, wie der Schluß des *Fiakers* aussah. Petrus eilt davon, um ein Sonderkonzert für die Hl. Cäcilie zu arrangieren. Obwohl alle großen Komponisten eingeladen wurden, kann er sie zunächst nicht finden. Schließlich entdeckt er sie. Sie liegen auf bequemen Wolken und lauschen verzückt dem Fiaker, der Wiener Gschichten singt. Petrus meldet das Vorkommnis dem Heiligen Vater, der zur Himmelspforte eilt, um mit dem Kutscher zu sprechen. Der Fiaker will sich ohne seine Pferde nicht von der Stelle rühren. Der Herr ernennt ihn zu seinem Leib-Kutscher, steigt ein, und der stolze Fiaker fährt in den Himmel. Während die Räder sich drehen, erscheint ein neues Sternbild am Firmament: der Große Wagen.

»Auf Wiedersehen«, sagte Wieland.

»Auf Wiedersehen.« Lang kannte seinen Schluß jetzt. Er konnte es kaum erwarten, nach Hause zu kommen und sich an den Schreibtisch zu setzen.

Der Kellner blieb stehen, setzte die dritte Mokkatasse vor sie auf den Tisch. Thea steckte eine Zigarette in die Ebenholzspitze, legte sie auf der Tischplatte ab und rührte ihren Kaffee um. Der winzige Löffel zog spiralförmige

Milchstraßen durch den hellbraunen Schaum. Sie legte den Löffel hin, sah zu der modernen Wanduhr hoch. Es war vier, und er war jetzt eine Stunde zu spät. Sie würde noch fünfzehn Minuten dranhängen, mehr nicht. Sie brach einen Zuckerwürfel, schälte das Papier von der einen Hälfte und warf sie in die Tasse. Kleine Blasen stiegen zur Oberfläche auf, wo sie auf andere trafen, an den gezackten Küsten des Randes oder in dem Haufen in der Mitte mit seinen zerflossenen Spiralen. Er drehte sich immer noch leicht. Am Telefon hatte Sam gesagt, daß er sie »im Café « treffen würde, und sie hatte angenommen, daß er das Romanische Café meinte, in dem sie sich normalerweise trafen. Die Zigarette hatte Wasser von der Tischplatte aufgesogen, und sie tauschte sie gegen eine neue aus. Als sie die Flamme daran hielt, fiel ihr ein, daß er vielleicht das Zuntz gemeint hatte, das etwas weiter unten an derselben Straße lag. Er hatte sich häufig über die »Ärsche vom Ku-Damm« beschwert, die das Romanische bevölkerten. Das Zuntz, wo sie sich ein- oder zweimal getroffen hatten, war kleiner und von den Klatschspalten der Boulevardpresse noch nicht entdeckt. Aber wenn er sich mit ihr im Zuntz treffen wollte, hätte er das kleinere Café doch sicher beim Namen genannt. Thea blies über ihre Tasse hinweg, nahm einen vorsichtigen Schluck. Sie wickelte die andere Zuckerhälfte aus, rührte sie in den Kaffee. Sie hatte nichts zu lesen dabei. In ihrer Handtasche steckte ein Notizblock, aber sie hatte es immer albern gefunden, ›im Café zu schreiben‹. Sie würde nur solange warten, bis diese Zigarette aufgeraucht war oder bis es viertel nach vier war, je nachdem, was zuletzt kam. Sie würde einen Blick in das Zuntz werfen und dann heimgehen. Thea blickte von der großen Uhr zu ihrer kleinen Tasse. Die schaumgebundenen Milchstraßen darin drehten sich in die entgegengesetzte Richtung wie der Sekundenzeiger der Wanduhr des Romanischen Cafés, und ungefähr genauso schnell.

Bevor sie das Café verließ, überflog sie kurz den angrenzenden Raum, das sogenannte ›Schwimmerbassin‹, wo die Künstler herumhingen. Sie hatte die vage Hoffnung, daß Sam vielleicht bei ihnen sei; aber er war nicht da. Draußen stand sie gegenüber der Kaiser-Wilhelm-Gedächtniskirche. Dank der gelegentlichen Lücken im unaufhörlichen Strom der Radfahrer, blitzten ihre Stufen nur in unregelmäßigen Abständen auf. Vielleicht kehrten sie von der Arbeit nach Hause zurück. Sie hatte vorübergehend die Orientierung verloren, Radfahrer, Motorradfahrer, reduziert auf Muster aus Licht und Dunkelheit, ein horizontaler Strom, und der Ton fand keine Entsprechung in den Maschinen, die ihn hervorbrachten. Plötzlich wußte sie wieder, wo sie war und ging zielstrebig nach links die Tauentzienstraße hinunter, auf das Zuntz zu. Seit Stunden hatte sie nichts gegessen, dann hatte sie drei Tassen Kaffee getrunken. Zu ihrer Linken sah sie einen jungen Mann mit breitkrempigem Hut und Gaucho-Weste direkt in den Verkehr hineingehen. Dann erkannte sie Sam auf der gegenüberliegenden Straßenseite. Die Kamera, die er in der Hand hielt, war auf sie gerichtet. Sie wollte die Tauentzienstraße überqueren. Ein Motorrad hinderte sie daran. Es fuhr mäßig schnell und zog einen mit Handschellen gefesselten Mann an einer dicken Kette hinter sich her. Der Motorradfahrer trug einen elegant geschnittenen grauen Anzug und einen Homburg. Thea sah, wie Sams Kamera auf den gefesselten Mann gerichtet blieb, mit ihm mitschwenkte. Er war in eine Decke gewickelt, konnte sie jetzt sehen, aus der er sich herauszuwinden suchte. Es war klar, daß der Mann sich auf den Pflastersteinen die Haut zerreißen würde, wenn es ihm nicht gelang, sich von der Kette zu befreien.

»Martini Szeny!« rief der Gaucho in einem Ton, der sie deutlich an die Clowns-Stimme Sams erinnerte. In einer Seitenstraße um die Ecke herum entdeckte Thea einen Zirkuswagen, von dessen Emblem sie nur die Anfangsbuchstaben erkennen konnte

Circus Bu
Martini S

Das Motorrad wendete in einem großen Kreis, so daß die Fußgänger auseinander spritzten. Es kam zurück zu ihr, raste auf die Kirche zu; dann bog es links auf den Kurfürstendamm ein, frei von seiner Last. Keine drei Meter von ihr entfernt, befreite sich der gebundene Mann von den verbliebenen Ketten, wobei er große Lappen der zerrissenen Wolldecke beiseite warf. Er sprang auf und nieder.

»Martini Szeny!« verkündete der Gaucho. »Wieder einmal hat der Star des mexikanischen Zirkus die Ketten gesprengt, während er von einem Motorrad durch die Straßen geschleift wurde!« Sam hatte sie entdeckt und winkte jetzt. Dann kam der Kradfahrer im grauen Anzug genau neben ihr zum Stehen, das Vorderrad in der Luft. Er stieg ab, verbeugte sich theatralisch tief und schwenkte den Hut.

»Mein Bruder!« stellte Martini Szeny vor. Ein Gewirr von Ketten lag zu seinen Füßen, während er mit ausgestrecktem Arm auf den Mann im grauen Anzug wies, der das Motorrad gefahren hatte.

Sam zeigte auf die Kamera und grinste. »Geld«, sagte er.

»Circus Bustello, der echte mexikanische Zirkus!« Der

Gaucho wandte sich an die Menge, die schon auseinanderlief.

»Komm, ich will dir einen Kaffee spendieren«, sagte Sam. Sie wußte nicht, auf welche Weise sie ihm beibringen sollte, daß sie eine Stunde gewartet hatte und ihm nur zufällig begegnet war. Martini Szeny und der Gaucho sahen eher wie Zigeuner als wie Mexikaner aus und hörten sich auch so an. Thea versuchte sich zu erinnern, ob sie Sam seit dem Nürburgring gesehen hatte, der jetzt schon fast eine Woche zurücklag. Sie hatte ihn nicht gesehen, entschied sie. Heute war Freitag, und seit dem Samstag abend in Tempelhof waren sie getrennt gewesen. Jetzt gingen sie zurück zum Romanischen Café.

»Hattest du lange gewartet?« fragte Sam, als sie an der Tür waren.

Thea sah ihn an.

»Es tut mir leid«, behauptete er. Dann, während er sich wieder abwandte: »Laß uns woanders hingehen.«

Thea sagte: »Ja.«

»Zuntz?«

»Einverstanden.« Sie betrachtete seine Kamera, die ihr neu vorkam, ein anderes Modell als seine Cine-Kodak.

Drinnen bestellte Sam einen doppelten Espresso, Thea einen *vieux marc.* »Sie haben den Streifen vom Nürburgring gekauft«, erzählte Sam unvermittelt. »Es herrscht eine große Nachfrage nach Aktuellem. Nadel sagt, er nimmt fast alles, was ich kriegen kann.«

Thea zog die Kippe ihrer letzten Zigarette aus der »Gräfin-Todd«-Spitze und steckte eine Camel von Sam hinein. Die Stammgäste des Zuntz schienen durchgehend Männer um die Mitte Dreißig zu sein, mit dicken konkaven Brillengläsern und Bartstoppeln, die so groß waren, daß man sie schon um Haareslänge mit richtigen Bärten verwechseln konnte. Viele hingen in auffallend schlechter Haltung über ausländischen Zeitungen, die auf dünnes, knisterndes Luftpostpapier gedruckt waren, dessen Geraschel den Ton angab im Raum.

»Mit etwas Glück kann ich demnächst ausziehen aus dem Epoch«, sagte Sam. »In eine angemessenere Wohnung, wie es so schön heißt.« Thea hatte nie verstanden, warum er nicht schon längst ausgezogen war. Der Unterhalt, den er aus Bala Cynwyd bezog, war schließlich hoch genug. Er hob die Mütze an, fuhr sich mit der Hand durch das dunkle, lockige Haar, das ihr etwas mehr mit Weiß gesprenkelt vorkam, als sie es in Erinnerung hatte. Aber sein Gesicht zeigte nicht die Spur eines Älterwerdens, es war so glatt wie immer. »Es gibt Freunde in Paris, die ich seit Ewigkeiten nicht mehr gesehen habe«, sagte er und setzte die Mütze etwas flotter wieder auf. »Vielleicht könntest du mit mir kommen.«

»Das hängt davon ab«, antwortete Thea nach einer Pause. Es gab nur noch eine andere Frau im Raum, und das war die Kellnerin. Sie fragte sich, ob alle Illustratoren hierher kamen, wenn sie für ihre Cartoon-Anarchisten, die immerzu sphärische Bomben mit glimmender Zündschnur unter dem Arm tragen, Modelle nach dem Leben brauchten.

Sam hatte seine graue Jacke mit dem Schalkragen an. »Ich glaube, Breton würde dir gefallen«, fuhr er fort. Der Dichter Breton – das war einer der Namen, mit denen Sam um sich warf, wenn ihn das Heimweh nach Paris überkam. »Und Thirion, Sadoul, Magritte, der meine Krawatte gemalt hat. Aragon. Jean Ferry.« Einige Namen waren ihr vertraut. Sie konnte nicht unterscheiden, ob Sam sie schon früher genannt hatte oder ob sie in den Zeitschriften von ihnen gelesen hatte. Wahrscheinlich beides. Die Bohemiens, die Thea in Berlin kannte, drückten ihre Verachtung der Gesellschaft darin aus, daß sie morgens um vier weiche Eier aßen oder tote Blumen in ihren Knopflöchern trugen. Es war schwer zu sagen, wie gut Sam diese Leute in Paris überhaupt kannte; und noch schwerer, ob sie in irgendeiner Weise anziehender als ihre Berliner Kollegen waren.

»Laß uns heute abend nach Frankreich fahren«, bat Sam gerade.

»Sie wollen *Das Testament des Dr. Mabuse* nicht freigeben«, erzählte Thea plötzlich. Es war seltsamerweise das erste Mal, daß sie mit jemandem darüber sprach. Sam sah sie an. »Mein Film«, fuhr sie fort. »An dem ich schrieb, als wir uns trafen.«

Sam spielte mit der Rückspulkurbel seiner neuen Kamera. »Was ist passiert?« fragte er schließlich.

»Ich weiß es nicht«, antwortete Thea. Sie trank ihren Brandy aus. »Politik.«

»Sie wollen ihn nicht freigeben«, wiederholte Sam, als hätte er sie gerade erst gehört.

»Nein.«

»Der im Ufa-Palast herauskommen sollte.« Sam zog den Blick der Kellnerin auf sich, beschrieb mit dem Zeigefinger einen Kreis in der Luft, um eine neue Runde zu bestellen. Thea hielt die Hand hoch, um der Kellnerin zu bedeuten, daß sie genug gehabt hatte.

»Stattdessen geben sie *Blutendes Deutschland«*, erzählte sie ihm.

Sam wiederholte: »*Blutendes Deutschland«*. Das Kürzel auf seiner neuen Kamera hieß *Pathé-Baby,* konnte Thea jetzt erkennen. Sie hatte vergessen, wie nutzlos er sein konnte.

Die Kellnerin setzte Sams Kaffee ab, nahm in derselben

geschmeidigen Kreisbewegung die leere Tasse mit. Thea blickte auf die lange Wand des Cafés hinter sich. Es war eine vergrößerte Nachtaufnahme der New Yorker Wolkenkratzerkulisse, stellte sie fest. Jemand hatte sie subtil koloriert. Sie dachte daran, wie sie vor neun Jahren Lang im Bremer Hafen getroffen hatte. Er war gerade von New York zurückgekommen und konnte von nichts anderem sprechen. Die Lichter. Die Architektur. (Viel später erzählte er ihr hübsche Anekdoten von Lubitsch in Hollywood und D.W. Griffith in New Jersey, der ihm seinen letzten Film, *Isn't Life Wonderful,* vorgeführt hatte.) Als Lang die nächtliche Stadt beschrieb, zeigte Thea ihm einige Notizen für ihren Zukunftsroman, *Metropolis*. Lang, dessen Kopf von Manhattan voll war, wußte, er mußte einen Film daraus machen, und er wußte, wie dieser Film aussehen würde.

Thea blickte hoch und sah Sam in der Märzausgabe seiner Zeitschrift lesen, *Black Mask*, die er sich aus den Staaten schicken ließ. »Hier ist eine Geschichte drin, die in einem Filmstudio spielt.« Er sagte das, als ob ihm die Koinzidenz nicht geheuer sei. Die Fenster des Zuntz waren mit Jalousien versehen, die man angewinkelt hatte, um die vorderen Tische vor direkter Sonneneinstrahlung zu schützen. Nur teilweise verdeckten sie die Sicht auf die Straße. Vier kleine Jungen in kurzen Hosen und Stoffmützen warfen einander einen Ball zu. Der Ball war groß, luftgefüllt, und die Jungen hatten ihren Spaß daran, ihn hoch über ihre Köpfe zu halten, bevor sie ihn wegschleuderten.

»›*Mark Hull came out of the drugstore*‹«, las Sam vor, »›*got into his battered Ford coupe and drove down Sunset. He turned off on a side-street, parked the Ford at the curb. He walked along a high cement wall with big signs ad-*

*vertising motion pictures on top of it. He walked past an iron gate with a khaki uniformed policeman sitting on a stool beside it.‹«*

Mitten unter den Wolkenkratzern erkannte Thea die Silhouette des Chrysler-Buildings, ihres Lieblings-Gebäudes, das für einige Monate im Jahre 1930 das höchste Bauwerk der Welt gewesen war. Sie konnte das Empire-State-Building nicht finden. Das Foto war also fast genau drei Jahre alt. Nur wenig jünger als die Jungen auf der Straße, die nicht älter als vier zu sein schienen, sinnierte sie. (Sie würde es nicht beschwören, da sie sich in der Vergangenheit oft schwer verschätzt hatte, wenn sie das Alter von Kindern bestimmen sollte.) Wie alt war wohl das blonde Kind gewesen, mit dem sie auf den Tribünen des Nürburgrings einen langen Blick gewechselt hatte, sinnierte sie weiter.

»Das war Mark Hull«, erklärte Sam, der wieder sein langsames, methodisches Deutsch sprach. »Mark Hull betritt ein Filmstudio. Ist das nicht eine gelungene Beschreibung? Ich habe sie dir im Original vorgelesen, um den Stil wiederzugeben.«

Ihr eigenes Kind wäre jetzt gerade fünf. 1927 hatte sie eine Abtreibung machen lassen, im Sommer zwischen *Spione* und *Frau im Mond*. Es war nicht so schmerzhaft gewesen, wie es ihr beschrieben wurde und wie sie es sich vorgestellt hatte. Dr. Humm hatte den Eingriff vorgenommen, und soweit sie wußte, Lang nichts davon gesagt. Das war noch vor Langs Weigerung gewesen, nicht mehr mit anderen zu schlafen, und lange, bevor sie sich imstande fühlte, mit irgend einem anderen zu schlafen; aber daß dies kein Kind war, das sie haben wollte, hätte Lang wohl trotzdem nicht verstanden. Das Geheimnis zwischen Thea und ihrem Zahnarzt zwang sie in eine widerwärtige Intimität hinein. Seit damals hatte sie Humm nicht erlaubt, sie mehr als örtlich zu betäuben; und manchmal nicht einmal das.

Sam sagte gerade: »Der Kaffee in Paris ist besser«, als der Ball das Fenster traf. Es platschte harmlos. Das Kind, das ihn geworfen hatte, legte eine Hand über den Mund. Dann erzählte Sam einmal mehr die Geschichte des surrealistischen Überfalls auf den Maldoror-Club. »Breton rief immer wieder ›Wir sind die Gäste des Grafen Lautréamont‹«, sagte Sam. Char stritt mit dem Rausschmeißer, Breton und Sam rissen Tischtücher herunter, und mit ihnen flogen Teller, Gläser, Champagner-Kübel. »Sie beschimpften uns und versuchten, uns zu schlagen, aber sie trafen immer daneben. Eluard wollte die Polizisten überzeugen, daß in Wirklichkeit wir die Angegriffenen seien.« Er fuhr fort zu beschreiben, wie Sadoul durch eine Tür geschmissen wurde, Char den Rausschmeißer zusammen schlug. »War das nicht eine tolle Zeit?« schloß Sam. Thea hatte nicht so genau hingehört, aber sie konnte keinen Unterschied zum letzten Mal feststellen, als er die Geschichte erzählt hatte. Sie sah wieder auf das Chrysler-Building.

»Wollen wir?« fragte Sam nach einer Pause. Er machte Zeichen, daß er bezahlen wollte, nachdem sie beide mindestens eine Minute lang geschwiegen hatten. Mit den Objektiven nach oben, nahm er die Kamera in den Arm. »Mein Pathé-Baby«, strahlte er.

»Was ist mit der alten passiert?« fragte Thea.

Sam lächelte: »Bei einem Aufruhr hat man sie mir kaputtgeschlagen.«

Thea erhob sich. Streifen um Streifen wurde ihr dabei die Sicht genommen. Sam stand ebenfalls, die Kamera in der Linken, während die *Black Mask* mit dem Titelblatt nach außen aus seiner hinteren Hosentasche quoll. Thea hatte genug von seinen Strickjacken. Es war schon eine ganze Weile her, seit sie ihn nüchtern gesehen hatte; und sie war nicht einmal sicher, daß sie es vorzog.

Er hielt ihr die Tür auf. Draußen bot er ihr eine Camel an, die sie in ihre Spitze steckte. Die Menge, die für den mexikanischen Zirkus zusammengeströmt war, hatte sich wieder verlaufen. Eine fedrige Cumulus-Wolke segelte direkt unter der Sonne durch, warf einen nostalgischen braunen Schatten auf die Mörtel- und Backsteinmuster der Häuser, die gegenüber auf der anderen Seite der breiten Straße lagen.

»Kommst du?« fragte Sam.

»Ich glaube nicht«, antwortete Thea. Soweit sie sich erinnern konnte, war dies das erste Mal, daß sie sich trennten, ohne die Nacht zusammen zu verbringen.

»Ruf mich an«, sagte Sam, bevor er sich wegdrehte.

Thea ging nach rechts. Um nicht denselben Weg zurückzugehen und schon wieder an der Tür des Romanischen vorbeizukommen, konnte sie auf die andere Seite zur Kirche hinüberwechseln, den Ku-Damm links liegenlassen und am Zoologischen Garten entlanggehen. Es gab einen Droschkenstand beim Bahnhof, wo sie eine Heimfahrt bekommen konnte. Als sie mit dem linken Fuß vom Bordstein trat, traf sie etwas außen an der Wade. Einer der Vierjährigen hatte die Hände verschränkt und machte ein zerknirschtes Gesicht. Er bewegte sich auch nicht, überhaupt nicht, als der weiche, luftgefüllte Ball langsam wieder zu ihm zurückrollte, als würde er seine Schuldgefühle parodieren.

»Jürgen«, ließ sich eine Frauenstimme vernehmen. Von der Nürnberger Straße her kam eine Frau auf den zu Eis erstarrten Jürgen zu, dessen Kameraden vollendet gleichgültig taten. Die Frau war etwa so alt wie Thea. Sie trug einen schwarzen Bouclé-Wollmantel. »Jürgen«, wiederholte die Frau, dann fragte sie: »Thea?«

Thea schaute sie an, als der weiche Ball, der nicht von seiner Bahn abwich, direkt vor Jürgens Füßen ausrollte.

»Hanna Brant.« Thea hatte die Frau im Luisen-Internat flüchtig gekannt, gut genug, um ihr zuzunicken entlang des sonnenhellen, schräglaufenden Weges, der zum Schlafsaal führte. »Jetzt Hanna Vogel«, fügte sie hinzu. Ihr Gesicht war zu ausdrucksvoll, als habe der Umgang mit Kindern sie an Überschwenglichkeit gewöhnt. Sie war unleugbar mittleren Alters.

»Hanna«, sagte Thea. Warum hatte sie bloß geglaubt, die Sache mit Sam würde diesmal anders verlaufen. Es ergab keinen Sinn. In Wirklichkeit war es ein Wunder, daß es überhaupt einmal einen Sinn ergeben hatte.

»Schulfreundinnen!« sagte Hanna. Thea war plötzlich besorgt, Hanna könnte von der hartnäckigen Sorte sein, von der man nur schwer wieder loskam. Sie blickte nach unten. Einer von Jürgens Spielkameraden hielt eine Falte von Hannas Mantel in seiner geballten Faust.

»Mein Franz.« Thea sagte Guten Tag. Franz versteckte sein Gesicht im Mantel seiner Mutter; dann verlor er das Interesse und strolchte zu seinen Freunden hinüber. Glied um Glied bauten sie ihre gespielte Gleichgültigkeit ab. Und wie auf ein Stichwort hin, fingen sie wieder an zu spielen.

»Sag Jürgen, er soll sich entschuldigen!« befahl Hanna ihrem Sohn, der nichts zu hören schien. »Ich wollte ihn gerade abholen«, erklärte sie Thea. »Wir wohnen jetzt am Alexanderplatz.« Das war ein Arbeiterviertel mit trostlosen Mietshäusern, dessen Klubs Thea von Zeit zu Zeit besuchte. Es wurde von dem Polizei-Präsidium beherrscht, das einen ganzen Häuserblock einnahm und wie der Platz einfach ›Alex‹ genannt wurde.

Thea hörte sich sagen: »Gerade vor einer Stunde war ein mexikanischer Zirkus hier.«

»Es ist zu lange her«, antwortete Hanna. Sie drehte sich um und rief den Namen ihres Sohnes.

»Dein Mantel ist hübsch«, sagte Thea schließlich. Ihr eigener war bestimmt fünfzehn Jahre alt. Es war der mit den verlorenen deutschen Provinzen, in grünem und blauem Garn, auf dem Innenfutter gerade unterhalb des Kragens.

»Danke«, antwortete Hanna. Sie drehte sich zu ihrem Franz um und rief ihn mehrmals hintereinander bei seinem Namen, so daß er nicht so tun konnte, als habe er nichts gehört.

»Gleich!« rief er zurück.

»Jetzt!« betonte Hanna.

Franz schüttelte jedem seiner Spielkameraden feierlich die Hand, was Thea an den Aufmarsch der Gäste bei einem diplomatischen Empfang erinnerte.

»Franz, sag Frau Lang Auf Wiedersehen!« Thea hatte ihre Heirat nicht erwähnt, aber es war albern anzunehmen, Hanna hätte nichts gehört oder gelesen darüber.

Franz sagte »Auf Wiedersehen«, wobei er sich wieder am Mantel seiner Mutter festhielt. Thea sagte: »Es war mir ein Vergnügen, dich zu treffen, Franz. Mach's gut, Hanna.«

»Es ist zu lange her«, wiederholte Hanna. Sie winkten sich zu, drehten sich um und stellten fest, daß sie in dieselbe Richtung gingen. Hanna lächelte.

»Es ist immer peinlich«, meinte Thea.

An der Ecke des Zoologischen Gartens entdeckte

Franz einen Luftballonverkäufer. Mit einem energischen Ruck an den Mänteln der ihn begleitenden Frauen brachte er die Prozession zum Stehen.

»Laß mich einen Luftballon für ihn kaufen«, schlug Thea endlich vor. Der Ballonverkäufer war ziemlich groß, und den Rest seiner Haare hatte er kurz geschoren. Er trug eine dunkle Brille, und nach der Art, wie er den Kopf hielt, hätte man ihn für blind halten können.

»Den schönsten, für einen besonders lieben Jungen«, bestellte Thea und gab ihm ein großes Geldstück. Thea beobachtete, wie seine Finger zwischen den Leinen suchten, die wie perspektivische Linien in Strängen am Griff seines Karrens zusammenliefen.

In der Nähe des Eingangs, rechts von ihr, hob ein untersetzter Mann mit Kinnbart die Klappe einer mittelgroßen Schachtel an. Aufgeschreckt flatterte eine Taube, die darin gewesen war, davon. Thea hatte den Mann schon früher gesehen, auf dem Oberdeck eines Busses, als sie vom Hotel Epoch kam; auch woanders schon, woran sie sich im Moment nicht erinnern konnte. Über dem Straßenlärm, und dem Bild des Zoologischen Gartens vor ihr unterlegt, hörte Thea die Worte, die sie für Peter Lorre geschrieben hatte, als er sich vor dem Gerichtshof der Unterwelt verantworten soll. *Aber kann ich ... kann ich es denn ändern? Trage ich nicht den Fluch in mir? Das Feuer? Die Stimme? Den Schmerz? Immer ... immer muß ich durch Straßen gehen und immer spür' ich, es ist einer hinter mir her. Das bin ich selbst! ... Bin selber hinter mir her ...*

»Sag Danke!« befahl Hanna ihrem Franz. Der Händler löste einen Ballon aus der Traube, hielt Franz die Schnur hin, der sie nahm und um sein Handgelenk wickelte.

Franz sagte: »Danke schön.« Thea wußte, daß sie Sam

nicht wiedersehen wollte; was auch zwischen ihnen gewesen war, es war vorbei jetzt. Sie ging langsam, ließ Hanna und Franz vorauslaufen zum Bahnhof Zoo hin. Hanna hielt den Ballon am Knoten fest. Festgemacht an zwei Meter Schnur, lief ihr Kind hinter ihr her. Das Bild erinnerte Thea daran, wie Martini Szeny an der Kette gehangen hatte, als der Mann im grauen Anzug – wirklich Szenys Bruder? – die Kupplung losließ.

## 6

Lang tippte wieder. Thea hatte ihn einmal gebeten, eine schallschluckende Unterlage zwischen seine Maschine und die harte Pultfläche zu schieben; aber er hatte ihr bedeutet, daß ihm die Höhe gerade recht sei und jede zusätzliche Unterlage das Ding vielleicht zu hoch machen würde. Er mochte es, wenn seine Unterarme parallel zum Boden waren. Das Gehämmer hinter der Tür verriet einen Produktivitätsschub. Sie hatte mehrmals gefragt, ob sie sein ›Wiener Konfekt‹, wie er es selber bezeichnete, sehen dürfte. Er hatte nur gemurmelt, daß er es ungern zeige, bevor es fertig sei.

Das letzte Drehbuch, das er allein verfaßt hatte, war *Die Spinnen* gewesen, im Jahre 1919. Es handelte von einer Geheimorganisation, die die Weltherrschaft anstrebte, deren Bemühungen aber von dem blendend aussehenden Abenteurer Kai Hoog immer wieder durchkreuzt werden. Hoog, der von einer Schar Spinnen gejagt wird, ergreift die baumelnde Reißleine eines aufsteigenden Ballons, der ihn in Sicherheit bringt. »Flieh«, beschwört ihn die Inka-Prinzessin: »Hier wartet der Tod auf dich!« Aber es liegt nicht in Kai Hoogs Charakter zu fliehen. Nie sieht er glücklicher aus, als wenn er verkündet: »Ich habe einen Angriff auf das verdächtige Haus vorbereitet.« Oberhaupt der Spinnen ist Lio Shah, die doppelreihige Herrenjacketts über ihrem gerundeten Bauch trägt. Lio-Shah ist natürlich wahnsinnig verliebt in Hoog; und wenn Hoog sie aus Liebe zu der Inka-Prinzessin verschmäht, ist das Schicksal der Unschuldigen besiegelt. Als er später die unterirdische Stadt betritt – eine Festung der Spinnen, die nur durch einen verborgenen Eingang irgendwo in Chinatown zugänglich ist –, sieht man Hoog sagen: »Ich habe eine alte Rechnung zu begleichen.«

Thea konnte den *Spinnen* durchaus etwas abgewinnen. Aber sie hatte das Gefühl, daß das ›Wiener Konfekt‹ ihres Mannes kein Drehbuch dieser Art war. Während sie jetzt vor ihrem runden Spiegel saß, überlegte sie, daß er wahrscheinlich etwas ›Bedeutungsvolles‹ machen, ›Stellung beziehen‹ wollte. Mit dem weichen Stift zog sie zwei lange Bögen über ihre Augenbrauen. Hoog war auch nicht annähernd so interessant gewesen wie seine stattliche, männliche Nemesis. (Sie stellte sich Hoog als den ersten in einer langen Reihe unglücklicher Verfolger vor.) Als sie nach rechts oben blickte, fühlte sie eine Bewegung in der Ecke ihres Spiegels, schaute genauer hin und sah Lang auf sich zukommen. Im Spiegel waren die Knöpfe an seinem zweireihigen Jackett rechts über links geknöpft, im Lio-Sha-Stil. Thea hatte es nicht mitbekommen, aber das Tippen mußte aufgehört haben, während sie nachdachte. Beim Näherkommen verschwand Langs Kopf über den oberen Rand des Spiegels hinaus. Dann war er hinter ihr, die Hand auf ihrer Schulter.

»Thea.«

Auf dem vierten Finger der Hand, die auf ihrer Schulter lag, steckte ein Goldreif. Es war seine Linke, was im Spiegel aber verkehrt aussah, einfach ›falsch‹.

»Du legst Make-up auf«, sagte er.

»Ich sehe nicht, warum ich es leugnen sollte«, antwortete Thea leichthin. Sie lächelte, wußte nicht, ob Lang von da, wo er stand, ihren Ausdruck sehen konnte.

»Vorbereitungen für deinen Amerikaner?«

Thea drehte sich herum, um ihn direkt anzusehen. Er machte ein paar Schritte rückwärts, setzte sich unvermittelt, als die Bettkante ihm in die Kniekehlen fuhr. Thea hielt sich an den Seiten fest, als sie ihre Bank herumschwenkte, um Auge in Auge mit ihm zu sitzen.

»Nein«, gab sie ihm Bescheid. Und fügte hinzu: »Aber wie lieb von dir, danach zu fragen.«

»Das ist kein Thema, um sich lustig zu machen.« Er hielt die Hände im Schoß verkrampft, den Rücken aufreizend gerade. Sie hatte eine Verabredung zum Abendessen mit Klein-Rogge; aber sie war durchaus nicht sicher, ob sie Lang wissen lassen wollte, daß sie sich ›nur‹ mit ihrem Ex-Mann traf.

»Ich mache mich nicht lustig«, gab sie schließlich nach.

Lang sagte: »Gut«.

Thea griff nach einer tränenförmigen Kristallflasche mit Nagellackentferner. Sie konnte die Augenbrauen später fertigschminken.

»Wir müssen reden«, sagte er und zerrte am Stoff seiner Hose knapp über dem Knie. Rudolf hatte sie in die Scala eingeladen, zum Essen mit Correll. Das Studio habe Ärger mit seinem Zeitplan für den Sommer, hatte Klein-Rogge ihr erzählt, da viele namhafte Talente sich entschieden hatten, Deutschland zu verlassen; und Correll wollte sondieren, wie sie dazu stünde, Regie zu führen.

Lang zog an seinem Ohrläppchen. »Du versprichst, daß du nicht auf dem Weg zu einem Rendezvous mit Sam bist?«

Der Geruch des Nagellackentferners verteilte sich in der Luft, tropisch, übersüß. Er hatte einigen Nachdruck auf das vorletzte Wort gelegt. Thea versuchte sich zu erinnern, ob sie Sams Namen jemals gegenüber ihrem Mann gebraucht hatte. Sie glaubte es nicht.

»Ich lasse mich nicht ausfragen.«

Lang erhob sich, machte vier Schritte, setzte sich neben sie. Thea beendete ihre linke Hand, arbeitete mit einem frischen Wattebällchen an der rechten.

Er zündete sich eine Boyard an, steckte die Streichhölzer in seine Tasche zurück.

Die Zigarette zwischen den Lippen, nahm Lang die geschliffene Flasche mit Nagellackentferner auf, schien sie eingehend zu betrachten. Dann zog er den Arm zurück und schleuderte sie gegen den runden Frisierspiegel. Sie traf fast genau in der Mitte.

Von der Aufschlagstelle aus brach ein Netz von Sprüngen auf. Neue Linien tauchten auf, dünner jetzt; und dann konzentrische Kreise, die die ursprünglich sich verbreiternden Spalten in der Art eines Spinnennetzes kreuzten.

Einige größere, dreieckige Stücke lösten sich vom Spiegel und fielen, trafen den Kosmetiktisch und den Fußboden.

Es gab ein großes Geklirr. Weitere Stücke fielen, und einige der angrenzenden Segmente, die noch festsaßen, stellten sich schräg und spiegelten neue Ansichten des Zimmers wider.

Die Flasche schlug mit einem dumpfen Aufprall auf dem kleinen Teppich zu Theas Füßen auf, hüpfte noch einmal, dann lag sie still. Eines der größeren Spiegelstücke war auf ihrem Schoß gelandet, seine Spitze bohrte sich leicht in ihr schwarzes Kleid, das straff zwischen ihren Schenkeln spannte.

Viele Teile des Spiegels waren verschwunden, eine leere, nicht reflektierende Wand ersetzte sie. Andere waren so verschoben, daß sie sinnlos geworden waren, wieder andere bis zur Undurchsichtigkeit von Linien durchzogen. Thea sah ein Auge ihres Mannes auf einem ansonsten unkenntlichen Meer schwimmen. Ein Teilstück weiter oben links spiegelte seinen Unterarm. Dann erkannte sie zur Seite hin ihr eigenes Gesicht. Sie beobachtete, wie ihre Augen sich füllten, hielt den Blick starr, bis Tränen ihr die Sicht verwischten. Sie blinzelte einige Male und konnte ihre blaßblauen Augen wieder sehen.

»Ich habe Schluß gemacht«, eröffnete sie Lang. Sie wandte sich ab von dem Scherbenhaufen und ihrem Mann zu, der einen Ausdruck von Zerknirschung zeigte. Er erinnerte sie an den kleinen Jungen, dessen Ball sie in der Tauentzienstraße am Bein getroffen hatte. Und doch schienen sich seine Mundwinkel in einem Anflug von Triumph hochzuziehen.

»Tatsächlich?« antwortete er. Dann schloß er den Mund, preßte die Lippen fest aufeinander.

Thea verbarg ihr Gesicht in den Händen.

»Es tut mir leid«, beteuerte Lang.

Sie konnte ihn nicht ansehen. Sie betrachtete die Scherben um ihren Toilettentisch und befahl ihm: »Mach, daß du rauskommst!«

Sie hörte zu, wie er mit regelmäßigen, schweren Schritten davonging. Einer wurde von einem Knirschen begleitet wie von zerbrochenem Glas, was Lang in seinen Halbstiefeln nicht zu bemerken schien. Sie war froh, daß sie ihr Augen-Make-up noch nicht aufgetragen hatte. Nach den Tränen hätte sie jetzt alles erneuern müssen. Klein-Rogge hatte von einem Projekt gesprochen, das die Ufa ursprünglich Siodmak übertragen wollte. Siodmak hatte im ›Schwimmerbassin‹ des Romanischen Cafés verkehrt und mit Ulmer, Billy Wilder, Zinnemann und

Schüfftan bei *Menschen am Sonntag* zusammengearbeitet. Diese Woche war Siodmak nach Paris emigriert.

Thea hörte das Schloß einschnappen, als ihr Mann die Tür hinter sich schloß. Morgen würde sie herausfinden, wann sie endlich nach Dahlem ziehen konnte. Was für eine Erleichterung wäre es, mit den Hunden und Katzen wieder allein auf dem Land zu wohnen. Draußen ging die Dämmerung in die Nacht über. Die Lampe an der Decke schien plötzlich heller zu sein, und Thea bemerkte einzelne Lichtbündel, die von zerbrochenen Spiegelscherben nach oben gelenkt wurden. Ihre Strahlen stachen kreuz und quer durch das Zimmer, wie Scheinwerfer bei einer Premiere.

Ein Klopfen ertönte von der anderen Seite der Tür, begleitet von Langs Stimme. »Wir müssen reden«, wiederholte er. Thea trat mit ihren Pantoffeln vorsichtig vom Spiegel weg. Der Riss in ihrem Kleid war relativ klein, aber sie hielt es doch für das beste sich umzuziehen, nachdem sie mit dem Mann auf der anderen Seite der Tür fertig geworden war.

Sie öffnete, ging an ihm vorbei zum Eßtisch. Lang setzte sich ihr gegenüber. Er bot ihr eine Zigarette an, die sie ablehnte. Sie sah zu, wie er ein Streichholz anstrich und versprach sich, ohne Tabak diese Unterredung durchzustehen. Sie würde nicht rauchen, bis sie aus der Wohnung war, das wäre das beste. Sie konnte an der Pforte rauchen, während Josef ihr ein Taxi besorgte.

Lang sprach ohne Einleitung. »Du mußt Sam warnen.‹

Thea betrachtete ihr Otto-Dix-Portrait, mit dem sie sich seit kurzem vertrauter fühlte als damals, als das Ding gemalt wurde. Langs absurder Inka-Rabe hockte immer noch auf dem Kaminsims.

»Ich hatte eine Unterredung mit der Polizei«, fuhr er fort.

»Der Frisierspiegel, den du kaputtgemacht hast, gehörte meiner Mutter und kann nicht ersetzt werden«, sagte Thea.

Lang sah blaß aus. »Sie zeigten mir Fotografien und Filmabschnitte.« Seine Stimme klang müde und überdrüssig, als müsse er zum vierten oder fünften Mal einem Jugendlichen etwas erklären. »Sie haben ihn beschattet.«

»›Wie wenig wissen die Menschen, daß der Tod ihnen auf den Fersen folgt‹«, hörte Thea sich antworten. »›Daß ihr Leben so kurz ist wie das der Rose.‹« Sie hatte die Zeile für einen ihrer früheren Filme geschrieben, konnte sich im Moment aber nicht erinnern, für welchen. Sie lächelte darüber, daß sie in einer Diskussion über Sam ins Zitieren geraten war.

»Du mußt ihn warnen!« wiederholte Lang.

Thea entdeckte eine große Spiegelscherbe, die sie offenbar aus dem Schlafzimmer mitgebracht hatte. »Woher die plötzliche Anteilnahme?« fragte sie. Sie ging zu ihrer Handtasche hinüber, kramte eine Nagelfeile hervor und begann, an dem Silberbelag herumzukratzen. Er löste sich überraschend leicht von der Rückseite des Bruchstücks, blieb als aschiger Rest auf dem Tisch zurück.

»Sie haben ihn Tag und Nacht beschattet. Politische Polizei. Sie sagten, ein Wort von mir und sie würden ihn hochnehmen.«

Thea hatte sich vorgenommen, den Silberbelag von der Hälfte des Bruchstücks zu kratzen. Sie verstärkte den Druck, so daß die Feile nicht quietschen konnte auf dem Glas. Dann hielt sie sie hoch, um das Gesicht ihres Mannes durch den klaren Teil hindurch zu betrachten und in dem reflektierenden Teil ihr eigenes.

»Und du hast das Wort nicht gesagt?« fragte Thea endlich.

Bei der Verfilmung von *Metropolis* hatte der Kameramann Eugen Schüfftan ein Verfahren entwickelt, bei dem Originalhandlung in Miniaturkulissen aufgenommen werden konnte. Er erreichte dies, indem er von einer versilberten Spiegelfläche einen Teil wegkratzte und diesen in einen 45°-Winkel zur Linsenachse brachte. Die eigentliche Handlung wurde durch die freigekratzte Hälfte hindurch aufgenommen, die Miniaturbauten von dem unberührten Rest seitwärts eingespiegelt. Sie hatte keine Schwierigkeiten gehabt, die Idee zu begreifen.

»Nein«, antwortete Lang und starrte auf seine Hände. »Nein.«

Als würde sie das letzte Teilchen eines Puzzlespiels einfügen, legte Thea den Spiegel mit einem befriedigenden Klicken zurück auf den Tisch.

Lang zündete sich eine neue Zigarette an. »Sie spaßen nicht«, sagte er.

Thea lächelte.

»Sie erwähnten ein Polizeiprotokoll in Paris«, fuhr er fort.

»Ruf du ihn an«, schlug sie vor und stand auf. »Ich muß mich umziehen.« Lang blieb sitzen, beschäftigte sich mit seiner Zigarette. »Hättest du mir das alles über Sam erzählt, wenn ich dir nicht gesagt hätte, daß ich mich nicht mehr mit ihm treffe?«

Lang sah einen Augenblick wie ein geprügelter Hund aus, dann hatte er wieder seinen üblichen, nachdenklichen Gesichtsausdruck. Er nahm sein Monokel ab, klopfte damit auf die Spiegelscherbe, die Thea auf dem Tisch zurückgelassen hatte. Dann ging er zum Kamin hinüber und schichtete Späne auf den Feuerrost.

Er nahm zwei Scheite, legte sie kreuzweise über das Anmachholz.

Thea begann: »›Eifersucht ist grausam wie das Grab...‹«

»›... und ihre Kohlen sind wie die Kohlen des Feuers‹«, fiel Lang ein, und gemeinsam skandierten sie feierlich:

»›... das mit heller Flamme brennt.‹« Es war das Motto zu *Der müde Tod*. Thea war erstaunt, daß sich Lang nach all den Jahren noch daran erinnern konnte.

Er hielt ein Streichholz an die Späne, die auf der Stelle Feuer fingen. Sein knieender Schatten reichte weit über das Parkett, streckte sich bis dorthin, wo Thea stand.

»Einer Bande Künstler gefiel der Name eines Nachtclubs nicht. Sie kreuzten auf, ohne reserviert zu haben und machten Spektakel, bis man sie hinausprügelte. Am nächsten Tag hockten sie auf der Café-Terrasse beisammen und leckten vor den vorbeikommenden Passantinnen ihre Wunden . Das ist das Polizeiprotokoll in Paris«, erläuterte Thea.

Lang, der sich immer noch über das Feuer beugte, ließ einen Laut in der Kehle hören; und obwohl sie sein Gesicht nicht sehen konnte, nahm Thea an, daß er lachte. Sie würde das schwarze Samtkleid tragen, dessen Ärmel knapp bis zum Ellbogen reichten.

Die Tiller-Girls waren für diese Nummer in Zylinder und eine Art Männer-Cuts aus Satin gekleidet. Sie hatten die Arme umeinander gelegt und warfen gleichzeitig ihre Beine hoch, über die ganze Länge der Scala-Bühne hinweg, die jetzt tiefrot, tiefblau angestrahlt wurde. Correll hatte einen der besseren Tische reserviert, gerade hinter der ersten, halbrunden Brüstung. Der Platz war leicht erhöht, vielleicht einen halben Meter über dem Parkett, so daß sie ungehindert über die Köpfe der begeisterten Menge hinwegsehen konnten. Thea betrachtete die Rauchranken, die sich im dramatischen Scheinwerferlicht drehten und kringelten. Klein-Rogge und Correll tranken Cognac. Thea Kaffee. Ihr Ex-Mann spielte außerdem noch mit einem großen Stück Schokoladenkuchen, das mit Haselnuß-Buttercreme überzogen war.

»Schon weg«, sagte Correll gerade. »Beide Siodmaks sogar.« Er zählte an den Fingern ab. »Wilder, Ophüls.« Klein-Rogge hatte die Unterhaltung auf das Problem der Emigration gebracht. »Schüfftan, erst heute«, fuhr Correll fort.

»Thea und ich haben mit ihm zusammen an *Metropolis* gearbeitet«, erzählte Klein-Rogge. Er trug Brillantine im Haar, und unterhalb des peinlich genau gezogenen Scheitels glitzerte es tiefblau im Scheinwerferlicht. Die Tiller-Girls hatten sich in Vierergruppen aufgeteilt und zeigten Präzisionswirbel, wobei sie mit der hypnotischen Spirale hunderter kleiner Glühbirnen in der Mitte der Bühne wetteiferten.

»Die Juden scheinen sich selbst an Paris zu verschachern«, sinnierte Correll. Thea stellte fest, daß sie wieder einmal an Hanna dachte, ihre Klassenkameradin, die sie gestern zufällig vor dem Café Zuntz getroffen hatte. Schon mehrmals heute hatte Thea sich ihre Begegnung wieder vorgestellt. Obwohl sie ihr doch im Augenblick wenig Aufmerksamkeit geschenkt hatte.

»Mir gefällt die Dritte von links«, gestand Klein-Rogge Correll gerade, der sein Glas hob und fragte: »Sollen wir es ihr sagen?«

»Vielleicht später«, meinte Klein-Rogge mit einem Blick auf seine frühere Frau.

Es hatte etwas mit Hannas Gesicht zu tun, erkannte

Thea jetzt. Hanna war nicht übermäßig fett geworden; und auch die Linien, die fünfzehn Jahre der Sorge eingegraben hatten, waren nicht ausgesprochen häßlich. Und doch war es nur eines aus der Fülle der Gesichter, die das Mädchen hätte haben können, das Thea in der Klosterschule kannte. Etwas in diesen verlorenen Gesichtern, die jetzt nie mehr zu sehen sein würden, bewegte Thea schmerzlich, obwohl es dafür überhaupt keinen Anlaß gab. Sie versuchte, sich einige der ›anderen‹ Gesichter vorzustellen; aber das wirkliche erschien immer wieder vor ihrem inneren Auge, vertrieb alles andere. Thea fragte sich, warum sie eigentlich keine Freunde gefunden hatte, außer dieser albernen Else vielleicht und Klein-Rogge, der als ihr Ex-Mann nicht zählte.

»Ich hatte mal einigen Erfolg mit einem Admiral-Girl«, prahlte Correll.

»Ich bin sicher, Sie haben ihr eine Rolle in *Metropolis* angeboten. Als Statistin«, stichelte Klein-Rogge.

»Wirklich spaßig!« beschwerte sich Correll.

»Doch, ich erinnere mich. Sie war bei den Massenszenen dabei«, behauptete der Schauspieler.

Zwanzig silberne Tiller-Girls standen in einer Reihe und hoben eingehakte Arme, um zwanzig goldgekleidete Schwestern durchschlüpfen zu lassen. Das Publikum applaudierte lautstark. »Wie kommt Ihr Mann mit seinem Drehbuch voran?« fragte Correll. Lang hatte nicht erwähnt, daß er das Projekt mit der Ufa besprochen hatte; aber er würde ihr nicht unbedingt etwas davon gesagt haben.

»Er arbeitet hart daran«, antwortete Thea.

»Hat er mit Ihnen darüber gesprochen?« Correll hielt ein Feuerzeug an ihre Zigarette. Klein-Rogge schien von der Show gefesselt. »Nein«, gestand Thea schließlich.

»Scheint mir ein bißchen sentimental zu sein«, bemerkte Correll. »Altmodisch. Vielleicht nicht im besten Sinn des Wortes.«

Die goldenen und silbernen Tiller-Girls marschierten vermischt die Bühne hinunter. »Es ist eine Schande«, fuhr Correll fort, »daß er an einem Samstag abend so hart arbeitet.«

Thea antwortete nicht.

Massen von Trockeneis-Nebel sickerten auf die Bühne, um das Auftauchen einer Jessner-Treppe in ihrer Mitte zu verdecken. Gemalte Wolken trieben über den blau ausgeleuchteten Prospekt. Ganz plötzlich schienen den Tiller-Girls Flügel gewachsen zu sein. In mehr Nebel drapiert, als sie für möglich gehalten hätte, kletterten die Girls mit viel Geflatter der durchsichtigen Flügel aufwärts. Wenn sie das obere Ende der Leiter erreicht hatten, schienen sie in den Wolken zu verschwinden. Correll schwenkte seinen Cognac im Glas. Blaue und weiße Lichtbündel vom Rand seines Glases warfen schwache Reflexe auf die unbeleuchtete Wand des Klubs. »Haben Sie schon einmal mit dem Gedanken gespielt, Regie zu führen?« fragte er.

Klein-Rogges Aufmerksamkeit für die Tiller-Girls blieb ungebrochen, er zeigte sein schönes Profil. Ihre Versuche, seinen Blick auf sich zu ziehen, waren erfolglos.

»An einem Samstag abend«, wiederholte Correll mit leiserer, gutturaler Stimme, die nicht mehr das Orchester übertönen wollte. Sie fragte sich, ob er das ›Wiener Konfekt‹ tatsächlich gelesen hatte.

»Ihr Mann muß ein Narr sein«, gurrte Correll. Thea begann ihre Zigarette auszudrücken, dann nahm sie einen weiteren Zug. Sie hatte keine Lust, ihren Unterarm in Reichweite von Corrells Fingern zu bringen, nicht gerade jetzt.

»Rudolf! Sag Thea, was für ein Narr Lang ist, daß er sie so schamlos vernachlässigt!«

Klein-Rogge wandte sich von dem Tiller-Schauspiel ab, sah klein und verloren aus. Er leerte sein Glas, versuchte zu lächeln.

»Es wäre mir eine Ehre«, sagte Thea schließlich, »für die Ufa Regie zu führen.« Sie fragte sich, wie ihr eigenes Gesicht in diesem Licht aussah und ob es auch für sie andere Gesichter gegeben hätte, die sie aber nicht bekommen hatte. Es war albern, darüber nachzudenken. Correll hakte wieder etwas an den Fingern ab.

Die Treppe wurde von einer unsichtbaren Winde hochgezogen; und die Wolken an ihren dünnen Drahtseilen schwebten jetzt vor und hinter den Tiller-Girls vorbei. Das Licht auf dem runden Bühnenhintergrund war von einem klaren Blaßblau, wurde zurückgeworfen von den gold- und silberglänzenden Engeln. Die Tiller-Girls winkten Auf Wiedersehen. Correll reichte Klein-Rogge ein ledernes Zigarrenetui hinüber. Der lehnte ab. Correll nahm eine, präparierte das Ende mit einem kleinen Knipser aus Messing, der eine querlaufende Klinge hatte. Die abgeschnippte Spitze flog hoch in die Luft, fiel zurück auf das Tischtuch.

»Zur Feier des Tages«, sagte Correll und zündete sie an. Er hielt das Wachshölzchen in einiger Entfernung unter die Spitze der Zigarre, die er drehte, bis sie gleichmäßig brannte. Thea wußte plötzlich, daß sie Sam finden mußte. Sie mußte ihm sagen, daß er Gefahr lief, verhaftet zu werden, wenn er Berlin nicht verließ.

»Niemand könnte mich als Schauspieler besser führen als Thea«, behauptete Klein-Rogge plötzlich. Seine Augen blieben auf die Bühne geheftet.

Thea sagte: »Ich muß gehen.«

Auf Klein-Rogges Oberlippe hatte sich Schweiß angesammelt. Ein erleichtertes Lächeln flog über sein Gesicht.

»Das Finale«, insistierte Correll und hielt Thea am Unterarm fest. Hoch oben von dem Proszeniumsbogen herab, warfen die Tiller-Girls Rosenblätter auf das Publikum.

Klein-Rogge reagierte schnell. »Darf ich dich heimbringen?«

»Der närrische Herr Lang«, meinte Correll abschließend, fast zu sich selbst. Weißes Scheinwerferlicht traf den sich drehenden Spiegelball. Lichtsternchen schwammen um die Wände und Tische.

»Wie wäre es mit Montag in Ihrem Büro?« schlug Thea Correll vor und legte einen kurzen Moment ihre Hand über seine.

»Ausgezeichnet. Ich freue mich.« Er war gelassen jetzt, nahm seine Zigarre in Augenschein. Ein Lichtstrahl blieb auf den Spiegelball gerichtet, während andere über das Publikum wanderten und Schneisen der Begeisterung aufleuchten ließen.

Thea stand auf.

»Diese Szene!« begeisterte sich Correll und holte weit aus. »Sie müßte von oben gefilmt werden. In Aufsicht.«

»Sie haben ganz recht«, pflichtete Klein-Rogge ihm bei und bequemte sich aufzustehen.

Thea versicherte: »Ich kann mich allein um ein Taxi kümmern.« Ein Scheinwerfer traf sie voll ins Gesicht, ein grelles Weiß, das alle ihre Züge auslöschte, außer Haaren und Augen. Verwirrt durch die Nachbilder taumelte sie blindlings dem Ausgang zu. Irgendwie war Klein-Rogge vor sie geraten, führte sie den Weg zur Garderobe. Er blieb stehen, preßte sein Kinn auf ihre Schulter, um über dem Orchester, dem Lärm der Festivitäten gehört zu werden. »Fritz behandelt dich gut?« fragte er.

Er hielt die Hände halb geschlossen, als sei er bereit zum Kampf, würde sie nein sagen. Er trat zurück, strich sein Haar an den Seiten glatt, gerade hinter den Schläfen. Dann wurde er von dem Licht getroffen, vorübergehend ausgebleicht. Überbelichtet, schien sein Gesicht ungeformt, schockierend jung; und den Bruchteil einer Sekunde später, ziemlich alt.

»Ganz gut«, beruhigte Thea ihn.

Klein-Rogge nahm ihr die Kleidermarke aus der Hand, betrachtete sie aufmerksam. »Wenn der Karren einmal im Dreck steckt«, sagte er schließlich, »wer sollte ihn dann wieder herausziehen? Im zwischenmenschlichen Bereich, meine ich.«

Thea zündete ein Streichholz an. Vor dem breiten Strahl der Scheinwerfer war seine Flamme nicht zu sehen.

Thea war froh, daß sie den schwarzen Wollmantel angezogen hatte: in dem kurzärmeligen Samtkleid war sie zu aufgedonnert für das Zuntz. An einem Tisch in der ersten Reihe blätterte ein unrasierter Mann seinen *Figaro* durch; er schaute hoch und starrte, bis sie die Tür geschlossen hatte. Wieder einmal war sie die einzige Frau im Café, außer der Kellnerin. Sam saß lieber hinten, weit weg von den Fenstern; aber jetzt war er nicht da. Thea fand das Zuntz an Samstagabenden immer etwas bedrückend. Es gab ein Telefon hinten, von dem sie noch einmal versuchen konnte, das Epoch zu erreichen.

»Thea?«

Der Mann – ziemlich groß und mager – saß an der Wand, gerade unterhalb der handkolorierten Lichter von

Manhattans Downtown-Finanzdistrikt. Er trug einen kurzen Kinnbart, keinen Schnurrbart. Irgendwie kam ihr sein Gesicht bekannt vor.

»Setzen Sie sich zu mir!« Er sprach Deutsch mit Akzent. Thea knöpfte ihren Mantel auf, ohne ihn auszuziehen. Sie zog einen Stuhl heran und hoffte, daß sie sich erinnern würde, wer der Mann war, bevor sie fragen oder ihre Unwissenheit eingestehen müßte.

»Eine Schokolade«, bestellte Thea bei der Kellnerin.

Die Zigarette, die der Mann gerade anzünden wollte, war ziemlich locker gestopft. Grobgeschnittener, schwarzer Tabak quoll aus den Enden hervor. »Wie ist es Ihnen ergangen?« fragte sie schließlich.

»Kann nicht klagen«, antwortete er und schnippte mit dem Daumennagel ein Streichholz an. Eine Geste, bei der ihr schlagartig sein Name wieder einfiel: Antonio, ein Freund Sams. Sie hatten ihn kurz vor Weihnachten zufällig bei einem Boxkampf getroffen, und er hatte Sam die Adressen einiger Architekten in Barcelona gegeben und bestimmte Empfehlungen, die Sam übermitteln sollte. »Ich komme bloß vor dem Schlafengehen her«, fuhr er fort. »Ich wohne drei Straßen weiter, und es ist bequem für mich, hier noch was zu trinken.« Dann ging seine Zigarette aus, und er zündete sie wieder an. Nichts Auffälliges, aber er schien homosexuell zu sein.

»Haben Sie vielleicht Sam gesehen?« Sie bemühte sich, ihre Stimme ausdruckslos zu halten und war ganz zufrieden damit, wie sie sich anhörte: gerade gleichgültig genug. Sie schaute nach rechts oben, zur alles überragenden Spitze des Chrysler-Buildings hoch. Als sie das erste Mal den Namen zu Papier gebracht hatte, hatte sie ›Kreisler‹ geschrieben, was aus irgendeinem Grund Lang ungemein amüsiert hatte.

»Ich habe mir mit einem Freund den *Choral von Leuthen* angesehen, im Palast. Ich bin nur auf dem Heimweg hier hängengeblieben.« Er nahm einen Schluck von dem Brandy, der vor ihm stand.

»Hat Ihnen der Film gefallen?« hörte Thea sich fragen. Von der Theke kam das Zischen des Dampfstrahls, der die Milch erhitzte.

Antonio schlug die Beine anders übereinander und antwortete: »Sie sind die zweite, die das fragt.«

Thea steckte eine Camel in ihre Zigarettenspitze – Sams Marke, wie ihr jetzt erst auffiel. Als sie die Schachtel von dem Tablett nahm, das ihr die Zigarettenverkäuferin in der Scala hinhielt, hatte sie sich nichts dabei gedacht. Jetzt studierte sie die Minarette und Zwiebeltürme auf der Rückseite der Packung. Vielleicht ließ Correll sie nach dem Film, den er für sie vorgesehen hatte, etwas Eigenes realisieren, vielleicht sogar das nordafrikanische Projekt, das in ihrem Kopf herumwirbelte wie Wind über Sand.

»Ein gefragter Mann heute abend«, fuhr Antonio fort. Thea dachte an *Kwan-Yin,* die Geschichte einer chinesischen Prinzessin, die sie während der Dreharbeiten für den ersten *Mabuse* in 1922 geschrieben hatte. Irgendwie war diese Idee untergegangen, und sie hatten sich mitten in der Arbeit zu den *Nibelungen* befunden. Sicher konnte sie diese alte Geschichte hernehmen und auf arabisch trimmen, von fern- zu nahöstlich – kein großer Aufwand.

»Er fragte den Mann hinter dem Tresen, ob Sam hier gewesen sei heute abend«, berichtete Antonio gerade.

»Die zweite, die das fragt«, wiederholte Thea. Sie hatte nicht zugehört.

»Nach Sam!« betonte Antonio. Thea, die abwesend auf die Queensboro Bridge gestarrt hatte, sah unvermittelt den Spanier an. Er kratzte seinen Bart, der wie ein Sturmriemen aussah.

»Wer?« fragte Thea, als es endlich bei ihr funkte.

»Eine Narbe über der Backe. Von der Art, wie sie sie angeblich alle beim Duell in Heidelberg gekriegt haben.« Antonio stürzte den Inhalt seines Glases bis auf einen winzigen Rest hinunter.

»Wie lange ist das her?«

»Ich bin nicht den ganzen Abend hier!« Noch einen Brandy, signalisierte er. Thea merkte, daß sie ihre Schokolade nicht bekommen hatte.

»Hören Sie denn nicht zu? Ich war im Kino. Mit einem Freund.« Seine langen Arme fuchtelten wie ein rasendes Flügelsignal. »Ich komme nur auf einen Schluck vor dem Schlafengehen her. Weil es nah zu meinem Zimmer liegt.«

Thea sah ihn an.

»Etwa fünfzehn Minuten, bevor Sie kamen«, bequemte Antonio sich schließlich. »Er fragte den Mann hinter der Theke, ob Sam Harrison heute abend hier gewesen sei. Der Mann sagte nein.«

Die Kellnerin – nicht dieselbe wie gestern – setzte die Schokolade und einen Brandy ab. Zwei leere Gläser standen schon auf dem Tisch, zusätzlich zu dem, das sie gerade hingestellt hatte. Das vierte, das noch nicht ganz leer war, hielt Antonio in der Hand.

»Das ist alles«, schloß er seinen Bericht.

Thea fügte Zucker aus einer verchromten Zuckerdose mit Deckel hinzu. Sie hatten den *Choral* im Dezember bei der Ufa gedreht. Es war der letzte in der Serie der Fridericus-Filme. Sie hatte zugeschaut, als sie die Szene aufnahmen, in der der König am Vorabend der Schlacht darüber nachdenkt, einen Fonds für kulturelle Zwecke bereitzustellen, um »unsere Nation zu stärken«.

»Sie könnten das Vergißmeinnicht versuchen«, schlug Antonio gerade vor. Er rückte dicht an ihr Gesicht heran. Die Luft zwischen ihnen roch scharf nach Alkohol und Knoblauch. Der Mann war nicht homosexuell, überhaupt nicht. Tatsächlich gab es da eine fantastische Geschichte über Antonio und ein sehr viel jüngeres Mädchen, die sich zum andalusischen Skandal geweitet hatte. Sam hatte sie ihr am Abend des Boxkampfs erzählt, aber die Einzelheiten waren ihr entfallen jetzt. Sie sah zu, wie Antonio sich einen Tabakkrümel von der Zunge pickte. Das Vergißmeinnicht war ein Lokal in der Nähe des Alexanderplatzes, in dem es Drogen gab. Der Klub blieb noch lange nach der Sperrstunde geöffnet.

»Danke«, sagte Thea schließlich. Sie knöpfte ihren Mantel zu und kramte in ihrer Handtasche, um die Schokolade zu bezahlen, die sie kaum angerührt hatte.

»Ich meine, ich bin etwas knapp heute abend«, bedeutete ihr Antonio, wobei er mit seinem Arm ruckartig über die Galerie von Schnapsgläsern fuhr.

»Ach so. Natürlich.« Sie nahm einen Schein aus ihrer Börse, legte ihn auf den Tisch und strich die Knicke mit der Handkante glatt. Es war Samstag, der 11. März. Vor zwei Jahren genau war F.W. Murnau bei einem Verkehrsunfall in Kalifornien ums Leben gekommen. Thea hatte ein Drehbuch für ihn verfaßt, *Der brennende Acker,* und keinerlei Vorbehalte dagegen, wie er es inszeniert hatte. Sein *Sonnenaufgang,* den er in Hollywood gemacht hatte, war einer der visuell ausdrucksvollsten Filme, die sie gesehen hatte. Sie kannten sich flüchtig, gerade gut genug, um herauszufinden, daß sie an aufeinanderfolgenden Tagen in der Woche nach Weihnachten, 1888, geboren waren.

Mit dem Taxi fuhr sie an der Südseite des Tiergartens

entlang. Schon hundert Mal war sie diese Strecke gefahren, und immer hatte sie ein besonderes Vergnügen dabei empfunden. Als junges Mädchen bereits, bei ihren seltenen Besuchen in Berlin, hatte sie die Augen geschlossen und sich dunkle Atemzüge zu ihrer Linken, in den nächtlichen Tiefen des Parks vorgestellt, wo die Bären der Nacht die Gavotte tanzten. Dem Vater erklärte sie, warum man die Bären niemals nach Tagesanbruch sah, und erzählte ihm von den heimlichen Löchern, in denen sie sich verbargen, wenn Menschen in der Nähe waren; aber er glaubte ihr nie, und sie mußte es ihm noch einmal erklären. »Warum«, fragte er dann am Ende, »warum beschlossen die Bären, ausgerechnet dich in ihr Geheimnis einzuweihen?«

»Darum«, behauptete sie jetzt laut auf dem Rücksitz des Taxis, das gerade eine unbeleuchtete Häuserzeile rechts von ihr passierte. »Darum.« Ihr kam der Gedanke, daß *Sonnenaufgang* in Wirklichkeit die Stadt zeigte, wie sie den Augen eines Mädchens vom Land erscheinen mußte, das sie zum ersten Mal sieht; und daß der Film, in einem autobiographischen Sinn, vielleicht mehr mit ihr zu tun hatte, als ihr bis heute bewußt geworden war.

Jetzt bogen sie kurz in den Park ein. Ihre Augen paßten sich der Dunkelheit an; und das Brandenburger Tor ragte vor ihnen auf, ganz aus scharfen Kanten und tiefen Schatten zusammengesetzt. Es war von unten her von sechs riesigen blau-weißen Bogenlampen beleuchtet, als sollte es gefilmt werden. Thea dachte an die Bären der Nacht, ihre alten Freunde, die ihr jetzt nicht helfen konnten. Unter dem Tor, wo das Licht der Bogenlampen nicht hinkam, verkehrte die Dunkelheit draußen das Fenster zum Spiegel. Sie sah sich selbst, irgendeine aufgeputzte Abenteurerin. Die dunkle Verfolgung eines furchtlosen

Amerikaners, der von dem Fremden mit dem Narbengesicht gnadenlos gejagt wurde. Die Straße Unter den Linden hinunter, wo zu dieser Zeit fast kein anderer Verkehr war. Zwei Scheinwerfer, vielleicht einen Straßenzug hinter ihnen. An der Hedwigskirche bogen sie kurz darauf links ab, zur Rathausstraße, fuhren in nordöstlicher Richtung nun, nichts in dem ovalen Rückfenster, soweit sie sehen konnte. In dieser Gegend teilt sich die Spree für einige Kilometer; und auf der Rathausstraße mußten sie sie gleich zweimal überqueren. Thea dachte an ihr eigenes Gesicht und an das der Abenteurerin, das sie in melodramatischem Halblicht, über die zurückbleibende Szenerie geblendet, auf der anderen Seite des Rückfensters erkennen konnte. Plötzlich fühlte sie sich ziemlich allein in der Welt, so wie schon seit Jahren nicht mehr. Allein, und sehr weit weg von zu Hause. Sie war dankbar für die Vorwärtsbewegung des Taxis. Solange es sie weitertrug, konnte sie nichts tun, um schneller zu ihrem Ziel zu kommen oder um irgendetwas zu ändern.

Sie ließ das Taxi am Alexanderplatz halten, gegenüber der Münzstraße und dem Polizeipräsidium, und gab dem Fahrer zuviel Trinkgeld, was ihr selten passierte. Unglaublich viele Lichter brannten noch in dem roten Backstein-Gebäude, oder doch nicht unglaublich, wenn sie darüber nachdachte. Sie hatten ihr den ganzen Komplex des ›Alex‹ gezeigt, als sie *M* schrieb. Besonders beeindruckt hatte sie der feingemahlene Silberstaub, den sie benutzten, um verborgene Fingerabdrücke sichtbar zu machen; und, natürlich, die Taubentafel. Als sie jetzt vom Präsidium zum Vergißmeinnicht ging, erinnerte sie sich an den Mann mit dem Kinnbart, der ihr bekannt vorgekommen war und der aus einem Paket eine Taube freigelassen hatte, als sie für den kleinen Franz den Ballon gekauft hatte. In dem Moment war es ihr nicht in den Sinn gekommen, daß der Mann ein Mitglied der Tauben-Einheit sein mußte, und Thea fragte sich jetzt, ob er sie beschattet hatte oder vielleicht Sam. Sie dachte an all die Orte und Plätze, an denen sie in der vergangenen Woche gewesen war, stellte sie sich plötzlich vor, wie sie in einem wirren Netz von gelben Nadeln aussehen mußten, auf dem riesigen Stadtplan. Sie konnte beinahe einen von Präsident Friedrichs kleinen Männern vor sich sehen. Wie er Nadeln zwischen den Zähnen bereithielt wie ein Schneider. Auf das nächste Auftauchen der Verdächtigen von Harbou wartete. Halblaut hoffte, daß sie in der Innenstadt von Berlin bleiben möge. (An dem Tag, an dem man sie herumgeführt hatte, hatte der Karten-Mann Flüche gegen jene Beschatteten ausgestoßen, die nach Süden entliefen und ihn damit auf die Knie zwangen; genauso wie gegen jene, die nach Norden hin ausbrachen, auf Wedding zu, und die Trittleiter aus dunklem Holz nötig machten.)

Ein Polizeiauto, dann ein zweites, kam an ihr vorbei, vermutlich auf der Rückkehr zum Alex. Keine anderen Autos. Auf der Königsstraße schlugen ihre Absätze mit einem hohen, harten Klicken, das in Synkopen von den Häuserfronten zu ihr zurückgeworfen wurde, auf dem Kopfsteinpflaster auf.

In der Mitte zwischen zwei Laternen warf Thea gleich tiefe Schatten vorne und hinten. Der Schatten vor ihr wurde länger, weniger scharf umrissen, wenn sie sich der nächsten Laterne näherte. Das Echo kam Bruchteile von Sekunden später zu ihr zurück, als sie es erwartet hatte, und sie blieb stehen, um festzustellen, ob es ein anderes Paar Schritte gab, das ihren eigenen folgte; aber da war keins.

Thea ertappte sich dabei, daß sie halblaut die Worte zitierte, die sie für Peter Lorre geschrieben hatte: *Immer muß ich durch Straßen gehen… muß, muß den Weg gehen…* Sie brachte die Worte in einen Rhythmus, der gut zum Rhythmus ihrer Schritte paßte.

Zu beiden Seiten standen sechsstöckige Mietshäuser der Arbeiterklasse, vierundzwanzig scheußliche Schlauchwohnungen in jedem. Jetzt fiel ihr ein, daß eine von ihnen Hanna, ihrer Klassenkameradin, gehörte und ihrem kleinen Jungen, Franz. Vielleicht wohnte auch das blonde Mädchen vom Nürburgring hier. Sie hatte mehr als die Hälfte der Straße bis zur Ecke hinter sich.

Es war ziemlich feucht, und die Lichtkegel unter den Straßenlaternen traten durch den Dunst deutlicher hervor, so wie Zigarettenrauch dem Strahl des Filmprojektors Form gibt, erinnerte sie sich. Sie gratulierte sich zu dieser Assoziation und fühlte, wie sie lächelte.

Plötzlich sah sie sich selbst wie aus großer Entfernung langsamen Schrittes die Planquadrate der engen, regelmäßigen Straßen um den Alexanderplatz hinuntergehen. Für einen Augenblick war sie unsicher, ob sie sich in Berlin befand oder auf einem Stadtplan Berlins. Ob sie sich selbst die Königsstraße hinunterbewegte oder von irgendeinem kleinen Beamten bewegt wurde, der gelbe Nadeln in eine senkrechte Straßenübersicht piekste.

Thea machte fünfzehn Schritte mit geschlossenen Augen. Als sie sie öffnete, war sie schon ganz in der Nähe der Ecke. Sie machte größere Schritte, um noch schneller dort zu sein, ohne daß man es merken sollte, daß sie sich beeilte. Sie bog um die Ecke und atmete aus.

Die Metalltür des Vergißmeinnicht war von vier Holzplanken versperrt, die kreuzweise über den Rahmen genagelt waren. Auf einem handbeschrifteten Stück Pappe, das mit einem Reißnagel an einer der Holzplanken befestigt war, stand einfach

Polizeilich geschlossen

Es war nicht deutlich, ob die Mitteilung von dem Klubbesitzer oder von der Polizei selbst angebracht worden war.

Thea stützte sich mit einer Handfläche auf die Tür, die sich kalt und naß anfühlte von der Luftfeuchtigkeit. Sie lehnte ihre Stirn dagegen und hörte sich selbst sagen: *immer muß ich... immer muß ich...*, im Rhythmus ihrer Schritte, und war überrascht, daß sie nicht schon viele Straßen vorher aufgehört hatte zu rezitieren. Augenblicke später drehte sie ihre Stirn, die inzwischen kalt geworden war, von der Metalltüre weg zur Seite. Sie fragte sich, ob es eine Razzia gegeben hatte und ob Sam hineingeraten war.

Nach Norden hin sah sie eine hell beleuchtete große Kreuzung. Das mußte die Prenzlauer Straße sein, wenn sie sich recht erinnerte. Sie ging darauf zu, schwang ihre Arme in weiten Bögen hin und her, als würde sie spazierengehen. Es war fünf nach eins.

An der Ecke der Prenzlauer Straße stand eine Litfaßsäule aus Beton, anderthalb mal so hoch wie Thea. Unzählige Schichten von Plakaten und Anzeigen bedeckten sie, und um die Mitte herum, dort, wo über Monate hinweg die meisten Anzeigen hingeklebt worden waren, wölbte sie sich. Hinter einer zerrissenen Ecke entdeckte Thea eine Ankündigung für Otto Reutter im Café Zielke. Sie war sicher, daß er seit dem letzten November dort nicht mehr aufgetreten war.

Ein Plakat machte Reklame für *Blutendes Deutschland*, das in Kürze im Ufa-Palast herauskommen sollte. Den

Rand hinunter hatte jemand mit rotem Fettstift Zahlen untereinandergeschrieben:

12<br>
9<br>
14<br>
11<br>
--<br>
31<br>
--<br>
1<br>
5

Das waren Kürzel der Koks-Händler, die sie gelernt hatte, als sie *Spione* schrieb. Der erste Abschnitt bezeichnete mit Dezimalzahlen den Straßennamen: 1=A, 2=B usw. Der zweite gab die Hausnummer an, und an letzter Stelle standen die Stunden. Drogen waren erhältlich in der Linkstraße 31 von eins bis fünf.

Thea wußte, daß die vertikale rote Nachricht für sie dort stand. Daß sie sie hatte sehen und verstehen sollen. Andernfalls hätte man sie nicht zu dieser Stelle geschickt. Sam war in der Linkstraße 31. Er war gerade dort hingekommen. Sie würde ihn finden, sie würde ihn warnen.

Sie würde ihm raten, nach Norden zu fliehen, über das Planquadrat hinaus, wo Friedrichs kleiner Mann nicht mehr hinkam, auch nicht mit der Trittleiter aus dunklem Holz; oder vielleicht nach Süden, in fernes, sonnengetränktes Land wie das, was als Vorlage gedient hatte für die Zeichnung hinten auf der Zigarettenschachtel von Sams exklusiver Marke. Im westlichen Himmel sah Thea jetzt ein beleuchtetes ›X‹ gegen niedriger treibende Wolken. Das war sicher der Strahl der aufwärts gerichteten Scheinwerfer am Fuß des Brandenburger Tors.

Dann erhellte sich die Front der Mietshäuser zu ihrer Rechten. Sie schnellte herum und erblickte ein Taxi, das um die Ecke bog. Es war ein ähnlicher Typ wie das Auto, das sie in dieses Arbeiterviertel gebracht hatte. Sie streckte einen Arm aus. Die Scheinwerfer des Wagens glitten über die Prenzlauer Straße, trafen die Litfaßsäule, deren Schatten sich über die Kreuzung drehte. Jetzt war es vor ihr zum Stehen gekommen. Es schien nicht denselben Fahrer zu haben.

»Linkstraße 31«, sagte sie.

Das Taxi wendete, nahm Kurs auf den Potsdamer Platz, der etwa zehn Straßen weit entfernt lag. Wenn sie sich richtig erinnerte, befand sich die Linkstraße gerade auf der anderen Seite des Platzes.

Der Fahrgastbereich im Taxi roch nach nasser Wolle und Zigarren wie ein Eisenbahnabteil der zweiten oder dritten Klasse. Abwesend fingerte Thea an den bestickten Emblemen der verlorenen Provinzen herum, die sie auf ihr Mantelfutter genäht hatte.

Sie überquerten den Potsdamer Platz. Das Taxi wurde langsamer. An der ersten Ecke links blockierten zwei der Länge nach geparkte Autos die Querstraße. Vier Polizisten in Uniform lehnten an den Wagen oder direkt daneben. Einer zündete eine Pfeife an. Zwei andere Männer an der Straßensperre trugen die braune SA-Uniform. Einer von ihnen schwang träge eine Taschenlampe gegen den Uhrzeigersinn im Kreis, um den Verkehr zum Weiterfahren zu veranlassen. Es war nicht die Linkstraße. Die Linkstraße war zwei Ecken weiter.

Das Taxi fuhr problemlos rechts in den Anfang der Linkstraße ein. Thea hörte Polizeisirenen ein paar Straßen weiter weg, die nicht näher zu kommen schienen.

Ab der Nummer 19 und fast bis zur Straßenecke erstreckte sich eine Baulücke. Das nächste Haus, das noch stand, war die Nummer 45, und das war mit Brettern vernagelt. Thea ließ den Fahrer wenden und noch einmal das Stück abfahren, um sicherzugehen, daß sie die Zahlen richtig gelesen hatte.

Der Abriß schien erst kürzlich erfolgt zu sein. (Der Boden, bemerkte sie, war noch nicht gleichmäßig eingeebnet worden.) Die Mitteilung auf der Anschlagsäule war eine Lüge gewesen, vielleicht seit Wochen überholt. Sie hatte gewußt, daß Sam in der Linkstraße 31 auf sie wartete; und konnte sich jetzt nur vorstellen, daß die roten Ziffern eine Falle gewesen waren. Ein Trick, um sie hierher zu locken, weit weg vom eigentlichen Geschehen. Sams Feinde kannten ihre Macht und hatten es fertiggebracht, sie im entscheidenden Moment irrezuführen. Sie hätte wissen müssen, daß dem Spanier nicht zu trauen war.

»Breitenbachplatz«, gab Thea schließlich dem Fahrer ihre Adresse an. Sie würde das Hotel anrufen, sobald sie nach Hause kam, sich mit Namen melden für den Fall, daß er ihr vielleicht eine Nachricht hinterlassen hätte.

Als sie in die Potsdamer Straße einbogen, sagte der Fahrer: »Ich höre, es waren Hundertfünfzigtausend im Lustgarten.«

»So?« antwortete Thea und erinnerte sich an die Ankündigungen von einem Arbeiteraufmarsch, bei dem Dr. Goebbels sprechen wollte.

»Einhundertfünfzigtausend«, wiederholte der Fahrer und verfiel in Schweigen, bis sie vor ihrem Haus waren.

Josef, der Nachtportier, öffnete die Taxitür. Thea bezahlte den Fahrer. Es gab keine Nachricht für sie am Empfang. Sie ging die Treppe hinauf, erinnerte sich an eine alte Zeile Langs, die sie in keinem Film hatten unterbringen können: »Dies ist die Nacht für böse Geister und die Gebete ungeliebter Jungfrauen.« Das Treppenhaus roch dumpf, ungelüftet, aber längst nicht so übel, wie das Taxi gerochen hatte, selbst noch, als Thea das Fenster heruntergekurbelt hatte.

Drinnen zog sie ihren schwarzen Wollmantel aus, hing ihn in den Schrank, darauf bedacht, den nächsten Mantel nicht zu streifen. Sie umrundete das Wohnzimmer einmal, ließ sich dann auf dem Teppich vor dem Feuer nieder, schlug die Beine unter. Die Kohlen glimmten noch, und in der Hoffnung, daß sie Feuer fangen würden, stand sie einmal auf, um ein neues Scheit auf den Rost zu legen. Sie hatte keine Lust, mit Blasebalg und Spänen zu hantieren. Sie schüttelte ihre Schuhe ab. Schwache, immer wieder absetzende Schreibgeräusche drangen aus Langs Zimmer. Es war gerade zwei vorbei. Die Wärme des Kamins schien die flüchtigen Erinnerungen an ihre Gefühle in dem Arbeiterviertel zu vertreiben. Vielleicht war sie gar nicht Sams Spuren gefolgt, sondern einer, die sie selbst gelegt hatte. Sie stand auf, schenkte sich ein Glas Brandy ein, kam sich plötzlich albern vor. Genausogut, sagte sie sich jetzt, konnte man sich eine unterirdische Stadt vorstellen, die man durch einen getarnten Aufzug betrat, der hinter einem Kuriositäten-Regal im Hinterzimmer eines Antiquitätenladens im chinesischen Viertel versteckt lag. Diese geheime Stadt, von gleicher Ausdehnung wie Berlin, aber einen Kilometer darunter gelegen und bewohnt von Kriminellen, Mitgliedern von Geheimgesellschaften und solchen ohne bestimmte Beweggründe.

»Thea?«

Lang kam aus seiner Tür. Er trug den Hausmantel aus rotem Seiden-Moiré, der inzwischen zu einem abgetragenen gewöhnlichen Karmin verblaßt war. Er hatte sich schon länger nicht rasiert. Neben seiner Nase war deutlich eine purpurne Falte eingegraben, die Spur des Monokels.

»Ich bin fertig«, sagte er ruhig. Er ging zurück in sein Zimmer und kam einen Augenblick später wieder hervor, wobei er ein Bündel Papiere umklammerte, das vielleicht vier Millimeter dick war. Er hielt das Bündel über seinen Kopf, schüttelte es zweimal. Es war eine Geste, die Thea noch nie bei ihrem Mann gesehen hatte, eine, die eher zu einem Boxer paßte, wenn die Glocke zu einer späten Runde ertönt und es klar wird, daß sein Gegner aus der gegenüberliegenden Ecke nicht mehr hochkommen wird. Mit einem wilden Grinsen legte er das Ding auf den Wohnzimmertisch, schlug noch einmal kurz mit der Hand drauf, als müsse er es festhalten.

*»Die Legende vom letzten Wiener Fiaker«,* sagte er und setzte sich. Gleich darauf ließ er einen kurzen, triumphierenden Schrei los, dann sanken ihm Arme und Nacken schlaff, völlig erschöpft gegen den Ledersessel.

»Gratuliere!«

»Ich bin gerade fertig geworden.« Er sprach in einem Ton, als ob er selbst überrascht sei. Wie sollte sie ihm beibringen, daß sie das Dix-Portrait mitnehmen wollte, wenn sie nach Dahlem zurückkehrte. An die Diskussion hierüber dachte Thea jetzt schon mit Grausen.

»Könntest du mir einen Kakao machen?« bat Lang. Er hatte die Knie bis zur Brust gezogen.

Thea ging drei Schritte auf die Küche zu.

Das Telefon begann zu läuten.

»Ich hebe ab«, rief Thea nach dem dritten Klingeln ziemlich laut.

Lang hatte sich nicht gerührt, sagte nichts. Sie ging

bedächtig zum Schlafzimmer, schloß die Tür hinter sich. Das Telefon stand auf dem Nachttisch auf der anderen Seite. Schnell ging sie auf das Bett zu, warf sich dann, Bauch voraus, darüber. Sie hob den Hörer ans Ohr und fragte »Sam?«. Ihr fiel ein, daß wahrscheinlich noch jede Menge Glas im Teppich steckte; und daß sie vorsichtiger hätte auftreten sollen in ihren Strümpfen.

»Thea«, sagte die Stimme, die nicht Sam gehörte.

»Am Apparat«, antwortete sie, als sie endlich wieder Luft bekam.

»Ich mußte es ihnen sagen«, beteuerte der Mann am Telefon.

»Wer spricht?« fragte Thea.

»Doktor Humm. Ich mußte es ihnen sagen. Sie drohten, mir die Zulassung zu entziehen.«

Thea rollte sich auf die andere Seite und verwickelte sich in der Schnur.

»Meine Praxis«, sagte Humm.

Thea fragte: »Wann...«, wurde aber unterbrochen. Humm sagte: »Ich kann nicht reden jetzt.« Es klickte mehrmals laut, dann war die Leitung tot.

Sie legte den Hörer auf, wand sich vorsichtig aus der Schnur. Dann wählte sie aus dem Gedächtnis die Nummer des Hotels Epoch.

Als sie nach Sam Harrison fragte, antwortete ihr der Rezeptionschef nach einer minutenlangen Pause, daß, ja, Herr Harrison tatsächlich noch registriert, im Augenblick aber nicht auf seinem Zimmer sei. »Richten Sie ihm aus, daß Thea angerufen hat.« Sie buchstabierte ihren Vornamen. Der Portier fragte, ob sie eine Nachricht hinterlassen wolle.

»Nein.« Sie legte sachte den Hörer auf. Es war Samstag nacht, Sonntag morgen eigentlich, und er war weder bei ihr noch in seinem Zimmer. Er mußte bei einer anderen Frau sein. Seit sie mit ihm zusammen war, hatte sie über Sam und andere Frauen nicht nachgedacht; jetzt war es vorbei, und es schien ausgesprochen töricht, sich bei diesem Gedanken aufzuregen. Ihr Blick irrte von den Fingernägeln ihrer linken Hand über den zerstörten Spiegel in der Ecke hinweg zur Tür. Sie konnte nicht verstehen, warum sie so verärgert war. Thea ging sehr vorsichtig über den Teppich, hielt Ausschau nach dünnen Glassplittern, nach Spiegelsplittern.

In der Küche hatte Lang eine Schürze über seinen Hausmantel gebunden und rührte in einem Milchtopf, den er über kleine Flamme auf den Herd gestellt hatte. Eine Spur braunen Pulvers zog sich über den Schranktisch, wo er mehrere Löffel Kakao in eine Tasse gefüllt hatte.

»Vielleicht ist es das beste, was ich je geschrieben habe«, sagte er.

»Correll ist skeptisch«, hörte sie sich antworten. Auf der Stelle tat es ihr leid. Sie wartete darauf, daß ihr Mann sie verhörte, einen wörtlichen Bericht dessen verlangte, was Correll gesagt hatte. Stattdessen bemerkte Lang ohne besondere Inbrunst: »Correll kann mich am Arsch lekken.« Er packte den Griff mit beiden Händen, goß vorsichtig die Milch ein.

»Nebenzal hat Geld. Ich habe Geld. Die Ufa kann sich's hinten reinstecken.«

Mit dem Löffelboden zerdrückte er Kakaoklumpen gegen die Tassenrundung. »Die Ufa besteht aus Schweinen und Hurenböcken«, fuhr er abwesend fort.

Er hielt Tasse und Untertasse in Brusthöhe vor sich und ging zurück ins Wohnzimmer. Thea folgte ihm. Er stellte die Tasse ab, ging wieder zur Küche, kam mit dem Zukker. Sie fragte sich, um wieviel Uhr das Zuntz schloß und ob es sinnvoll wäre, Sam auch dort eine Nachricht zu hinterlassen.

Lang lächelte und sagte: »Schweine«. Das Scheit, das Thea aufgelegt hatte, als sie nach Hause kam, brannte jetzt hell, träge Flammen leckten an seinen Seiten hoch. Thea hörte eine Polizeisirene draußen, ihr Ton wurde höher, lauter; und dann eine zweite.

Sie setzte sich auf den Teppich, an die Füße ihres Mannes, lehnte den Rücken gegen seine Schienbeine. Sie blickten beide in das Kaminfeuer. Sie fühlte, wie seine Hand abwesend ihren Kopf streichelte. Sie überlegte, ob sie irgendetwas sagen könnte, was ihr Mann gern hören würde. »Darf ich es lesen?« fragte sie schließlich.

»Wenn es noch mal abgetippt ist.« Sie konnte Langs Gesicht nicht sehen, als er antwortete.

»Oh.«

Die Sirenen waren nähergekommen, und es schienen mindestens drei jetzt zu sein. Lang zog abrupt seine Hand weg, als sei ihm plötzlich bewußt geworden, was er tat. Thea war nicht länger mit einem ›anderen Mann‹ zusammen und wußte nicht, wie sie ihren Mann davon überzeugen sollte, daß seine Wut jetzt überflüssig war.

Lang schlug die Beine übereinander. Thea stand auf. Sie ging zu den Fensterflügeln hinüber, die sich auf ihren kleinen Redner-Balkon öffneten. Die Sirenen waren ziemlich laut. Dann wurden die Vorhänge von intensivem Weiß getroffen, wie bei einem Blitzschlag. Thea zog einen der Vorhänge beiseite. Ein Flutlicht-Scheinwerfer, der auf einen Lastwagen montiert war, bestrich den Breitenbachplatz. Unwillkürlich kam ihr das Zeitungswort von der *Razzia im Morgengrauen* in den Sinn, als Bildunterschrift zu dem Tableau da unten.

Sie öffnete die Balkontür ganz links. Lang stand jetzt neben ihr. Das Oval des Bogenlichts blieb auf einen Ausschnitt der gegenüberliegenden Häuserfront gerichtet. Sie mußte lange hinsehen, bis sie den Mann bemerkte, der sich gegen das Gebäude preßte.

»Sie da!« ertönte eine durch Lautsprecher schauerlich verzerrte Stimme.

Thea drehte sich zu Lang um. »Siehst du ihn?«

Mit einem Sprung löste sich der Mann von der Mauer, ließ seinen Schatten auf ihr zurück. Er brach nach Norden hin aus, setzte den Breitenbachplatz hinauf. Das Spotlicht bewegte sich ruckweise, schoß über sein Ziel hinaus, fuhr zurück, zielte wieder zu weit.

»Du warst einmal bei einem Aufruhr«, sagte Thea leise. Sie erinnerte sich an eine Anekdote, die er ihr einmal erzählt hatte. Sie drehte sich um, um ihn anzusehen. Das Licht traf ihn von unten, verwandelte seine ausgeprägten Züge zu einer expressionistischen Drohgebärde. Zwei Anekdoten, eigentlich. Eine, als er im Krankenhaus war, die andere auf dem Weg zu seinem ersten Film.

»Ja«, antwortete Lang.

Das Spotlicht holte den Flüchtenden ein, stellte ihn. Er suchte nach einer Ausflucht, rechts, dann links. Ein Mann in Uniform – ob Polizei oder SA war auf diese Entfernung schwer zu erkennen – rückte langsam auf ihn zu, bis er nur noch zwei Meter vor ihm war.

»Sie da!« wiederholte der Lautsprecher. »Sie können nicht entkommen.«

Ein zweiter Flutlichtwagen kam offenbar von der Potsdamer Chaussee her. Thea hörte ein metallisches Klicken, als der zweite Scheinwerfer eingeschaltet wurde. Fast sofort war er auf die beiden Männer gerichtet, die vielfache Schatten warfen und sich vor einem unerträglichen Weiß anstarrten. Der Gehetzte hatte den Kopf gesenkt, hielt sich ungewöhnlich still. Hinter ihm kamen sie heran.

Jemand schrie: »Hier herüber!«

Der Eingekreiste blickte über die Schulter seines Verfolgers hinweg, als würde er sich mit einem Kameraden verständigen. Der Mann in Uniform – ein SA-Mann, wie Thea jetzt erkennen konnte – wandte den Kopf. Augenblicklich war der Gehetzte an ihm vorbei. Das Licht, das auf das Gesicht ihres Mannes fiel, war nicht länger melodramatisch. Thea sah, wie er die Straße beobachtete. Sein Blick folgte dem Gehetzten; und doch schien er mit den Gedanken ganz woanders zu sein, bei irgend etwas, das sich vor langer Zeit zugetragen hatte, oder an einem fernen Ort.

Ein Bogenlicht schwang wild hin und her; sein Strahl kreuzte wiederholt den des anderen. Thea hörte das Bellen wirrer, widersprüchlicher Kommandos.

Der SA-Mann war herumgefahren, hatte sich aber aus irgendeinem Grund nicht an der Verfolgung beteiligt. Er blieb stehen, als sei er von dem Licht auf der Stelle, an der er hereingelegt wurde, festgebannt; sein langer Schatten fiel über die Stufen eines Bürgerhauses am Breitenbachplatz, der Schatten eines geschlagenen Mannes.

Thea beobachtete, wie um die Mundwinkel ihres Mannes kurz ein Lächeln spielte.

Das Braunhemd ließ den Kopf hängen, als warte er, daß etwas fiele. Der Gehetzte hatte diese Stellung eingenommen, kurz bevor es ihm gelang zu fliehen. An den Rändern der Dunkelheit konnte Thea ein unruhiges Hin und Her ausmachen und, etwas weiter weg, das unaufhörliche Gebelfer der Kommandos. Es war klar, daß sie weder den Flüchtigen noch seinen Komplizen, der »Hier herüber!« gerufen hatte, gefaßt hatten. Sie blickte zu Lang hinüber, der weiter auf die Straße unten starrte. »Was gibt es?« fragte sie sanft.

Lang machte ein paar Schritte rückwärts, zog sich ins Wohnzimmer zurück, ohne den Kopf zu drehen oder den Blick abzuwenden. Eine Träne quoll aus dem äußeren Winkel seines linken Auges. Abrupt setzte er das Monokel ein. Dann stand er da, knetete seine Schulter unter dem roten Hausmantel. Es war die Stelle seiner Kriegsverletzungen, wußte Thea. Die Träne schien am unteren Rand seines Monokels zu haften, lief nicht weiter.

»Ich weiß nicht, warum ich Filme mache«, sagte er endlich.

Thea hätte ihn gerne in den Arm genommen. Es war schon lange her, seit sie ihm irgendein Trost gewesen war, wußte sie. War sie jemals in der Lage gewesen, ihn zu trösten, fragte sie sich; und entschied, daß ja, am Anfang und für einige Zeit danach konnte sie ihn trösten. Den Verlust dieser Fähigkeit hatten sie seinerzeit nicht bemerkt. Das Gesicht des Gehetzten, undeutlich im gleißenden Scheinwerferlicht, hatte gewisse Ähnlichkeiten mit Sams Zügen gehabt. War es Sam gewesen, der bei einem letzten verzweifelten Versuch, zu ihr durchzukommen, gefaßt worden war? Je länger sie darüber nachdachte, desto sicherer wußte sie, daß die Bewegungen des Gehetzten ganz anders als Sams Bewegungen waren, keinerlei Ähnlichkeiten aufwiesen. Vielleicht war Sam der Komplize, der gerufen hatte. Sie erinnerte sich plötzlich an die Nummer ihrer Garderobenmarke in der Scala, es war die Nummer 154 gewesen. »Es ist alles vorbei«, sagte die Stimme draußen, verstärkt, verstümmelt und verzerrt durch Lautsprecher-Trichter und Straßenakustik.

Sie sah auf Lang, der immer noch abwesend wirkte. »Sie können wieder schlafen gehen«, fuhr die Stimme fort. Lang schlürfte zerstreut seine Schokolade. Sie fragte sich, was er heute nacht in sein Tagebuch eintragen würde. Schließlich rührte er mehr Zucker in den Kakao, als wenn ihn das wieder warmmachen würde.

# 7

Er hatte schlecht geschlafen. Nachdem er Samstag nacht den *tableau policier* unter seinem Balkon verfolgt hatte, saß er bis zum Morgengrauen in dem roten Ledersessel. Er fühlte sich total erschöpft. Das Script war beendet, aber die Energien, die er für seine Fertigstellung aufgeboten hatte, konnte er nicht einfach wieder abdrehen. (Sirenen, Hupen, Befehle waren ebenfalls, wenn auch in größerer Entfernung, bis weit nach Tagesanbruch zu hören.) Warum war er nur so naiv gewesen anzunehmen, daß auf einmal alles besser würde. Er hatte eine Seite des *Fiakers* geschrieben, wie alle Seiten, die dieser vorangingen, nur daß es die letzte Seite war.

Am Sonntag, der letzten Fortsetzung dieses herrlichen – wie Lang glaubte, trügerischen – Frühlings, schlenderte er durch den Tiergarten und hielt seinen Blick auf Landschaften und Leute gerichtet, bis sie nicht mehr Beispiele dieser oder jener Einstellung aus dem Drehbuch waren, das er gerade fertiggestellt hatte. Als er zu seinem Apartment zurückkehrte, händigte ihm der Portier eine handschriftliche Nachricht von Dr. Goebbels aus. Goebbels wollte ihn Montag in Langs Klub, dem Explorer, aufsuchen. Sie könnten dort zu Mittag essen oder aber zum Ministerium gehen, je nachdem, hieß es in der Mitteilung, »wie weit die Renovierungsarbeiten vorangekommen« seien. Lang verbrachte die Nacht zum Montag damit, auf der weißen Decke über seinem schlaflosen Bett *Das Testament des Dr. Mabuse* vorzuführen. Gegen vier Uhr morgens war Lang nicht mehr sicher, ob er sich an den Film erinnerte oder nur von ihm träumte.

Jetzt saß er im Explorer, im besten Stuhl des Salons mit hoher Lehne und blickte auf den riesigen Kamin, die Bücherregale, die zweimal so hoch wie er waren, und die fein geschnitzten Türen. Es war noch nicht Mittag, und er trank abwechselnd Armagnac und einen Schluck des bitteren Explorer-Kaffees. Er konnte spüren, wie sich sein Magen zusammenzog. Es wäre klüger, den Kaffee zu reduzieren, der ihm die Eingeweide verätzte, überlegte er.

»Herr Lang wünscht?« fragte einer der Bediensteten, der jetzt vor ihm aufgetaucht war. Lang wischte ihn mit einer Handbewegung beiseite; dann lächelte er ihm warm zu, weil er befürchtete, zu schroff gewesen zu sein. Der Bedienstete, dessen Name ihm nicht einfallen wollte, lächelte zurück. »Wecken Sie mich um zwölf, wenn ich einschlafen sollte.«

»Natürlich, Herr Lang.«

Als er sich zurücklehnte, zwängte ihm das gestärkte weiße Hemd den Bauch ein. (Er würde etwas wegen seines Gewichts unternehmen müssen, bald.) Der Stehkragen scheuerte ihn im Nacken, aber er wollte ihn nicht aufknöpfen. Er würde Dr. Goebbels einfach sagen, daß das *Testament* die Hoffnungen und Ängste des deutschen Volkes verkörperte; und daß es die Aufgabe des Filmschaffenden sei, ein Bild seiner Zeit zu zeichnen. »Ich respektiere das Publikum«, würde er Goebbels sagen. »Ich glaube, daß es besseren Maßstäben und höheren Wahrheiten zustrebt, auf der Leinwand wie im Leben.« Lang hätte sich die beruhigende Nähe Nebenzals gewünscht, der ihn im Restaurant der Ufa so diplomatisch zurückgehalten hatte. Das war jetzt eine Woche her. Er wollte nicht die Beherrschung verlieren gegenüber Goebbels. Das beste wäre, sagte Lang sich, die Notwendigkeit als solche zu erkennen.

Er saß ziemlich dicht vor dem Feuer, dessen züngelnde Lichter über sein Gesicht und das Monokel fuhren. Und doch war ihm kalt. Er dachte daran, nach einer Decke zu fragen, wie es auf einem Schiffsdeck üblich ist. Seine Mutter Paula hatte ihm eine Decke gestrickt, als sie schwanger war. Sie hatte rosa und blaue Wolle genommen, man konnte ja nicht wissen. Jetzt fragte er sich, wo die Decke sein könnte und wann er sie zuletzt gesehen hatte. Irgendwo in Dahlem, entschied er, wahrscheinlich hinten im Zedernschrank.

Lang rieb seine Schulter, die alte Wunde, die sich in letzter Zeit zu verhärten schien; dann fuhr er sich mit der Hand über die Oberlippe, im Bewußtsein, unter den wenigen Mitgliedern des Explorer zu sein, die keinen Schnurrbart trugen. Hatte Thea sich vorgestellt, wie er mit einem Schnurrbart aussehen würde, oder hatte sie ihm gesagt, sie sei froh, einen glattrasierten Mann zu haben? Er konnte sich nicht erinnern jetzt. Sie hatten die Wohnung heute morgen um dieselbe Zeit verlassen. Er war im Lancia in den Club gefahren, sie im großen Wagen zur Ufa. Offenbar hatte Correll ihr angeboten, Regie zu führen. Das Projekt hieß *Elisabeth und der Narr,* eines dieser fürchterlichen Frauen-Rührstücke, dessen Drehbuch schon geraume Zeit im Studio hin und her geflogen war. Solange sie ihr nicht den *Fiaker* übertragen, sagte er sich jetzt und nahm sein Monokel ab, ließ es von einer Hand in die andere gleiten. Er hörte sich in einer Weise lachen, die ihm nicht gefiel. Dann mußte er eingeschlafen sein, denn er fühlte eine Hand auf seiner Schulter, die ihn wachrüttelte.

»Herr Lang?« Es war der Bedienstete, der Heiner hieß, wie ihm jetzt einfiel. Jemand stand links von ihm, dessen Gesicht Lang – gerade wachgeworden und ohne Monokel – nicht erkennen konnte. Hatte Dr. Goebbels gesehen, wie er schlief? Lang fühlte seinen Herzschlag hoch oben in der Brust, zweimal ganz kurz hintereinander.

»Es ist zwölf, Herr Lang«, sagte Heiner und ging zur Seite. Der Mann, den er verdeckt hatte, war nicht Dr. Goebbels, sondern ein Kellner, der eine schwere, silberne Kaffeekanne in der Hand hielt.

»Danke«, sagte Lang zu Heiner, und »Ja, bitte« fügte er für den Kellner hinzu. Er trank den letzten Schluck Armagnac und händigte das Glas Heiner aus. Beweismaterial. Er fragte sich, welche Gage Thea wohl für die Realisierung eines Drehbuchs verlangen könnte, das sie nicht geschrieben hatte. Er klemmte das Monokel ein. Die Bücherschränke aus poliertem Holz standen auf einem Kirgisenteppich. Ein Regal mit Tageszeitungen, in Haltern, in der gegenüberliegenden Ecke. Nur ein Globus fehlte, auf welchem Kai Hoog – mit Koordinaten, die er sich kühn verschafft, die er scharfsinnig entziffert hatte – die Position des Diamantenschiffes ermitteln konnte. Lang nahm das Monokel ab. Das Spiel der Flammen im Kamin kam ihm verlockender vor ohne die Klarheit, die korrigierende Linsen verleihen. Irgendwo in den Kellern des Explorer lagerte eine Flasche Mouton-Rothschild von 1868, die er möglicherweise niemals probieren würde. Der Kaffee war heißer jetzt, aber genauso bitter.

Heiner kam auf ihn zu: »Eine telefonische Nachricht, Herr Lang. Sie möchten in drei Minuten draußen sein.«

»Danke.«

Seine gestreiften Hosen waren an den Knien ausgebeult. Er zog sein Hemd herunter, das sich hochgeschoben hatte und zerrte an den Ärmeln seines Cuts, um nicht zuviel von seinen Manschetten zu zeigen. An der Rezeption nahm er seinen Homburg mit. Es war nicht kalt genug gewesen, um einen Mantel anzuziehen. Während er den Hut aufsetzte, ihn in die Mitte rückte, erinnerte er sich daran, daß er eigentlich das Drehbuch des *Fiakers* mitnehmen wollte, um es nach dem Essen bei Nebenzal, im Büro der Nero-Filmgesellschaft, zu lassen. Er hatte es auf dem Dielentisch vergessen, neben der Kristallvase. Irgendwann würde er nach Hause zurückkehren müssen, um es zu holen. Draußen war es schlagartig sehr hell, und Lang schirmte seine Augen mit der Hand ab, bis sie auf die Helligkeit reagierten. Er hatte den Eindruck, als hätten sie sich vor fünf Jahren noch sehr viel schneller solchen Helligkeitsschwankungen angepaßt. Zu seiner Linken hörte er Sirenen in der Ferne. Dann konnte er endlich die Französische Straße hinuntersehen. Er führte die Hand von der Stirn zur Oberlippe. Mit einem Schnurrbart würde er jüdischer aussehen. Die Sonne stand jetzt direkt über ihm und warf einen kleinen Schattenfleck vor seine Füße. Die Sirenen wurden lauter.

Zwei Motorräder kamen in Sicht, gefolgt von einer Limousine und noch zwei Motorrädern offenbar. Während sie auf ihn zukamen, wurde das Motorengeräusch lauter, bis es das der Sirenen überlagerte. Lang wußte nicht, warum die Sirenen aus der Entfernung besser zu hören waren.

Die Motorräder an der Spitze hielten mit laufendem Motor am Bordstein vor ihm.

Lang blickte zurück zum Klub. Der Türsteher des Explorer starrte ihn an.

Ein Braunhemd sprang vom rechten Trittbrett des großen, offenen Wagens – es war ein Mercedes, sah Lang jetzt – und hielt die hintere Tür auf.

»Ich freue mich, Ihre Bekanntschaft zu machen«, sagte Dr. Goebbels, als Lang seine Hosen an den Knien hochzog und sich hinsetzte. Augenblicklich fuhren sie los. Die Motorräder vergrößerten die Entfernung zwischen sich und dem Wagen, wurden dann unmerklich langsamer, bis der Mercedes genau in ihrer Mitte war. Goebbels war kleiner, als Lang ihn sich vorgestellt hatte; und sah besser aus. Er schien einige Jahre jünger als Lang zu sein.

»Es ist mir eine Ehre«, antwortete Lang, wobei er etwas übertrieben seine Lippen bewegte. Über dem Lärm der Maschinen, der Sirenen, konnte er seine eigene Stimme nicht hören. Goebbels schaute zu Lang hin und lächelte. Er trug einen gelbbraunen Trenchcoat und eine Krawatte, die mehr um den Hals geschlungen als geknotet war.

Sie fuhren etwas langsamer, um in die Friedrichstraße einzubiegen. Goebbels nutzte die Verminderung des Lärms: »Auf allen öffentlichen Gebäuden wehen schon die Hakenkreuzfahnen als offizielle Flagge«, sagte er. Dann legte er eine Hand auf Langs Schulter und sprach direkt in sein Ohr. »Was für einen Wagen fahren Sie?«

»Einen Sportwagen.«

»Welchen?« wiederholte Goebbels. Sie bogen nach rechts in die Kochstraße ein. Lang hielt seinen Hut mit der Hand fest, fürchtete, daß er davonfliegen könnte. An der Ecke bemerkte er sechs oder sieben Passanten, die stehengeblieben waren, um dem Zug zu applaudieren. An diese Art von Beifall war Lang jedenfalls nicht gewöhnt, überlegte er.

»Einen Lancia«, sagte er schließlich.

»Ein schöner Wagen. Sehr schön«, bemerkte Goebbels.

»So wie dieser«, antwortete Lang. Keine sehr kluge Bemerkung, aber ihm fiel keine andere ein. Sie waren jetzt links auf die Wilhelmstraße eingebogen, wo sich eine größere Zahl Fußgänger entlang des Gehsteigs aufgereiht hatte, um die Kolonne zu begrüßen. Als sie der Reichskanzlei näherkamen, war die Menge stellenweise auf zwei Reihen angewachsen. Dann hatten die Motorräder angehalten, etwa hundert Meter vor der Reichskanzlei und auf der anderen Straßenseite.

Goebbels stand und hob die Hand zum Gruß. Ein Braunhemd öffnete die Wagentür auf seiner Seite. Lang folgte ihm nach draußen. Die vier Kradfahrer waren jetzt abgestiegen und eskortierten Lang und Goebbels in Viererformation zu den hohen schmiedeeisernen Toren des Gebäudes. Sie durchquerten das Tor, gingen gemessenen Schrittes einen Kiesweg hinunter. Goebbels wies auf das großartige weiße Stuckgebäude: »Ein Entwurf von Schinkel. Vor einer Woche wurde es uns überlassen. Sie werden die Unordnung sicher entschuldigen. Aber wir müssen schon etwas Arbeit hineinstecken, um es für unsere Bedürfnisse zu entrümpeln.«

»Schinkel«, hörte Lang sich wiederholen. Ein Architekt, den sein Vater gerne als vorbildlichen Baumeister öffentlicher Gebäude zitierte. Er glaubte sich zu erinnern, daß Schinkel aus Wien kam, war aber nicht sicher.

Einige Männer bearbeiteten den Stuck mit breiten, flachen Meißeln. Goebbels blieb stehen, legte seine Arme zwei Männern um die Schulter und wandte sich zu Lang um. »Meine guten, treuen Bauhandwerker aus der SA«, sagte er mit einiger Wärme in der Stimme zu Lang.

Vor der übergroßen schweren Holztür drehte Goebbels sich zu der kleinen Anzahl Wartender um, die sich wie nach einer Premiere dort versammelt hatten. Lang konnte erkennen, wie einer von ihnen mit einem Gegenstand winkte, der auf diese Entfernung wie ein Autogrammbuch aussah.

»Die Revolution«, sagte Goebbels mit leiser, feierlicher Stimme, »geht unaufhaltsam durchs ganze Reich. Wir leben in einer großen und gewaltigen Zeit. Die Gnade des Schicksals hat mir die Möglichkeit gegeben, an ihr formend mitzuwirken.«

Innen bückten sich einige Braunhemden tief über Wandverkleidungen, die sie aufbrachen. Goebbels begrüßte zwei oder drei von ihnen mit Namen. Die Eskorte der Motorradfahrer blieb vor der Tür; und allein jetzt stiegen sie die dramatisch geschwungene Haupttreppe hoch. Goebbels hinkte leicht, bemerkte Lang, und griff gelegentlich nach dem Treppengeländer. Die Marmorstufen des Aufgangs waren mit alten Zeitungen übersät. Die Luft roch beißend nach Mörtelstaub.

»Das alte Leopold-Palais«, sagte Goebbels.

Jetzt bogen sie auf einen scheinbar endlosen Korridor ein, der zu dem entfernten Nordflügel des Hauses führte. Drei Braunhemden kamen ihnen entgegen, gingen übertrieben langsam an ihnen vorbei. Sie trugen große Stapel vergilbten Zeitungspapiers auf den Armen. Einer mußte sich ganz zurücklehnen beim Gehen, wobei er über seine Last hinwegspähte. Lang drehte sich um und sah, wie sie den Treppenaufgang erreichten und die Papiere hinunterfliegen ließen. Sie lächelten einander zu wie lustige Sportsfreunde. Sie waren so jung.

»Ich erinnere mich an einen alten Witz«, erzählte Lang. »Es ging um die Art und Weise, wie einer meiner Lehrer Examensarbeiten benotete.« Seine eigenen Schritte hallten ihm im Ohr, ziemlich laut.

»Ja«, antwortete Goebbels und lächelte verständnisvoll. Er zeigte ihm immer das gleiche Profil. Lang war mit dieser Eitelkeit von Klein-Rogge her vertraut, hatte sie aber noch nie außerhalb des Schauspielerkreises beobachtet. Sein Magen machte ihm zu schaffen jetzt, und er wünschte, er hätte zu dem Explorer-Kaffee etwas gegessen.

Ein handbeschriftetes Pappschild war leicht schief an die Tür geheftet

> Reichsminister für Volksaufklärung und Propaganda

»Sie sind dabei, etwas zu gravieren«, erklärte Goebbels und nötigte seinen Gast hindurch.

Ein einzelner riesengroßer Schreibtisch stand in einer entfernten Ecke und ein meterhoher Globus, der sich im Salon des Explorer-Klubs gut gemacht hätte. Goebbels zog schwere Vorhänge auf. Die großen Fenster schauten nach Westen auf die Wilhelmstraße. Staubteilchen schwebten in den schrägen Lichtpfeilen der Fenster. Wieder empfand Lang die Helligkeit als schmerzlich. Goebbels stand an der Tür, rief »Hans! Lukas!« Zwei SA-Männer traten ein und nahmen, Arme auf dem Rücken, Haltung an.

»In dieser Dämmerung kann ich nicht arbeiten.« Er zeigte auf den Plüsch. Die Braunhemden stürzten sich auf die Vorhänge, zerrten sie mit weitausholenden Bewegungen, die Lang zu seiner Überraschung recht befriedigt verfolgte, beiseite.

»Wir werden etwas unternehmen müssen wegen der Nachmittagssonne«, sagte er und stand nahe bei Lang. »Aber diese Vorhänge müssen weg.« Er ging um den riesigen Schreibtisch herum, auf die andere Seite. Die SA-Leute hatten ihre Aufgabe erledigt und verließen das Zimmer, indem sie mit einiger Behutsamkeit die Tür hinter sich schlossen. Beim Hantieren mit den Vorhängen war viel Staub aufgewirbelt worden, der jetzt wie Dampf nach oben zu steigen schien.

»Herr Lang«, begann Goebbels. Seine Stimme war barscher plötzlich, metallischer. Der Charakter des ganzen Raumes hatte sich verändert. »Der Führer und ich waren vor vielen Jahren unterwegs, um unsere Partei zu organisieren. Eines Abends, es war in einer kleinen Stadt im Norden unseres Landes, legten wir eine kurze Ruhepause in unserer revolutionären Arbeit ein und gingen ins Kino. Der Film, den wir sahen, war Ihr *Metropolis.* Wir waren beide zutiefst bewegt. Der Führer war besonders auf die Reaktion des Publikums bedacht, das begeistert war.« Lang wartete darauf, daß er fortfuhr, aber vergeblich. Schließlich nahm er einen Holzstuhl vom Eingang und zog ihn vor den Schreibtisch. Goebbels saß im Schatten. Durch die nackten Fenster drang grelle Märzsonne, deren Strahlen ihn nicht erreichten. Lang stellte fest, daß seine Augen nicht dynamisch genug waren, um Licht und Schatten des ganzen Raumes zu durchdringen.

»Danke«, sagte er.

Er setzte sich. Der Stuhl hatte keine Armstützen. Ohne an die möglichen Falten in seinem grauen Frack zu denken, kreuzte er die Arme vor der Brust. Es war wie in der Schule. Goebbels ließ ihn sitzen und warten, um ihm eine Lektion in Sachen *Testament* zu erteilen. Er war böse gewesen, war hingegangen und hatte einen schlechten Film gemacht. Die Moral von der Geschichte kam zuletzt. *Kein Privileg ohne Verantwortung.* Es war immer dieselbe Moral. »Es ist mir eine Freude«, fuhr er fort, und seine Worte klirrten ihm in den Ohren, da keine Vorhänge das Echo der harten Glasflächen dämpften. Lang hörte

Verkehrsgeräusche von draußen; und die Hammerschläge der Braunhemden, durchdringend und unregelmäßig. Einige Straßenzüge weiter konnte er das Zifferblatt einer Uhr durch das Fenster erkennen.

»Ich möchte über die Aufgaben des heutigen Filmschaffenden sprechen«, sagte Goebbels aus dem Halbschatten heraus.

»Ja«, sagte Lang.

Goebbels schob seine linke Manschette hoch, um auf die Armbanduhr zu schauen. »Vor knapp einem Monat sah ich den ersten der Filme, die wir in Auftrag gegeben hatten. Es waren die Aufnahmen von der Sportpalastrede des Führers. Vielleicht waren Sie dort. Wie dem auch sei, meiner Meinung nach ist der Film geeignet, als Propaganda zum *Tag der erwachenden Nation* zu dienen. Er wirkt vor allem durch die Geschlossenheit der Darstellung und die Übereinstimmung in Wort, Mimik und Geste. Überall in den Städten, in denen der Führer nicht sprechen kann, muß dieser Film laufen.« Lang sah schraffierte Licht-Parallelogramme vom Fenster her über den staubigen Parkettboden hin auf sich zukriechen. Eine Disziplinübung, dachte er, als wenn man den Minutenzeiger einer riesigen Uhr an einem öffentlichen Gebäude beobachtet. In wenigen Minuten würden die ersten Sonnenstrahlen seinen Schuh berühren. Gleich darauf würde er mitten in einem hellen Parallelogramm sitzen, umsponnen von den Schatten von Fensterkreuz und -rahmen, wie verstrickt in einem Netz des Schicksals.

»Jede dieser Versammlungen«, fuhr Goebbels fort, »zieht eine ganze Provinz in ihren magischen Kreis. Es war meine Aufgabe, den Hörern am Radio den Zauber und die Atmosphäre unserer Massenveranstaltungen zu vermitteln. In der Zukunft wird der Film das Radio bei der Durchführung dieser Aufgabe übertreffen. Nachdem der Führer und ich *Metropolis* gesehen hatten, wandte er sich zu mir und sagte: ›Das ist der Mann, der die Entstehung der neuen germanischen Nation festhalten wird. Das ist der Mann, der uns den nationalsozialistischen Film schenken wird!‹ Eine historische Aufgabe. Und eine, für die nicht jeder geeignet ist.« Er ließ eine Zigarettendose quer über den Schreibtisch gleiten, so daß Lang sie erreichen konnte. »Ich werde etwas zaghaft«, bemerkte Goebbels, »wenn ich daran denke, daß ich erst fünfunddreißig Jahre alt bin und jetzt mit einer so großen Last von Verantwortung beladen werde.«

»Sie sind jung«, hörte Lang sich antworten.

»Älter als Sie es waren, als Sie den *Nibelungen*-Film drehten«, antwortete Goebbels. »Er gehört zum Quartett meiner persönlichen Lieblingsfilme.«

Lang zündete die Zigarette mit einem Streichholz an, das er in seiner Hosentasche gefunden hatte. Es war eine türkische Zigarette, etwas flacher in der Form, mild und aromatisch, fand er, wenn auch auf andere Weise angenehm als die Boyards, die er gewöhnt war.

»Aber ich spreche zuviel vom Film als Mittel der Dokumentation, fällt mir auf, und nicht genug vom Film als Kunstwerk«, sagte Goebbels und lehnte sich nach vorne, als Lang den Rauch ausstieß. »Kunst ist die vornehmste Äußerung der menschlichen Seele und Einbildungskraft. Sie ist Form gewordenes Fühlen. Was der Künstler in seinem Herzen fühlt, das bringt er zum Ausdruck in der Kunst.« Er zog ein Blatt Bristolpapier aus der Brusttasche, das beidseitig eng bekritzelt war, warf einen Blick darauf und fuhr fort: »Gesteigerte Gefühle verlangen gesteigerte Ausdrucksmittel. Was den Massen oft nur als dunkles, undeutliches Verlangen eigen ist, der Künstler bringt es in Wort, Musik, Stein oder Marmor zum Ausdruck.« Seine Stimme tönte voller, fein moduliert. Lang fuhr mit dem Kopf hoch, merkte, daß er einen Augenblick eingenickt war. Goebbels, der einmal mehr seine Notizen durchsah, schien nichts bemerkt zu haben.

»Die Kunst hat zu allen Zeiten die Menschen beeindruckt und stimuliert. Der Künstler führt sie aus dem dunklen Einerlei ihrer alltäglichen Existenz und weist ihnen eine bessere Welt. Tatsächlich sind ganze Bereiche einer neuen kulturellen und historischen Evolution von ihr erleuchtet und unsterblich gemacht worden.«

»Deshalb haben die Künstler, diese von Gott inspirierten Interpreten der tiefsten Geheimnisse menschlichen Lebens, immer neben den Großen in allen anderen Bereichen gestanden...«

Eine Vorhut des Sonnenlichts hatte seinen Fuß erreicht. Er könnte nach Hause zurückkehren, das *Fiaker*-Manuskript holen, vielleicht sogar etwas weniger Formelles anziehen, die heutigen Besorgungen erledigen. Im Explorer hatte er sich das alles genau vorstellen können, jetzt schien sich der Weg zu verlieren. Er blickte zur Uhr hinüber. Wenn er jetzt ging, oder doch innerhalb der nächsten fünf Minuten, konnte er noch vor Schalterschluß die Bank erreichen und sein Geld abheben.

»Die vornehmste Regel in den Blütezeiten menschlicher Kultur und Geschichte hieß immer: *Es soll der Sänger mit dem König gehen.«*

Lang schaute auf die weiße Wand hinter Goebbels' Kopf. Er dachte an die rosa-blaue Decke, von der er nun sicher wußte, daß sie hinten in der obersten Schublade des Zedernschranks lag, eingebettet zwischen anderen tröstlichen Erinnerungsstücken seiner Wiener Kindheit. Lang war auf einmal nicht sicher, ob er Nebenzal den *Fiaker* zu lesen geben wollte; ob er überhaupt wollte, daß jemand ihn las.

»Der Führer und ich möchten, daß Sie sich uns anschließen«, sagte Goebbels und machte eine abschließende Handbewegung, »daß Sie dazu beitragen, mit uns den wunderbaren stählernen Romantizismus unserer Zeit auszudrücken, ja, zu schmieden.«

Lang freute sich, daß Goebbels das *Nibelungen*-Epos erwähnt hatte, das ihm persönlich viel besser gefiel als *Metropolis. Metropolis,* die naheliegende Wahl; der Film, den der Führer genannt hatte, der den Massen immer wieder zu gefallen schien. Auf seltsame Weise war dies gar nicht sein Film. Theas vielleicht.

»Die anderen drei«, sagte er schließlich. »Nur aus Neugierde.«

Goebbels sah ihn an.

»Im Quartett Ihrer Lieblingsfilme.«

Goebbels ließ die Bristol-Karte auf die andere Seite klatschen. »*Anna Karenina,* würde ich sagen. *Potemkin.* Und *Der Rebell,* der mich stärker als irgendein anderer Film dieses Jahr beeindruckt hat. Er wird die Zeit überdauern, denke ich.« Goebbels rückte an seiner Krawatte. Langs Lieblingshemd, das aus Voile, hatte einen ganz ähnlichen Kragen wie das, das Goebbels gerade trug.

»›*...Drum soll der Sänger mit dem König gehen*‹«, sagte Goebbels zum zweiten Mal. Die Anführungszeichen waren unüberhörbar in seiner Stimme.

Lang drückte die türkische Zigarette auf einem kristallenen Aschenbecher aus, der einige Papiere auf der nahegelegenen Schreibtischkante festhielt. Goebbels hatte ihn hierher beordert, um herauszufinden, ob er willens sei, sich zum Handlanger der Regierung für das Lichtspielwesen machen zu lassen. Die Kippe glimmte weiter.

Offenbar hatte er die Zigarette schlecht ausgedrückt. Lang zerquetschte sie mit dem Daumen.

Goebbels fragte: »Brauchen Sie Zeit?«

Lang schloß kurz die Augen. In seinem inneren Theater sah er das *Fiaker*-Manuskript ruhig und leicht schräg auf dem Dielentisch liegen. Er sah sein Tagebuch und den besonderen Füllhalter, dessen Kappe die Tagebuchecke gerade berührte. Und die Kindheitsdecke, die ebenso zusammengefaltet war, wie er sie zuletzt gesehen hatte, als er die Schrankschublade schloß. Lang öffnete die Augen und sagte ruhig: »Meine Mutter.«

Er zwang sich, Goebbels anzusehen.

»Meine Mutter, Paula Schlesinger, war Jüdin«, sagte er nach einer Pause. Stirn und Oberlippe fühlten sich feucht an. Eine Welle der Erleichterung war über ihm zusammengeschlagen. Gedanken, die während der letzten Wochen seinen Kopf überschwemmt hatten, dunklen Ursprungs, waren auf einmal klar. Er hatte es gesagt.

»Ihr Wehrdienst«, bemerkte Goebbels.

Lang blickte auf den Boden. Er war jetzt vollständig eingerahmt von den Schattenkreuzen, aber keines berührte ihn im Augenblick. Direktes Sonnenlicht überflutete ihn.

»In Zukunft wird es jene Glücklichen geben, die als Nationalsozialisten geboren wurden. Bis dahin werden wir alle, auf die eine oder andere Weise, Konvertiten sein.« Goebbels griff nach dem Stapel, der unter dem Aschenbecher aus geschliffenem Glas lag. Einige Papiere trugen den Briefkopf der Ufa und sahen wie Pressemitteilungen des Studios aus. »Hier steht, daß die Pariser Polizei Sie beim Ausbruch der Feindseligkeiten festnahm. Es gelang Ihnen zu entkommen und den letzten Zug nach Wien zu nehmen. Ist das korrekt?«

Lang sagte: »Ja« und zündete sich eine seiner eigenen Zigaretten an. Im großen und ganzen stimmte es. Er war an der belgischen Grenze verhaftet worden, nicht in Paris.

»An der Front mit der kaiserlich-königlichen österreichischen Armee. Dreimal verwundet. Auszeichnungen.«

»Ja«, sagte Lang wieder.

Goebbels wartete, bis die Hammerschläge nachließen. »Ihre Militärzeit bezeugt ein hohes Maß an Patriotismus und einen Willen von beachtlicher Stärke. In diesem Licht können Fragen der Abstammung leicht in den Hintergrund treten.«

Lang hatte seine Mutter erwähnt, und es war nicht genug gewesen. Sein Hemd war naß vom Schweiß und klebte ihm am Körper, wenn er den Arm bewegte, um sich eine Zigarette anzuzünden. Die Erleichterung, die er eben noch empfunden hatte, erschien ihm jetzt unangemessen.

Er lauschte auf die Geräusche der SA-Männer, die die alte Kulisse abrissen, wie er es mitleidslos bei sich selbst nannte. Goebbels hob den Hörer ab. Das Telefon hatte nicht geklingelt, seit sie das Zimmer betreten hatten. Goebbels wählte eine Nummer und sagte ohne Einleitung: »Was macht Potsdam? *Diesen* Mittwoch. Wenn Sie spezielle Anforderungen haben, was Beförderung oder Unterbringung betrifft, so müssen Sie das Geld eben ausgeben. Ja. Ich erwarte Sie hier, morgen um zehn. Sehr gut. Bis dann.« Lang hatte schon einige Zeit auf die Uhr vor dem Fenster gestarrt. Selbst wenn er in diesem Augenblick noch ging, würde er nicht mehr vor Schalterschluß um halb drei in der Bank sein können.

»Die Eröffnung des neuen Reichstags«, erklärte Goebbels. »Der Rundfunk wird für ganz Deutschland eingeschaltet.« Lang massierte seine Schulter.

»Für den Abend des 28. habe ich eine Versammlung der Filmschaffenden im Kaiserhof einberufen. Ich möchte ein neues Programm für die Filmkunst entwickeln. Wir haben den Eindruck gewonnen, daß alle Beteiligten ehrlich bestrebt sind, daran mitzuarbeiten. Daß wir dies Ereignis so kurz nach meiner Übernahme dieses Ministeriums anberaumt haben, soll die Bedeutung des Mediums Film für unsere Nation verdeutlichen. Der Film kann nur auf einer gesunden Basis neugegründet werden, wenn sich deutsches Nationalbewußtsein in der Filmwirtschaft durchsetzt und deutsches Wesen von ihr porträtiert wird. Die Versammlung wird zwanglos sein. Wir möchten Sie bitten, den Vorsitz zu übernehmen, um von Anfang an das Ansehen, das wir Ihnen entgegenbringen und den Einfluß, über den zu verfügen Sie zum Nutzen Deutschlands erwarten können, zu etablieren.«

Lang arbeitete die Formulierung in seinem Kopf aus, dann sagte er: »Lassen Sie mir etwas Zeit, dieses Angebot zu überdenken. Ich habe mich selbst immer eher als Filmemacher denn als Administrator gesehen, das müssen Sie verstehen. Vieles von dem, was Sie gesagt haben, ist neu für mich. Können Sie mir vierundzwanzig Stunden geben, um sie in Rücksprache mit meiner Frau zu verbringen, bevor ich zu einer Entscheidung komme?«

Goebbels lächelte: »Aber selbstverständlich.«

Lang erhob sich brüsk.

»Sagen Sie Ihrer Frau bitte, wie sehr ich ihren Erzählband *Der Krieg und die Frauen* schätze«, trug Goebbels ihm auf. »Wie alle Schriftsteller unserer Generation hat er mich stark beeinflußt. *Geliebtes Vaterland* vor allem. Sie werden nicht vergessen, ihr das auszurichten?«

Lang sagte: »Sie wird überglücklich sein.«

Goebbels erhob sich: »Sie können mich morgen früh hier erreichen. Nach diesem Zeitpunkt werden mich die Vorbereitungen für Potsdam in Atem halten.«

Dann ging Goebbels um den Schreibtisch herum. Sein gutes Profil hatte er Lang dabei zugekehrt. Beide Männer waren jetzt aus dem Schatten herausgetreten. Sie schüttelten sich die Hand. Goebbels sagte: »Ich bedauere es, daß wir uns nicht schon früher begegnet sind.«

»Ja.«

»Werden Sie Schwierigkeiten haben, zum Ausgang zu finden?«

»Nein.«

»Entschuldigen Sie, wenn ich Sie nicht hinausbegleite.«

Lang stand im Korridor und schloß die Tür hinter sich. Es war erstaunlich, daß Goebbels den *Rebell* in sein Pantheon aufgenommen hatte. Er hatte den Film anläßlich einer Ufa-Vorführung gesehen; es war ein Stück Scheiße. Lang merkte, wie sehr sein Hemd und seine Unterwäsche mit Schweiß getränkt waren. Wenn er sich nicht bald wusch, würde er anfangen zu stinken.

Ein Braunhemd, das von einem Riesenstapel Zeitungen größtenteils verdeckt wurde, kam vom entgegengesetzten Ende des Korridors auf ihn zu. Er schleuderte seine Last die Treppe hinunter, machte kehrt und marschierte wieder zum entfernten Korridorende hin.

Eine der Seitentüren öffnete sich, warf einen schrägen Lichtstrahl über den Marmorboden. Lang hatte seine Ecke fast erreicht, als sich die Tür wieder schloß und das Licht mit fortwischte.

Lang befand sich jetzt oben an der Treppe. Er würde ein Taxi nach Hause nehmen, seine Kleider wechseln, unter falschem Namen einen Platz im Schlafwagen nach Paris buchen. Wenn er sich recht erinnerte, war sein Paß in Ordnung.

Lang warf einen Blick auf seine Taschenuhr. Halb drei. Die Bank hatte gerade zugemacht. Vielleicht konnte er Nebenzal Vollmacht geben, ihm sein Geld telegrafisch nach Paris anzuweisen. Wahrscheinlicher war, daß Thea das Haus in Dahlem bekam, die Wohnung am Breitenbachplatz und das Geld. Es hatte keine große Bedeutung, so oder so.

Er fragte sich, ob er Zeit genug hätte, um nach Dahlem hinauszufahren und einige Stücke aus seiner prä-kolumbianischen Sammlung zu holen. Es war besser, nicht daran zu denken. Er konnte den Vogel vom Kaminsims nehmen und in seinem Koffer unterbringen oder auch in seine Manteltasche stecken.

Lang stieg die große Marmortreppe hinunter, deren Kanten und Stufen – ausgehöhlt von unzähligen Schritten – mit Zeitungen und Bauschutt übersät waren. Er fragte sich jetzt, ob er Thea wohl zu Hause antreffen würde. Er würde Nebenzal anrufen und herausfinden müssen, ob der Produzent das Negativ des *Testaments* in Händen hatte. Lang würde es mitnehmen. Wenn nicht, ließe sich sicher ein Weg finden, um das Ding hinterherzuschicken.

Er erreichte den Fuß der Treppe, ging direkt auf das Portal zu. Er würde den Schlafwagen auf den Namen von Wenck reservieren lassen, den unglücklichen Verfolger. Ein kleiner privater Scherz, den er sich jetzt gerade gönnen konnte, dachte Lang. Er klemmte das Monokel wieder ein. Die Türflügel öffneten sich langsam nach außen, als ob die Wachen, die davor standen, sein Näherkommen irgendwie gespürt hätten. Lang wappnete sich für den Ansturm des Sonnenlichts.

Das Licht überflutete den sich öffnenden Türspalt, und Lang ging mitten hinein. Draußen stellte er fest, daß er seinen Hut in Goebbels Büro vergessen hatte. Goebbels hatte das *Testament* nicht erwähnt, nicht einmal. Entweder hatte er es nie vorgehabt oder er hatte es vergessen. Es war müßig, sich jetzt den Kopf darüber zu zerbrechen.

Lang blieb nicht viel Zeit, aber er wollte ein paar Schritte gehen, bevor er ein Taxi herbeirief. Am Tor gab es keine Schwierigkeiten; die wartende Menge hatte keinen Blick für einen Besucher, der ohne Hut davonging. Auf halbem Weg zur nächsten Straßenecke wunderte Lang sich plötzlich, daß Goebbels *Potemkin* zu seinen Lieblingsfilmen gezählt hatte. Er würde Eisenstein schreiben müssen, an den er sich plötzlich mit Zuneigung erinnerte. Der Russe war vor vier Jahren etwa durch Berlin gekommen. Pabst hatte ihn zu ihm gebracht. Eisenstein erzählte Lang immer und immer wieder, wieviel *Dr. Mabuse, der Spieler* für ihn bedeutete, wie er anhand dieses Films das Schneiden gelernt hatte, indem er ihn auseinandernahm und zu unterschiedlichen Sequenzen wieder montierte. (Er zitierte den Film unter den Einflüssen auf *Potemkin,* und Lang hatte diesen Einfluß nie entdecken können.) Später, nach einer halben Flasche eisgekühlten, sentimentalen Wodkas, hatten sie herausgefunden, daß ihre Väter beide Stadtbauarchitekten waren; und daß Sergeï, wie ihm selbst, ans Herz gelegt worden war, in die Fußstapfen des Vaters zu treten.

# 8

Eben wollten sie um das Tonstudio aus grobgekörntem Zement herumgehen, das wie ein Hangar wirkte und ihnen den Weg zum Parkplatz versperrte, als dreimal hintereinander ein lauter, lästiger Summer ertönte und das rote Licht über der Tür erlosch. »Wir können genausogut durchgehen«, meinte Correll und packte ihren Arm knapp über dem Ellbogen. Es war in der Tat eine unschuldige Geste, aber Thea fühlte sich durchaus nicht behaglich dabei. Sie preßte ihre Handtasche fester unter den Arm, gerade über der Hüfte.

Am gegenüberliegenden Ende des Tonstudios waren acht oder zehn Bogenlampen kreisförmig angeordnet und auf hohen Querstreben nach unten gerichtet. Rauch stieg an dem Gestänge hoch, und die Luft war angenehm mit Ozon durchsetzt. Die Lampen erzeugten ein starkes, unbarmherziges Licht: das Innere des Kreises war unerträglich hell. Sie gingen darauf zu. In Theas Handtasche befand sich ein Umschlag der Nachtzustellung, den der Portier ihr heute morgen ausgehändigt hatte, als sie und Lang das Apartment verließen. Sie hatte ihn noch nicht geöffnet.

Der Aufbau zeigte Schaustellerbuden. In der Mitte befand sich ein großes, senkrecht stehendes Rad, dessen Rundung mit Handfesseln und Luftballons bestückt war. Im Augenblick hingen die Fesseln lose herunter; und eine Schauspielerin, deren Gesicht ihr bekannt vorkam, verließ gerade den Lichtkreis. Sie trug einen paillettenbesetzten Gymnastikanzug und ein Handtuch über der Schulter. Thea blickte nach unten, weg von dem starken Licht. Sie hatte die Kamera fast erreicht, als sie den Mann erkannte, der dahinter saß. Fritz Arno Wagner. Als Kameramann hatte er unter der Regie von Fritz Lang viele ihrer Drehbücher mitgestaltet. Seit der Nacht, als Lang seine farbverschlüsselten Knöpfe gedrückt und die chemische Fabrik in die Luft gejagt hatte, hatte sie ihn nicht mehr gesehen. Flammen, die in den nächtlichen Himmel loderten.

Ein Assistent tauschte das Filmmagazin an der Kamera gegen ein neues aus.

»Sind Sie bereit für all das?« fragte Correll leise und ließ ihren Arm los.

»Zweifellos.« Thea klemmte die Handtasche mit ihrer verführerischen Last unter den anderen Arm. Die Pailletten-Frau ging nun vor dem großen Rad mit seinen fünf Speichen auf und ab. Ein Mann, den Thea für den Regisseur hielt, strich geschäftig das Handtuch über ihren Schultern glatt.

Wagner schaute auf und Thea grüßte: »Hallo, Fritz Arno.« Wagner lächelte. Correll sagte: »Ich möchte Sie mit dem neuesten Regisseur der Ufa bekannt machen.« Thea blickte hinüber zu den Handfesseln, den Ballons. Der Kamera-Assistent hatte seine Aufgabe erledigt und verließ zügig den erleuchteten Bereich. Er schien die Kabel vermeiden zu können, ohne hingucken zu müssen. Der Regisseur trabte heran und fragte: »Sind Sie bereit?« Wagner nickte. »Sie möchte wissen«, fuhr der Regisseur fort, »warum Sie nicht einfach die Kamera kreisen lassen.«

»Ein bißchen spät für eine solche Frage«, antwortete Wagner.

Correll brachte seinen Mund an Wagners Ohr und flüsterte: »Würde es Ihnen etwas ausmachen...«

»Einfach die Kamera kreisen lassen«, wiederholte der Regisseur mit einem unangenehmen Unterton in der Stimme.

»Sagen Sie ihr«, bedeutete Wagner dem Regisseur, »wir nehmen sie so auf, ganz knapp.« Mit streng parallel gehaltenen Händen bezeichnete er einen Abstand vom Kinn zur Stirn.

»...für eine Frau zu arbeiten?«

Der Regisseur trabte zur Schaubude zurück.

»Nicht für diese«, antwortete Wagner und blinzelte Thea zu. Er hatte auch bei Theas Film für Murnau, *Der brennende Acker*, die Kamera geführt, ebenso wie bei Murnaus Vampir-Film, *Nosferatu.* Sie kannte ihn jetzt schon länger als ein Jahrzehnt. Seid dem *Müden Tod* mindestens. Etwa seitdem sie mit Lang angefangen hatte.

»Das wollte ich hören«, sagte Correll. Er nahm wieder Theas Arm. Der Nachtbrief in ihrer Handtasche trug die Buchstaben PTT am Ende des Zeichensalats, der ihrer Anschrift vorausging. Das hatte sie auf den Gedanken gebracht, er sei irgendwo in Frankreich aufgegeben worden, vielleicht in Paris.

Wagner presste sein Auge an den Sucher und regulierte etwas mit der rechten Hand. »Sie haben vor, die Schauspielerin auf das Rad zu binden«, erzählte er ihr, »das sie dann schnell herumwirbeln wollen. Bevor sie anfangen, mit den Messern zu werfen. Sie will das nicht. Ich weiß wirklich nicht, warum. Sind Sie sicher, Thea, daß Sie auf diese Weise Ihr Geld verdienen wollen?«

»Ein bißchen spät für eine solche Frage«, antwortete Thea nach einer Pause. Correll führte sie auf die licht- und schalldichten Doppeltüren zu.

»Meine Glückwünsche, übrigens!« rief Wagner hinter ihr her.

Jemand sagte: »Ruhe bitte!«

Als sie vor der Tür standen, hörte Thea den Regisseur fragen: »Kamera?«

Wagner antwortete: »Klappe.«

Thea drehte sich nicht um.

»Ton?«

»Läuft.«

Der Regisseur gab das Startzeichen: »Und bitte!«

Sie blieb einen Augenblick vor der Tür stehen, stemmte sich gegen den Pistolenschuß platzender Ballons; aber der Knall kam nicht, und sie erlaubte Correll, sie hindurchzuführen. Wäre irgendetwas scheußlich schief gegangen, hätte sie den Schrei gehört, sagte sie sich. Beim Essen hatten Correll und sie über *Elisabeth und der Narr* gesprochen. Sie sollte das Drehbuch umschreiben und Regie führen. Innerhalb der nächsten Woche noch würde man den Drehbeginn festsetzen, Frühlingsende, Anfang des Sommers etwa. Nur was ihr Gehalt betraf, schien Correll noch Bedenken zu hegen. Man wollte einen Exklusiv-Vertrag über fünf Jahre mit ihr abschließen, was Thea übertrieben fand; aber darüber konnte man später immer noch verhandeln. Draußen stellte sie fest, daß sich der linke Riemen ihres Schuhs verdreht hatte. Sie lehnte sich gegen die rauhe Zementmauer und fuhr mit ihrem Finger unter den Riemen. Als sie sich aufrichtete, sah sie den großen, schwarzen Mercedes mitten auf dem Parkplatz stehen. Diesen Wagen fuhr gewöhnlich ihr Fahrer Erich; vor zwei Wochen war er krank geworden, oder behauptete es jedenfalls. Seitdem hatte er nichts mehr von sich hören lassen, und heute morgen hatte ihr Mann einfach den Lancia genommen. Ohne zu fragen.

»Wir sprechen noch«, verabschiedete sie Correll. Sie haßte es, den Mercedes zu fahren, dessen Radstand einfach zu groß war, als daß man ihn bequem hätte handhaben können.

»Ja«, antwortete er und bückte sich tief über ihre Hand, verharrte einige Sekunden in dieser Stellung. Sie würde das Telegramm erst öffnen, wenn sie zuhause wäre, entschied Thea. Correll hatte eine klar umrissene, kahle Stelle oben auf seinem Kopf.

»Auf Wiedersehen«, sagte sie schließlich. Für einen kurzen Augenblick hatte er den Gesichtsausdruck, den sie schon bei Lang gesehen hatte und bei Sam, eigentlich bei allen Männern, die sie gekannt hatte. Dann wandte er sich um und ging zu der Doppeltür des Studios zurück, das so angenehm nach Ozon duftete. Die Stelle oben auf seinem Kopf hatte Ähnlichkeit mit einer Mönchstonsur. Als sie die Wagentür öffnete, entdeckte Thea rote Eindrücke auf ihrer Handfläche, mit der sie sich vorher gegen den Zement gestützt hatte. Oder war es Beton? Sie glaubte sich von irgendwoher zu erinnern, daß Beton Zuschlagstoffe enthielt, Zement nicht. Es war sehr hell draußen, der Himmel tiefblau und wolkenlos, bis auf die gelegentliche ausgefranste Zirruswolke. Thea fragte sich, wie sie das fensterlose Tonstudio im Sommer kühl halten würden.

Hoffentlich war es Lang gelungen, das Verbot über das *Testament* aufheben zu lassen. Er wäre bestimmt viel umgänglicher, wenn der Film freigegeben würde. Sie hoffte auch, daß er Dr. Goebbels gegenüber nicht die Beherrschung verlor – oder sich sonstwie daneben benahm. Das würde sich nur schlecht auf seine Karriere auswirken. Oder auf ihre.

Thea ließ den Wagen rückwärts aus der Parklücke rollen, fuhr langsam am Schwarzen Turm vorbei und dem neuen Bauhaus-Gebäude, den Kiesweg hinunter, der zur Straße führte.

Die Renovierung ihres Hauses in Dahlem wäre noch in dieser Woche abgeschlossen, hatte ihr der Bauunternehmer mitgeteilt. Dann konnte sie die Hunde aus der Pension auslösen und endlich wieder ihr eigenes Zuhause haben. Ihr Groll gegen Lang nahm ab, seit sie wußte, daß sie bald wieder getrennt von ihm leben würde. Vielleicht konnten ihre zärtlichen Gefühle, die so lange begraben waren, sich jetzt wieder frei entfalten. Zum ersten Mal seit den Ferien eigentlich war sie ihm wohlgesonnen, entdeckte sie.

Der Mercedes bog scharf nach Süden ab, hielt jetzt auf das Zentrum Berlins zu. Thea stellte die pneumatischen Scheibenwischer an, stellte sie wieder ab; dann lachte sie, denn es regnete nicht, und die Windschutzscheibe war vollkommen trocken. Sie nahm ihre Hand vom Drehknopf und hob sie an ihr Gesicht, rieb sich die Augen, die aus irgendeinem Grund heftig brannten.

Sie hielt an einem Bahnübergang, blickte zur Seite und sah den unvermeidlichen Radfahrer in Knickerbockern und Mütze. Ein Güterzug rumpelte vorbei, Waggon um Waggon, mit leisem rhythmischem Stampfen. Dann war er durch. Die Schranke vor ihr trug dicke schwarze und gelbe Schrägstreifen. Als sie sich hob, schrie ihr der Radfahrer etwas zu; dann bog er scharf nach links ab, trat in die Pedale, dem fernen Horizont zu, wo die Schienen zusammentrafen. Wenn sie ihn richtig verstanden hatte, hatte er ›Berlin bleibt rot‹ oder so ähnlich gerufen. Es ergab keinen Sinn. Sie fuhr an den Anlagen des Sportpalasts vorbei, überquerte den Goerdeler Damm bei Grün und befand sich wieder in der Innenstadt. Ihre Wangen waren naß. Wahrscheinlich hatte sie geweint vorhin, als sie die Scheibenwischer anstellte. »Komisch, daß ich das gemacht habe«, sagte sie laut. Sie fuhr auf der Huttenstraße jetzt, und der Verkehr war dicht geworden. Ein Strom von Radfahrern schob sich vorbei. Die Fabriken hatten wohl Feierabend.

Thea tastete auf dem Sitz neben sich herum, bis sie die Schließe ihrer Handtasche unter ihren Fingern fühlte. Sie könnte jetzt an die Seite fahren und den Nachtbrief lesen; aber als sie darüber nachdachte, wollte sie doch lieber warten, bis sie zu Hause war. Sie könnte beim Zuntz halten und nachsehen, ob Sam dort wäre, oder ob er ihr eine Nachricht hinterlassen hätte. Es lag nicht weit von ihrem Weg ab. Sie würde am Bordstein halten, mit dem Mann hinter dem Tresen sprechen und im Handumdrehen wieder zurück sein.

Die Sonne stand jetzt hinter ihr und färbte die Fenster golden, verlieh den Backsteinen ein tiefes Aztekenrot gegen den sich verdunkelnden östlichen Himmel. Ihre Lieblingsstunde. Ein kleiner blauer Sportwagen bog seitwärts vor dem Mercedes ein, schnitt ihr den Weg ab. Sie fluchte laut.

Die Gedächtniskirche war jetzt links von ihr. Thea bremste, wandte den Kopf, sah das Zuntz aber nicht. Ein eisernes Scherengitter, das sie noch nie gesehen hatte, war oben und unten von einem Vorhängeschloß zusammengehalten. Sie fuhr an den Gehsteig heran. Das goldene Z in Kursivschrift nahm ihr jeden Zweifel. Sie hatte nie erlebt, daß das Zuntz vor Mitternacht schloß. Thea stellte den Motor ab und beschäftigte sich mit ihrer Zigarettenspitze. Die Zigarette war irgendwie zu breit und mußte hineingezwängt werden. Das Vergißmeinnicht, überlegte sie, war »polizeilich geschlossen« gewesen, was immer das heißen mochte; Linkstraße 31 war eine Baulücke; und jetzt war das Zuntz dichtgemacht. Als wenn einer von Friedrichs kleinen Männern vor der Taubentafel den Stadtplan von Berlin revidierte, Sams Fußabdrücke hinter ihm löschte. Mit chinesischer Tusche kreuzte der schreckliche kleine Mann die Fensterfront des Zuntz aus. Dann stieg er Flüche murmelnd auf seine Trittleiter aus dunklem Holz und pinselte dickes Weiß über einen halben Straßenzug der Linkstraße. Strich jeden Ort von der Stadtlandschaft, der dem Amerikaner vielleicht guttun könnte.

Thea bemerkte, daß das Innere des Wagens voller Rauch war, und kurbelte das Fenster herunter. Sie blickte über die Straße zur Kirche hin, zu der Stelle, wo Sam mit seinem lächerlichen Kamera-Baby gestanden hatte und den Zirkus Bustello, den echten mexikanischen Zirkus, gefilmt hatte. Jetzt sah sie nur Grüppchen von Fußgängern, Leute, die einkauften und mit Päckchen beladen waren und kleine Kinder, die entschlossen den Rocksaum ihrer Mutter gepackt hielten. Sie betrachtete die Straße so lange, bis die Kinder vorbei waren. Keines von ihnen hatte die Haare, das Gesicht des Mädchens, das ihr am Nürburgring zugelächelt hatte und dessen Lächeln sie nicht vergessen konnte. Nach *Elisabeth* würde man sie sicher ein eigenes Projekt realisieren lassen. Es wäre wunderbar, wenn sie ihr genügend Mittel zur Verfügung stellen würden, so daß sie ihr arabisches Drehbuch nach ihren Wünschen inszenieren könnte. Eine überzeugende Liebesgeschichte im Mittelpunkt würde ihr genügend Freiraum verschaffen, das erkannte sie jetzt, um bei Details und Gestaltung der Nebenfiguren viel Spaß am Rande der Haupthandlung zu haben. In Gedanken an all die Möglichkeiten, die ihr offenstanden, wenn sie erst die beiden Filme hinter sich hätte, trommelte sie begeistert auf die Lenksäule. Dann fand sie sich am Breitenbachplatz wieder.

Ein Mann im Ledermantel, der in jeder Hand einen Reisekoffer und eine überquellende Mappe trug, ging zum Bordstein vor Theas Haus. Der Türsteher, der jetzt neben ihm stand, pfiff nach einem Taxi. Einen Augenblick überlegte sie, ob es ihr Mann sein könnte. Ein Taxi hielt zwischen ihnen. Etwas Großes, aus Stein, ragte aus der Seitentasche seines gegürteten Ledermantels hervor. Die Art, wie er den Kopf einzog, um in den Wagen zu steigen, überzeugte Thea, daß sie ihren Mann beobachtete.

Thea drückte auf die Hupe, aber das Taxi fuhr los, und mit all den Autos vor ihr und links von ihr konnte sie nicht wenden. Sie würde auf die nächste Kreuzung warten müssen.

Sie erreichte sie, als die Ampel gerade rot wurde.

Das Bild, wie Lang da gestanden hatte, einen Koffer in jeder Hand, kurz bevor er sich in das Taxi bückte, haftete in ihrer Vorstellung, während sie auf die rote Ampel starrte. Ihr Magen schien plötzlich abzusacken, fort von ihr. Es war zu spät, fühlte sie, unabänderlich zu spät. Schon letzte Nacht, in den Straßen des Arbeiterviertels, hatte sie ein ähnliches Gefühl gehabt; aber jetzt wurde es gerade erst dunkel, und das Gefühl war viel schlimmer. Als sei etwas Schreckliches passiert, als sie gerade nicht achtgab, etwas, das alle ihre Bemühungen von jetzt an sinnlos machte, nutzlos, von vornherein zum Scheitern verurteilte. Die Ampel wurde grün. Ihr Wagen setzte sich als einziger nicht in Bewegung. (Sie erinnerte sich: ein Wagen blieb vor einer grünen Ampel stehen; auf diese Weise erfahren wir vom Tod Dr. Kamms, im *Testament.)* Dann scherten die Autos hinter ihr aus, fuhren um sie herum, und sie wendete; erstaunlich gut, gratulierte sie sich, wenn man sich den riesigen Radstand des Mercedes vor Augen hielt.

Sie fuhr an ihrer Haustür vorbei und ohne anzuhalten den Breitenbachplatz hinunter. Sie glaubte, das Taxi weiter vorn in der Schlange zu erkennen.

An der Kreuzung mußte sie halten. Die Ampel war rot geworden, und es wäre selbstmörderisch gewesen, in diesem Gegenverkehr einfach durchzufahren.

Ein blauer Doppeldeckbus passierte die Kreuzung von links nach rechts. Ein Kind mit Matrosenmütze hielt einen Gasballon, dessen Schnur um sein Handgelenk gebunden war. Der Ballon hatte die gleiche Farbe wie der städtische Bus. Dann war er vorbei. Thea hörte einen scharfen Knall und glaubte einen Augenblick, der blaue Ballon sei geplatzt. Aber der Knall war viel zu laut, entschied sie. Es hörte sich eher wie die Fehlzündung eines Motors an. Sie erinnerte sich, daß sie heute schon einmal auf das Geräusch platzender Ballons gehorcht hatte; das war in der Ufa gewesen.

Die Ampel vor ihr blieb unglaublich lange auf rot stehen. Als sie endlich grün wurde, hatte Thea beschlossen, an die Seite zu fahren und zu parken.

Langsam ging sie zu ihrem Haus zurück, sorgsam darauf bedacht, eine gute Figur zu machen. Weder der Mann an der Tür noch der hinter dem Pult hatten ihr etwas zu sagen. Der Geruch des Treppenhauses war bedrückend vertraut. Ein Lichtstreifen schimmerte unter ihrer Wohnungstür hervor.

Thea kramte ihr Schlüsselbund aus der Handtasche. Sie sah darauf, bis sie sich erinnern konnte, welches der passende Schlüssel war. Dann schob sie ihn in das Schloß.

Neben der Kristallvase auf dem Dielentisch lagen zwei

Schlüssel, die mit einer kurzen, ungeschickt verknoteten Schnur zusammengebunden waren. An dem blau-weißen Garn erkannte sie, daß sie von der Konditorei stammte. Als sie näher hinsah, entdeckte sie das Lancia-Emblem auf dem Schaft des obersten Schlüssels. Dann sah sie ein Stück herausgerissenes Papier unter dem Fuß der Vase.

Sie zog es heran und erkannte die Handschrift ihres Mannes.

WAGEN BEIM EXPLORER UM DIE ECKE

Das Stück Papier in der Hand, ließ Thea sich vor dem Kamin nieder. Ein Feuer wäre schön jetzt. Sie dachte daran, Späne aufzuschichten und Scheite auf den Kaminbock zu legen. Nein, im Augenblick war das zuviel verlangt.

Der Kaminsims kam ihr merkwürdig kahl vor. Wie ein Schlag traf sie die Erkenntnis, daß der prä-kolumbianische Vogel, das Lieblingsobjekt ihres Mannes, nicht mehr dort saß. Sie hatte den Sims noch nie ohne den Vogel gesehen.

Sie rief sich den Stein vor Augen, der in merkwürdigem Winkel die Manteltasche ihres Mannes ausgebeult hatte, gerade als das Taxi von rechts gekommen war.

Sie schlüpfte aus ihrem eigenen Mantel, spielte zerstreut mit dem Lackleder ihrer Handtasche. Dann griff sie hinein und zog den Nachtbrief heraus.

LIEBSTE THEA KOMMA ABREISE IN NEUER
ZUNEIGUNG UND NEUEM LÄRM STOP
MEINE GANZE LIEBE GEZEICHNET MARK HULL

Mark Hull war der Detektiv in dem amerikanischen Serienheftchen, dessen Saga Sam ihr im Zuntz unbedingt vorlesen wollte, als sie sich das letzte Mal getroffen hatten. Die Nachricht mußte ein Zitat sein. Später würde sie vielleicht ihre Rimbaud- und Lautréamont-Ausgaben durchsehen, um ihm auf die Spur zu kommen.

Sam war in Paris in Sicherheit. Sie hatte sich die Angst nicht eingestanden, daß er letzte Nacht irgendwo verhaftet worden war. Aber letzte Nacht war er schon in Paris. Noch vor einer Stunde hätte ihr diese Information große Erleichterung gebracht. Jetzt schien sie ihr beinahe bedeutungslos.

Es war merklich dunkler draußen. Sie richtete ihren Blick auf das Fenster, beobachtete, wie die Front des gegenüberliegenden Hauses langsam von der Spiegelung ihres Gesichts verdrängt wurde.

Thea schloß die Augen und sah das blau-weiße Licht einer Bogenlampe, größer und stärker, als sie je eine gesehen hatte, aus der tiefsten Dunkelheit des Tiergartens aufwärts strahlen. Sie projizierte einen breiten, gerichteten Strahl von unaussprechlicher Helligkeit. Dann geriet eine kleine Schar Tauben in diesen Strahl, warf dunkle Speere auf, die über ihnen tanzten und webten, als sie hindurchflogen. Thea betrachtete die flatternden, schwarzen Schatten, die die Tauben aufgerührt hatten, erschreckend und unwissend, einen Augenblick abgelenkt von ihrem Weg, der sie zurück zum Alex führte. (Der Gehetzte mußte recht schnell gewesen sein, schwer faßbar, wenn er es fertiggebracht hatte, daß alle diese Tauben fast gleichzeitig freigelassen wurden. Vielleicht, fiel ihr jetzt ein, gab es mehrere gehetzte Männer.) Hochgeschleudertes Licht, tiefe, himmelwärts gerichtete Schatten; dieses Bild müßte sie sich für ihren Film merken, sagte sich Thea. Sie dachte bereits unter seinem Titel an ihn: *Geheimes Arabien.*

Hätte sie das Telegramm heute morgen geöffnet, hätte sie gewußt, daß sie nicht beim Zuntz vorbeizufahren brauchte. Hätte vor seiner Abfahrt ihren Mann sehen können. Vielleicht hätte das alles geändert. Aber wie, sagte sie sich schließlich, hätte sie all das vorhersehen können? Sie öffnete die Augen. Plötzlich war ihr, als habe sie alles verstanden. Sie sah, wie ihr Double in dem Salon vor ihrem Fenster sich zu voller Größe aufrichtete.

Die Tür zu dem Schnellzug-Abteil schloß nicht richtig. Eine kleine Kupfermünze war in der Türrille eingeklemmt. Lang steckte sie ein – ein belgisches 10-Francs-Stück – als Glücksbringer, und schob die Tür zu. Er hatte das Abteil unter dem Namen von Wenck reserviert, für den Fall, daß die Polizei oder die SA die Zugabfahrten überwachen ließen. Wenn er an der Grenze seinen Paß vorweisen mußte, spielte es keine Rolle mehr, daß der Name nicht übereinstimmte.

Er klopfte auf seine Brusttasche, um sich zu vergewissern, daß er seinen Paß nicht vergessen hatte. Dann zog er ihn heraus, fuhr mit dem Daumen über den Rand, so daß er aufblätterte. Das letzte Mal war er im April 1932 in diesem Zug gefahren, mit Nebenzal und Peter Lorre zur Premiere seines Films *M* in Paris. Damals hatte man ihm ein Visum für ein Jahr ausgestellt, das noch nicht ganz abgelaufen war, überzeugte er sich rasch. (Darüber hinaus entdeckte er ein altes Visum für England, das noch vier Monate Gültigkeit besaß, unter Umständen konnte ihm das auch nützen.) Lang betrachtete das Foto, das mit zwei durchgestanzten Blechösen befestigt war. Kein schlechtes Bild eigentlich und ziemlich ähnlich, nur daß der Mann auf dem Foto dünner aussah, als er jetzt war. Friedrich Christian Anton Lang. Mit der Linken spreizte er Futter und Tasche auseinander, mit der Rechten ließ er den Paß hineinfallen.

Lang hatte befürchtet, daß man ihm vom Ministerium aus gefolgt sein könnte. Deshalb hatte er seine Ankunft auf dem Bahnsteig auf 5 Uhr 29 festgelegt, knapp eine Minute vor der fahrplanmäßigen Abfahrt. (Das würde Goebbels weniger Zeit lassen, ihn zu verhaften, wenn er das wollte.) Seine Taschenuhr zeigte 5 Uhr 34 jetzt. Keine Bewegung war zu spüren. Er zog die Ecke des Schnappvorhangs beiseite und hielt sein Auge an das Fenster. Der Bahnsteig blieb bewegungslos. Auch bei den paar Dutzend sich herumdrückenden Bahnsteig-Statisten konnte er keine Hektik ausmachen. Lang überflog die Menge, studierte einzelne Gesichter, konnte aber weder den eleganten Wieland noch den plumpen Bott entdecken. Einen Augenblick betrachtete er noch den Zug gegenüber, dann ließ er den Vorhang zurückfallen. Er griff in die Außentasche seiner Ledermappe und holte das Rasiermesser mit dem Perlmuttgriff heraus.

Lang hörte zweimal hintereinander den durchdringenden Ton einer Dampfpfeife; kannte aber den Eisenbahnercode zu wenig, um zu wissen, was er bedeutete. Er prüfte die Schneide mit seinem Daumen – dieselbe leicht riffelnde Bewegung, mit der er Augenblicke zuvor den Paß aufgeblättert hatte. Er kniete sich unter den Waschtisch. Kritisch betrachtete er das Rasiermesser. Dann schnitt er in einer entschlossenen Bewegung den Teppich auf. Der Kleber, der den Teppich mit dem Boden verband, gab sofort nach. Lang schob ein Bündel Banknoten, die er aus seiner äußeren Jackentasche geholt hatte, in den Schlitz. Während er zu seinem Platz zurückkehrte, versuchte er sich zu überzeugen, daß man die Beule nur sah, wenn man genauer hinguckte. Die Waschbeckenkante warf einen breiten Schatten über den Einschnitt. Keine schlechte Arbeit, wirklich nicht.

Er hob die Finger an die Nase. Ein süßer, tropischer Geruch, den er schon irgendwo gerochen hatte. Dann kam ihm der Teppichkleister in der Ufa in den Sinn, und er lächelte, weil er sich so mühelos daran erinnert hatte.

Die Dampfpfeife schrillte wieder, viel länger diesmal und offenbar höher im Ton. Lang befand sich im dritten Waggon von hinten, und vielleicht ein Dutzend Wagen standen noch vor ihm.

Als er nach seiner Unterredung mit Goebbels nach Hause zurückgekehrt war, hatte er den Cut und den steifen Kragen abgelegt. Mit nacktem Oberkörper war er dann zwischen Schlaf- und Wohnzimmer hin und her gegangen und hatte Kleidung und Wertgegenstände eingepackt. Dabei stellte er sich eine Szene vor, in der der Gehetzte dem Butler aufträgt, einen Wochenendkoffer zu packen. Während der Bedienstete abgelenkt ist, läßt er heimlich seine Manschettenknöpfe und einige Juwelen unter eine zusammengelegte Hose gleiten. Wenn man es richtig drehte, überlegte Lang, müßte das Publikum sofort erkennen, daß der Mann für immer fortging. Beide Hände auf dem Kofferdeckel war er stehengeblieben und die Szene Aufnahme für Aufnahme durchgegangen.

Der Lancia fiel ihm ein, und zusammen mit den Schlüsseln legte er Thea eine Nachricht hin. Dann zwang er sich sitzenzubleiben, eine halbe Stunde lang, damit er nicht zu früh am Bahnhof Zoo eintraf. Er telefonierte, ließ Nebenzal ausrichten, daß er unbedingt das Negativ des *Testaments* von der Ufa holen müsse. Er hatte Lili angerufen, aber sie war nicht zu Hause, und nach dem zwanzigsten Läuten hatte er den Hörer wieder eingehängt. Es war albern, sich einzubilden, sie müßte zu Hause sein. Er würde ihr von Paris aus schreiben, sie einladen, einige Zeit bei ihm zu verbringen. Die Anklagen und Verdächtigungen, die jetzt seit dreizehn Jahren existierten, konnten ruhig zurückbleiben. In Paris konnte er alles machen.

Dann waren es noch zehn Minuten bis zu dem Zeitpunkt, den er sich selbst gesetzt hatte, um aufzubrechen. Ihm fiel ein, daß Thea jeden Augenblick zurückkommen konnte. Als die zehn Minuten um waren – etwas später sogar –, war er ruhig am Portier vorbeigegangen und hatte Josef gebeten, ihm ein Taxi zu rufen.

Jetzt gab es einen plötzlichen Ruck, als ob der Zug anfahren wollte. Weiter schien sich nichts zu bewegen. Lang schob das Rollo hoch, um zu sehen, ob der Bahnsteig zurückblieb; nichts. Er beschloß, das Rollo geöffnet zu lassen. Es war dunkel im Abteil, und ein offenes Rollo würde weniger Aufmerksamkeit auf sich ziehen als ein geschlossenes, überlegte er. (Sowieso war das Fenster staubbedeckt.) Langs Backenzahn meldete sich wieder, ein Anflug von Schmerz, nichts Unerträgliches. Er würde einen neuen Zahnarzt finden müssen. Und abnehmen müssen. Lang schnallte noch einmal den straffen Ledergürtel seines Koffers auf. Er fand den Behälter mit den Manschettenknöpfen, ein schweres Zigarettenetui aus Gold und eine Rolle Leukoplast und stopfte alles in die Hosentaschen. Während er in den Koffer blickte, fiel ihm auf, daß er den Handlungsaufriß des *Fiakers* nicht mitgenommen hatte. Er erinnerte sich, ihn vom Dielentisch zum Bett gebracht zu haben. Und das war das letzte klare Bild, das ihm vor Augen stand, eine Ecke des Manuskripts, eingehüllt von dem weichen, schweren Chenille-Überwurf. Er würde Thea telegrafieren morgen, von Paris aus, und sie bitten, es ihm nachzuschicken. Es schien nicht besonders wichtig jetzt.

Lang zog die Abteiltür auf, blickte nach beiden Seiten den Gang hinunter, wie es jeder beliebige Fahrgast tun würde. Dann ging er nach rechts. Der Gang roch nach nasser Wolle, einer Reinigungslösung und Rauchgasen. Das Gemisch erinnerte ihn vage an den Geruch des Treppenhauses am Breitenbachplatz. Vage. Es war ein tröstlicher Geruch. Er dachte plötzlich an die Kunstgegenstände und Bilder in der Wohnung am Breitenbachplatz und in Dahlem. Sie gehörten ihm jetzt nicht mehr. Er ließ sie vor seinem inneren Auge passieren, eins nach dem anderen. Von nun an würde er sie nur noch auf diese Art sehen.

Der WC-Raum war am Ende des Ganges. Lang verriegelte die Tür von innen. Dann stand er auf dem geschlossenen Toilettendeckel und befestigte den Behälter mit den Manschettenknöpfen und das Zigarettenetui mit langen Streifen Leukoplast an der Innenwand des Spülkastens. Es war schwierig, die Streifen von der Rolle zu reißen, und er benutzte die Zähne dazu. Nicht einmal zwei Minuten, und er hatte die Sachen sicher in ihrem Versteck untergebracht. Lang war sehr zufrieden mit seiner Arbeit. Wenn die Zeit gekommen war, in Paris oder in Hollywood, würde er den Film über den Gehetzten drehen. Dann würde er diese Szene filmen. Und vielleicht würde er seinen intimsten Freunden andeuten, daß sie der Wahrheit näher kam, als sie sich vorstellen konnten.

Plötzlich konnte er den Geruch des Desinfektionsmittels in dem kleinen, ungelüfteten WC nicht mehr ertragen und trat wieder auf den Gang hinaus. Das Foto von ihm und Lubitsch am Rande des sonnenbeschienenen Swimmingpools kam ihm ins Gedächtnis, von seinem zweiwöchigen Aufenthalt in Hollywood. Er hatte in den Staaten etwas Englisch gelernt und sich bemüht, es auch in Berlin nicht wieder zu vergessen. Die Ufa hatte zwei jüngere

Leute engagiert, den Amerikaner Mankiewicz und den Engländer Hitchcock. Sie sollten die Zwischentitel zu *Metropolis* übersetzen. Wenn Lang mit ihnen ins Ufa-Restaurant zum Essen ging, hatte er darauf bestanden, daß sie englisch redeten. Inzwischen hatte Hitchcock mehrere Filme pro Jahr gedreht, zum großen Teil in London; und Joe Mankiewicz schrieb Drehbücher in Los Angeles. Vor vier Jahren hatte er das letzte Mal etwas von ihm gehört, als er gerade eine filmische Adaptation des Fu-Manchu-Stoffes geschrieben hatte: *Das Geheimnis des Dr. Fu-Manchu.*

Lang war bis zum Ende des Schlafwagens gekommen und öffnete die Tür zum nächsten Waggon. Es war der Speisewagen, der um diese Zeit noch dunkel und leer war, mit umgedrehten Gläsern auf den gestärkten, weißen Tischtüchern. Auf der linken Seite bemerkte Lang eine kleine, rechteckige Kiste aus lackiertem Holz, die die Kellner für Gutscheine benutzten. Es gab einen engen Spalt, wo die Kiste auf der Wand aufsaß. Lang griff in seine Brusttasche und holte den Teil seines Geldes heraus, den er nicht unter dem Teppich versteckt hatte. (Er besaß 500 Mark insgesamt, genug für eine Woche ungefähr.) Er schichtete die Scheine aufeinander, faltete sie der Länge nach dreimal und ließ sie hinter die Kiste gleiten. So weit er das feststellen konnte, war der Spalt von keinem Winkel aus einzusehen, außer von oben vielleicht. Ihn überkam ein unbändiges Bedürfnis zu lachen. Dann konnte er sich nicht länger beherrschen und wildes, häßliches Grinsen verzerrte immer und immer wieder sein Gesicht. Schließlich schluckte er mühsam. Es war wie in der Schule, wirklich, während der Arbeit, wenn dein Banknachbar dir ein Briefchen schickte, in dem er dich daran erinnerte, was für Schwierigkeiten dich erwarteten, wenn du lachen müßtest. Auf Zehenspitzen überquerte er den Übergang zwischen Speise- und Schlafwagen, wie ein Heimlichtuer in einer Komödie, und schloß die Tür hinter sich.

In der Mitte des langen Ganges kam ihm ein Mann entgegen. Er trug einen breitkrempigen Hut. Die Dekkenbeleuchtung hielt sein Gesicht im Schatten, außer in den kurzen Momenten, wenn er gleich weit von zwei Glühbirnen entfernt war. Er schien ziemlich jung zu sein, ein Jugendlicher, der sich für einen Erwachsenen ausgeben möchte. Kein ordentlicher Fahrgast.

»Herr Lang«, redete er ihn zögernd an.

Lang antwortete nicht.

»Ich bin Andreas Freund.« Er streckte die Hand aus. »Lottes Verlobter. Sie ist die Sekretärin von Herrn Kosterlitz.«

Lang schüttelte ihm die Hand.

»Ich bin ihr Verlobter«, fuhr der junge Mann fort. »Wir sind uns in der Brandnacht begegnet.«

»Ja«, antwortete Lang und klopfte dem Jüngeren auf die Schulter, als er um ihn herum zu seinem Abteil ging. Nichts bewies, daß er nicht irgendein Reisender war, der für zwei oder drei Tage in Geschäften nach Paris fuhr. (Die prä-kolumbianische Statuette war noch in seiner Manteltasche, fiel ihm ein; aber er konnte immer behaupten, daß er sie nach Paris brachte, um sie schätzen zu lassen oder ähnliches. Falls irgendeine Frage offenblieb, würde er sie an Professor Umlauff vom Völkerkundemuseum verweisen.) Lang fragte sich jetzt, was Freund mit der ›Brandnacht‹ gemeint haben könnte. Er öffnete die Tür zu seinem Abteil. Er war unfreundlich gewesen zu dem jungen Mann. Lang fuhr sich mit der Hand über die Stirn, zog sie naß zurück. Der Zug stand immer noch. Der junge Mann war leicht errötet. Vielleicht hatte er sich gar nicht auf den Reichstag bezogen, sondern auf die Nacht, als Lang die chemische Fabrik gesprengt hatte, für das *Testament*. Es waren so viele Zuschauer gewesen, und so viele waren ihm vorgestellt worden.

Lang preßte Daumen und Zeigefinger auf die Drucköffner beiderseits des Fensters. Mit einiger Mühe ließ er es um einige Kerben nach unten gleiten, so daß er klare Sicht auf den Bahnsteig bekam.

Vom Zuganfang her quollen dicke Dampfschwaden aus dem Untergestell hervor. Im Licht der Bahnsteigleuchten schien der Dampf Substanz zu haben, kompakt zu sein. Ein Gepäckträger mit Schiebermütze und drei Koffern in der Hand ging auf die Schwaden zu und verschwand darin. Ein zweiter Bahnangestellter mit irgendeinem Fahrkartenbuch oder Frachtbriefverzeichnis in der Hand kam auf Lang zu. Für einen kurzen Augenblick warf der Mann einen langen, dichten Schattenriß. Dann wurde er von einem Schwall heißen Dampfes verschluckt. Lang konnte nicht erkennen, ob er wieder auftauchte. Unbestimmte Lichtreflexe, als wenn Vorhänge im Wind wehten oder wie Zigarettenrauch im Lichtstrahl eines Filmprojektors, wenn der Film von einer Aufnahme zur nächsten springt. Eine Dampfwolke, unglaublich groß, bewegte sich auf ihn zu, dicht, drohend, schwarz, wobei ihre Ränder leuchteten und übernatürlich fluoreszierten.

Er hatte fast nichts gegessen seit gestern abend und begann, den Hunger zu spüren. Es würde ihm guttun, etwas abzunehmen. Bis zur Grenze würde er sich schlafend stellen – Lang wußte von früheren Reisen her, daß die Zollbeamten nur flüchtig kontrollierten, wenn man wohlhabend aussah und wenig geneigt, sich stören zu lassen. Danach würde er zum Speisewagen gehen, sich einen Martini bestellen und vielleicht ein mageres Kalbsschnitzel. Nach Kaffee und Cognac konnte er die gefalteten Geldscheine wieder aus ihrem Versteck hinter der Kiste holen. Er müßte nur darauf achten, keinen Nachtisch zu bestellen und sich nicht mit Brot vollzustopfen.

Ein kühler Luftzug kam durch den Fensterspalt. Sein Gesicht prickelte, wo er geschwitzt hatte, und er atmete aus. Niemals würden sie den Zug abfahren lassen, solange er drin saß. Bott wartete bestimmt schon am Kopfende des Bahnsteigs, während Wieland auf den Schlafwagen zukam. Wieland würde ihm nahelegen, vernünftig zu sein und den unschuldigen Fahrgästen ohne weiteren Verzug die Abfahrt nach Paris zu ermöglichen. Er würde an Langs Ehrgefühl appellieren, von *noblesse oblige* reden. Sicher würde Lang verstehen, daß es keinen Zweck mehr hatte. Und Lang würde vom Schlafwagen auf den Bahnsteig steigen. Die herbeigeeilte Menge würde applaudieren und vor ihm eine Gasse öffnen, während er dem Kopfende des Bahnsteigs zuging und Wieland diskret einen Schritt hinter ihm blieb. Am Ende des Bahnsteigs würde Bott ihn erwarten und mit ihm der Mann vom Ministerium.

Die Leukoplastrolle drückte auf seinen Schenkel. Er zündete eine Boyard an, die erste, seit er eingestiegen war.

Ein tiefes Rumpeln und Beben, bis in seine Eingeweide hinein; und vor dem Fenster eine Dampfwolke. Als sich der Dampf niedergeschlagen hatte, sah Lang, wie der Zug auf dem gegenüberliegenden Gleis langsam anrollte. Für einen Augenblick war er völlig verloren. Neuerliches Beben. Ein nicht endender, gefahrvoller Augenblick, nichts bewegt sich, Stille. Dann Stöße und der Bahnsteig begann zurückzuweichen. Das Kreischen von Metall auf Metall, als die Räder, die sich noch nicht selbst drehten, mitgeschleift wurden. Eine Glocke ertönte, wurde unmerklich leiser. Er konnte die Bewegung fühlen jetzt.

Das Gesicht seiner Frau, im oberen Drittel des Fensters. Sie ging gerade schnell genug, um mit dem anfahrenden Zug Schritt halten zu können.

»Ich wollte dir nur Auf Wiedersehen sagen.«

Ihr Gesicht wurde einen Moment vom Dampf verwischt. Er bemerkte die Kondensationströpfchen, die sich am Fenster außen gebildet hatten und helle Streifen über die staubige Oberfläche zogen, wenn sie hinunterrollten.

Lang sagte: »Thea«. Als sie schneller ging, um auf seiner Höhe zu bleiben, hüpfte ihr Kopf auf und ab im Fensterrahmen.

»Du hättest etwas sagen können.« Ihr Haar glühte gegen das grelle Bahnsteiglicht.

»Ja«, antwortete er. Plötzlich war er unglücklich. Er hielt seine Augen auf Theas Gesicht geheftet, während er seine Boyard im Aschenbecher der Armlehne ausdrückte. Der Überschwang, den er empfunden hatte, als sich der Zug in Bewegung setzte, war verschwunden. »Ich werde dich immer lieben«, hörte er sich selbst. Seine Stimme klang gewinnend, charmant, gar nicht so, wie er es beabsichtigt hatte.

»Ich habe aufgepaßt, daß mir niemand nachgegangen ist«, sagte Thea. Die Trasse stieg offensichtlich, denn jetzt war nur noch die obere Hälfte ihres Gesichts über dem metallenen Fensterrahmen zu sehen. Ihr Mund verlor sich im Staub und Dampf. Dann senkte sich das Gleisbett wieder, und er konnte ihr ganzes Gesicht sehen.

Sie schob ein Päckchen durch die Fensteröffnung. Über den Ecken war es mit einer dünnen Kordel aus der Konditorei verschnürt. »Du hast es vergessen«, sagte sie, als er das Manuskript aus ihren Händen nahm. Die Spitze seines Ringfingers berührte dabei ganz leicht ihren Handschuh. Er erinnerte sich an die Schlüssel, die Nachricht, die fehlende prä-kolumbianische Statuette. Es konnte nicht schwer für sie gewesen sein herauszufinden, was passiert war.

»Warum«, sagte sie schließlich.

»Warum?«

Ihr Tonfall verriet nicht, was sie ihm zu verstehen geben wollte. Sie hatte nicht gesagt, »bleib«, oder »komm zurück«, oder in irgendeiner Weise wissen lassen, daß sie ihn zurückhalten wollte.

»Ich liebe dich«, sagte er, und seine Stimme gefiel ihm besser diesmal. Hoffentlich würde sie es nicht als Antwort auf ihre Frage nehmen. Es ergab keinen Sinn so.

Thea stolperte und war plötzlich verschwunden. Drei Sekunden später war sie wieder im Fenster, außer Atem. In Kürze würde der Zug zu schnell werden, und sie würde nicht mehr mithalten können; oder der Bahnsteig wäre zu Ende. Über dem tiefen Pulsieren großer Maschinen waren ihre Schritte nicht zu hören. Irgendwo hinter ihnen ertönte der Klang einer Glocke. Dann sagte Thea »Auf Wiedersehen« und blieb stehen.

Er streckte seinen Kopf aus dem Fenster. Sie war noch keinen Meter weit weg. Er sah ihre Augen, ihren Kopf, ihren Körper, als sie sich entfernte. Als sie sich umdrehte und zum Bahnhof zurückging, konnte er ihre Züge schon nicht mehr erkennen.

»Thea.«

Wahrscheinlich war seine Stimme auf diese Entfernung, und bei diesem Lärm, nicht mehr zu hören.

Endlich zog er den Kopf zurück und versuchte, das

Fenster zu schließen. Ihm war kalt. Mit dem Handballen schlug er mehrmals dagegen, versuchte es nach oben zu stemmen. Es hatte sich verklemmt, offensichtlich. Die eine Seite war höher als die andere. Er schlug auf den schrägen Rahmen der unteren Hälfte, was ihm Schmerzen im Handgelenk und Unterarm einbrachte.

Der Zug hatte den Bahnhof hinter sich gelassen und fuhr jetzt in den Rangierbereich ein. Er fühlte, wie das Gewicht des ganzen Zuges ihn stoßweise vorwärts trug und hörte auf das rhythmische Klicken der Räder an den Nahtstellen der Schienen. Ein langes, durchdringendes Pfeifen schien den Schmerz in seinem Unterarm zu vertiefen; dann ertönte eine Glocke neben dem Gleis und verklang.

Er hielt das *Fiaker*-Manuskript gegen seine Stirn gepreßt. Etwas befand sich darunter, bemerkte er jetzt, eingebunden in schwarzes Kalbsleder. Es war der letzte Band seines Tagebuchs. Sie hatte darauf geachtet, daß er es mitnahm. Plötzlich wußte er sicher, daß er sie nicht wiedersehen würde. Er würde nach Paris gehen, Thea würde bleiben. Die Filme, die sie zusammen gemacht hatten, würden mit anderen Augen angesehen werden. Das kam ihm jetzt wie ein unsagbarer Verlust vor. Dann ging er den Gang hinunter auf das Zugende zu.

Er betrat den Speisewagen, der immer noch dunkel war, und holte die Scheine hinter der Kiste heraus. Er fürchtete, die hintere Tür des Speisewagens könnte verschlossen sein; sie war offen und er ging hindurch in den letzten Wagen.

Eine Doppeltür mit Fenstern bis zum Boden öffnete sich zu einem Perron. Er war gerade groß genug, daß eine Person darauf stehen konnte, und hatte eine niedrige, verzierte Brüstung. Lang schloß sorgfältig die Tür hinter sich. Er sah auf die Schienen, die spielerisch unter dem Waggon auftauchten, zusammenkamen, sich teilten, wieder fanden, als wollte ein übermütiger Weichensteller seine Künste zeigen. Seine Haare wehten ihm über die Stirn, und er wischte sie aus den Augen. Die Schwellen blieben eine nach der anderen zurück, maßen die Zeit von Gegenwart zu Vergangenheit. Jetzt; und jetzt; und jetzt. Nichts konnte sie aufhalten. Die Schwellen tauchten regelmäßig auf und verschwanden in die Ferne, die Dunkelheit. Ein tröstliches Bild.

Die Anzahl der Geleise nahm ab. Die Linien verzweigten sich, jede in ihre eigene Richtung. Dann gab es nur noch den einen Schienenstrang, den der Zug hinter sich abrollte. Die roten Schlußleuchten konnten den Punkt nicht erhellen, an dem die Schienen konvergierten. Lang hob die Augen etwas, und jetzt konnte er fühlen, wie sie zusammenkamen, während er alles zurückließ.

Er drehte sich zur Tür um. Der Rangierbahnhof lag hinter ihnen, und es war weniger hell, aber er konnte die Spiegelung seines Gesichts sehen und dahinter das ansteigende Muster der Schienen und Schwellen über dem Gewebe der Vorhänge, gerade hinter den Scheiben. Er betrachtete seine Lippen, die laut die Silben seines Namens formten. Dann drückte er auf die Klinke, war wieder im Innern. Er ging zum Schlafwagen vor, und seine eigene Geschwindigkeit verband sich mit der des Zuges, der jetzt schneller wurde, der Grenze zu.